中國語言文字研究輯刊

十七編

許學仁 主編

第2冊

陸佃及其爾雅學研究（中）

林協成 著

花木蘭文化事業有限公司

國家圖書館出版品預行編目資料

陸佃及其爾雅學研究（中）／林協成 著 -- 初版 -- 新北市：
花木蘭文化事業有限公司，2019〔民 108〕
目 4+192 面；21×29.7 公分
（中國語言文字研究輯刊 十七編；第 2 冊）
ISBN 978-986-485-922-1（精裝）
1. 爾雅 2. 研究考訂
802.08   108011978

ISBN-978-986-485-922-1

中國語言文字研究輯刊
十七編　　第 二 冊　　　　ISBN：978-986-485-922-1

陸佃及其爾雅學研究（中）

作　　者　林協成
主　　編　許學仁
總 編 輯　杜潔祥
副總編輯　楊嘉樂
編　　輯　許郁翎、王　筑、張雅淋　美術編輯　陳逸婷
出　　版　花木蘭文化事業有限公司
發 行 人　高小娟
聯絡地址　235 新北市中和區中安街七二號十三樓
　　　　　電話：02-2923-1455 ／傳眞：02-2923-1452
網　　址　http://www.huamulan.tw 信箱 hml810518@gmail.com
印　　刷　普羅文化出版廣告事業
初　　版　2019 年 9 月
全書字數　451391 字
定　　價　十七編 18 冊（精裝）　台幣 56,000 元　版權所有・請勿翻印

陸佃及其爾雅學研究（中）

林協成　著

目次

第七章　陸佃爾雅學著作釋例用語

　　《爾雅》是中國第一本解釋詞義之專著，而陸佃之《埤雅》、《爾雅新義》
則屬爲《爾雅》之輔而作，書中收錄若干用以解釋名物之術語，以下便針對《埤
雅》、《爾雅新義》中之相關解釋術語，依其類別、方法加以歸類，並舉例說明
之。

第一節　解釋之術語

一、某，某也；某，某；某，某某也；某，某也，某，某也。

　　「某，某也」屬於義訓之術語，用於被釋詞與釋詞兩者間有同義、異稱、
義近或引申義等對應關係的判斷句型式。於此句式中，或句尾用「也」字以助
判斷字義之盡，或省略句尾「也」字；其中有以單詞解釋被釋詞者，亦有以詞
組或句子以釋之，或用一詞、句釋之而不足釋義者，則以二個或二個以上之詞
以釋之。茲分述於下：

（一）某，某也

此種類型中依被釋詞與釋詞之關係，可分爲以下兩類：

1、被釋詞與釋詞爲同義、異稱、義近之關係。

2、被釋詞與釋詞爲用以推因之關係。

而陸佃雅學著作中可見者爲第二類，如：

《埤雅・卷一・釋魚》「魴」條云：

　　鯿，編也。

（二）某，某

1、《埤雅・卷三・釋獸》「獺」條云：

　　獺，獸。

2、《埤雅・卷十二・釋馬》「駁」條云：

　　驈白，駁。

（三）某，某某也

此乃以詞組或句子以釋被釋詞之型式，在此型式下釋詞常用以說明被釋詞之種類或特徵，如：

1、《埤雅・卷十七・釋草》「茶」條云：

　　茶，苦菜也。

2、《埤雅・卷五・釋獸》「豣」條云：

　　豣，胡犬也。

3、《埤雅・卷十三・釋木》「穀」條云：

　　穀，惡木也。

4、《埤雅・卷十四・釋木》「柳」條云：

　　柳，柔脆易生之木，與楊同類。

5、《埤雅・卷十五・釋草》「竹」條云：

　　竹，物之有筋節者也。

6、《埤雅・卷十六・釋草》「菼」條云：

　　荻之初生曰菼；薕，其未秀者。

（四）某，某也，某，某也

此乃以數組詞組相釋，且被釋詞與釋詞爲遞訓之關係，使助於瞭解詞義之所在，如：

《埤雅・卷十七・釋草》「臺」條云：

臺，夫湏也。夫湏，莎草也，可以爲笠，又可以爲蓑。

二、曰、爲

「曰」、「爲」屬於義訓之術語，用以說明事物之外觀、特性、功能、性質等或下定義之用，以今之漢語稱之，則相當於「就是」、「叫作」或「稱作」。而其釋義之型式則爲釋詞在前，被釋詞在後，而「曰」、「爲」等術語則置於被釋詞之前，而其型式之使用，又可分「某曰（爲）某」及連用對舉「某曰（爲）某，某曰（爲）某」等二類：

（一）某曰某；某為某

「某曰某」、「某爲某」之型式多爲直接下定義或說明之用，如：

1、《埤雅・卷十二・釋馬》「黃」條云：

　　黃騂曰黃。

2、《埤雅・卷十二・釋馬》「駽」條云：

　　青驪曰駽。

3、《埤雅・卷十六・釋草》「菼」條云：

　　荻之初生曰菼。

4、《爾雅新義・卷九・釋地》「北陵、西隃，鴈門是也」條下注云：

　　鴈門，鴈往來門焉，西隃嫌不了，故曰鴈門是也。

5、《爾雅新義・卷十四・釋木》「還味，梬棗」條下注云：

　　　言味還當復念之，亦雖未還宜念也。慮當在先，念常在後，或
　　曰橄欖是也。敢則能犯，覽則能受，人有餘甘者，苦其初也，甘其
　　餘也。

（二）某曰某，某曰某；某為某，某為某

「某曰某，某曰某」、「某爲某，某爲某」此種曰、爲分別連用之型式，主要將相關之詞或義近詞作一對照，用以對比爲訓，以求區分其彼此間之意義差異，如：

1、《埤雅・卷十六・釋草》「匏」條云：

　　長而瘦上曰瓠，短頸大腹曰匏。

2、《埤雅・卷二十・釋天》「虹」條云：

　　雄曰虹，雌曰蜺。

3、《爾雅新義・卷十四・釋木》「棪，木桂」條下注云：

　　厚矣，故木也。《列子》曰：「望之似木雞矣。」桂可食，故伐之，

　　今曰侵，侵，淺事也。掬曰侵，精曰伐。剝之爲侵，斬之爲伐。

三、謂、謂之、之謂、所謂

　　「謂」、「謂之」、「之謂」、「所謂」等之使用，屬於義訓之術語，多用以說明詞義、立界說，其釋義之型式可區分爲二：有釋詞在前，被釋詞在後者，如「某謂之某」、「某之謂某」〔註1〕；有被釋詞在前，釋詞在後者，如「某謂某」、「某所謂某」。茲分述其用法如下：

（一）謂

　　以「謂」爲術語者，多屬注釋之用，以今之漢語稱之，相當於「指」，其釋義方法則或以具體釋抽象，或以常見釋特殊，或用以對釋方言。如：

1、《埤雅・卷十四・釋木》「椒」條云：

　　椒似茱萸而小，赤色，内含黑子如點，今謂椒目。

2、《埤雅・卷二十・釋天》「虹」條云：

　　今俗謂「虹」爲「虹」音降。

（二）謂之

　　「謂之」之型式爲釋詞在前，被釋詞在後，用以說明詞義，即「某謂之某」。凡言「謂之」者，或釋某語詞之義，或以異名說明之方式著錄，或以連用對舉方式區分義近或同意之詞。其中以異名說明之方式著錄者，又分以古今、區域、

〔註1〕而「之謂」與「謂之」的區別，前人多有論及，如：(1)、宋・朱熹言：「謂之，名之也；之謂，爲也。」見（宋）黎靖德編：《朱子語類・雜類》，（京都：中文出版社，1979年2月），卷一三八，頁1463。(2)、清・戴震則云：「「三問：《易》曰：『形而上者謂之道，形而下者謂之器。』程子云：『惟此語截得上下最分明，元來只此是道，要在人默而識之。』……古人言辭，「之謂」、「謂之」有異。凡曰「之謂」，以上所稱解下，……凡曰「謂之」者，以下所稱之名辨上之實。」見（清）戴震：《孟子私淑錄》卷一。

雅俗等方式，例如：

1、釋某語詞之義者

（1）《埤雅・卷十六・釋草》「芣苢」條云：

《韓詩外傳》曰：「直曰車前，瞿曰芣苢。」蓋生於兩旁謂之瞿。

（2）《埤雅・卷十六・釋草》「葦」條云：

葭，一名華；蒹，一名薕。薕高數尺，今人以爲簾箔，因此爲名也。至秋堅成，謂之萑葦。

（3）《埤雅・卷十六・釋草》「芹」條云：

芹，水菜也，一名水英，《爾雅》謂之楚葵。

（4）《爾雅新義・卷九・釋天》「大火謂之大辰」條下注云：

大火次也，謂之大辰。

（5）《爾雅新義・卷九・釋天》「星紀，斗、牽牛也」條下注云：

牽牛力本應織女，爾婺女褻近有不躬，是故謂之婺。

（6）《爾雅新義・卷十一・釋水》「過爲洵」條下注云：

過，過我曷爲謂之洵，慢之也。

（7）《爾雅新義・卷十一・釋水》「潁爲沙」條下注云：

疎而無溫，以清故。清氣所鍾其人潁，故謂之潁。

（8）《爾雅新義・卷十四・釋木》「桑辨有葚，梔」條下注云：

桑一名辨，有葚者爲梔，鳩食之或醉謂之扈。以此，桑，女事也，故寄意焉，梔可染謂之梔。

（9）《爾雅新義・卷十五・釋蟲第十五》「強蚚」條下注云：

有界辨焉，彊矣。《春秋》「辭殺子糾」書「浚洙」以此。螳蜋謂之蚚父，圻父，司馬也。

（10）《爾雅新義・卷十六・釋鳥第十七》「鶛烏，鸒」條下注云：

今俗呼慈烏，所謂寒烏入水化爲烏鯛，即此烏也。謂之鶛烏，以此。

2、著錄古今異名釋義，以明古今名稱之異同，多用以「某某，今（古）謂之某」之型式，如：

（1）《埤雅・卷六・釋鳥》「鷹」條云：

　鶆，次赤也……今通謂之角鷹。

（2）《埤雅・卷九・釋鳥》「杜鵑」條云：

　《說文》所謂「蜀王望帝，化爲子雋」，今謂之子規是也。

（3）《埤雅・卷十三・釋木》「楓」條云：

　舊說楓之有癭者，風神居之，夜遇暴雷驟雨，則暗長數尺，謂之「楓
　人」。

（4）《埤雅・卷十五・釋草》「蘋」條云：

　藻，萍類也，………今俗謂之馬藻。

（5）《埤雅・卷十六・釋草》「菘」條云：

　蕪菁似菘而小，有薹，一名薹，一名。《爾雅》曰：「蕵，蕪蕵也」
　今俗謂之薹菜。

3、著錄雅俗異名釋義，以明俗雅名稱之異同，其型式多爲「某某，俗謂之
某」，如：

（1）《埤雅・卷一・釋魚》「鱣」條云：

　鱣，……俗謂之玉板。

（2）《埤雅・卷四・釋獸》「狨」條云：

　狨，……今俗謂之金線狨者是也。

（3）《埤雅・卷八・釋鳥》「鷽」條云：

　今眾鳥秋分多羣集，非特鳥也，然至春分，輒兩兩而翔，不復羣矣，
　里俗謂之分羣。

（4）《埤雅・卷十・釋蟲》「蠅」條云：

　蒼蠅，又其大者，肌色正蒼，今俗謂之麻蠅。

（5）《埤雅・卷十四・釋木》「楸」條云：

　楸梧早脫，故楸謂之秋。……今柳爲之絲，楸謂之線。按：楸有行
　列，莖幹喬聳凌雲，華高可愛，至秋垂條如線，俗謂之楸線。

3、著錄異地異名釋義，以明地區名稱之異同，其型式多爲「某某，某地謂

之某」如：

（1）《埤雅・卷五・釋獸》「豕」條云：

今東齊海岱之間以代繫豕，謂之牙。

（2）《埤雅・卷十一・釋蟲》「螳蜋」條云：

螳蜋，有斧蟲也，兗人謂之拒斧。

（3）《埤雅・卷十一・釋蟲》「螗」條云：

螗蜩者，蝘是也，俗呼胡蟬，似蟬而小，鳴聲清亮者，江南謂之螗蜺。

（4）《埤雅・卷十五・釋草》「蒿」條云：

陝西綏銀之間有青蒿，在蒿叢之間，時有一兩株迥然青色，土人謂
之香蒿。

（5）《埤雅・卷十八・釋草》「莫」條云：

河汾之間謂之「莫」。……其子如楮實而紅，冀人謂之「乾絳」，今
吳越之俗呼爲「茂子」。

4、以連用對舉方式區分義近或同意之詞。

如《埤雅・卷十三・釋木》「穀」條云：

穀，惡木也，而取名於穀者，穀，善也，惡木謂之穀，則甘草謂之
大苦之類也。

（三）之謂

「之謂」多用以解釋詞語意義，其型式爲「某某之謂某」，即釋詞在前，被
釋詞在後。如：

1、《埤雅・卷十三・釋木》「棘」條云：

公孫丑曰：「〈凱風〉何以不怨？」孟子曰：「〈凱風〉，親之過小者也；
親之過小而怨，是不可磯也。〔註2〕」蓋微切以激之之謂磯。

―――――――――――――――

〔註2〕按：此見於《孟子・告子下》，然陸佃此處援引有所刪節，其原文爲：「『〈凱風〉何
以不怨？』曰：『〈凱風〉，親之過小者也；〈小弁〉，親之過大者也。親之過大而不
怨，是愈疏也；親之過小而怨，是不可磯也。』」見（漢）趙岐注，（宋）孫奭疏：
《孟子注疏》，（臺北：藝文印書館，1997年），卷十二上〈孟子章句下〉，頁211。

2、《爾雅新義・卷九・釋天》「天駟，房也」條下注云：

　　馬，龍也。房，龍第四星，亦房四星是之謂<u>駟</u>。

3、《爾雅新義・卷十五・釋蟲第十五》「不過，蟷蠰」條下注云：

　　前有所當，卻有所顧，是之謂不過。

4、《爾雅新義・卷十七・釋鳥第十七》「皇，黃鳥」條下注云：

　　《詩》曰：「交交黃鳥。」交交，禮也，一上一下，一左一右是之謂
　　交。

（四）所謂

「所謂」之型式，與「謂」同，皆爲被釋詞在前，釋詞在後，其型式爲「某所謂某」。如：

1、《埤雅・卷八・釋鳥》「燕」條云：

　　一名鷾鴯，莊周<u>所謂</u>鷾鴯者也。

2、《埤雅・卷九・釋鳥》「溪鶒」條云：

　　溪鶒五色，尾有毛如船柂，小於鴨，沈約〈郊居賦〉<u>所謂</u>「秋鷖寒鶒，
　　脩鸐短。」

3、《埤雅・卷十・釋蟲》「螘」條云：

　　《孟子》曰：「泰山之於丘垤。」趙岐曰：「垤，蟻封也。」今朔地
　　蟻封，其高大有如冢者，<u>所謂</u>蟻冢蓋出於此。

4、《埤雅・卷十一・釋蟲》「鼠」條云：

　　今栗鼠似之，蒼黑而小，取其毫於尾，可以製筆，世<u>所謂</u>鼠鬚栗尾。

5、《埤雅・卷十四・釋木》「棗」條云：

　　棘大者，棗；小者，棘。蓋若酸棗，<u>所謂</u>棘也。

6、《爾雅新義・卷九・釋天》「析木謂之津」條下注云：

　　<u>所謂</u>大火已有是木也。

四、言、之言、之爲言

「言」屬義訓之用語；「之言」、「之爲言」則屬聲訓之術語。此組之型式多爲被釋詞在前，釋詞在後。

（一）言

「言」多用於對被釋詞加以闡微著隱，指明其具體義、比喻義或文句大意之所在，即有闡述及發揮之用。其型式爲「某言某」，如：

1、《埤雅・卷六・釋鳥》「雕」條云：

> 《詩》曰：「匪鶉匪鳶，翰飛戾天；匪鱣匪鮪，潛逃于淵」，言人民飛揚竄伏，不安如此，此〈序〉所謂亂也。

2、《埤雅・卷七・釋鳥》「鳲鳩」條云：

> 馮衍〈逐婦書〉〔註3〕曰：「口如布穀」，言其多聲也。

3、《埤雅・卷十九・釋天》「雪」條云：

> 《說文》曰：「霰，稷雪也。」閩俗謂之「米雪」，言其霰粒如米，所謂「稷雪」，義蓋如此。

4、《埤雅・卷二十・釋天》「雷」條云：

> 震，言所以振物也，其緩者，霆。

5、《埤雅・卷二十・釋天》「漢」條云：

> 《詩》曰：「倬彼雲漢，昭回于天。」言水氣之在天爲雲；水象之在天，爲漢。

（二）之言、之爲言

「之言」、「之爲言」皆屬「聲訓」之術語，乃以聲韻之角度來推求被釋詞與釋詞間意義上之關係，其型式爲「某之言某也」、「某之爲言某也」，該型式通常爲被釋詞在前，釋詞在後，且二者或同音或音近之聲韻關係，故段玉裁曾言：

> 凡云之言者，皆通其音義以爲詁訓。〔註4〕

〔註3〕按：此語應出於馮衍〈與婦弟任武達書〉一文，云「達人解說，詞如循環，口如布穀。」見《全後漢文》第二十卷，收錄於（清）嚴可均輯校《全上古三代秦漢三國六朝文》第一冊，（上海：上海古籍出版社，2002 年），頁 582。

〔註4〕段玉裁注《說文解字》「祼」條時，曾對「之言」、「讀爲」、「讀如」等術語作一區分，云：「凡云之言者，皆通其音義以爲詁訓，非如讀爲之易其字，讀如之定其音。」見（漢）許慎撰，（清）段玉裁注：《說文解字注》，（臺北：黎明文化事業股份有限公司，1996 年 12 月），頁 6。

然陸佃之著作中亦可見只釋義而與音無關者，茲舉例如下：

1、《埤雅・卷十七・釋草》「蒺藜」條云：

　　蒺之言疾也。

按：「蒺」、「疾」，《廣韻》皆作「秦悉切」〔註5〕，屬同音字。就字義觀之，「蒺」，《廣韻》云：「蒺藜」，其果實具長短之尖銳刺，其刺傷人甚疾而利也，然其根、莖、花、果實皆可入藥，如《神農本草經》云：「味苦，溫。主惡血，破症結積聚，喉痺，乳難。久服，長肌肉，明目、輕身。一名旁通，一名屈人，一名止行，一名豺羽，一名升推」〔註6〕。而「疾」，《說文解字》云：「病也」〔註7〕，人有疾當施之以藥，故陸佃釋曰「蒺之言疾也。」。

2、《埤雅・卷十七・釋草》「莪」條云：

　　莪亦曰䕲蒿，䕲之爲言高也。

按：「䕲」，《集韻》作「力錦切」、《五音集韻》則作「力稔切」，來母，寢韻，第二十八部侵部；而「高」，《廣韻》作「古勞切」，見母，豪韻，從二者之音韻觀之，無明顯之關係。然就義觀之，「䕲」，《爾雅・釋草》云：「莪，蘿。」郭璞注：「今莪蒿也，亦曰䕲蒿。」《集韻》注曰「《說文》蒿屬，或從廩。」〔註8〕《五音集韻》注曰「䔖䕲，䔖蒿。」，段玉裁則以爲「䕲同䔖」，故由是可知，䕲即爲蒿屬。而然蒿，即草之高者。故陸氏曰「䕲之爲言高也。」

五、猶

「猶」字術語之使用，或將本無意義相關之釋詞與被釋詞，以引申、假借或譬喻等法相釋，以求其相通，故段玉裁言：

〔註5〕見（宋）陳彭年等修，（民國）林尹校訂：《新校正切宋本廣韻》，（臺北，黎明文化事業股份有限公司，1995年3月），頁470。

〔註6〕見（清）孫星衍：《神農本草經・卷一・上經・草上品》「蒺藜子」條。

〔註7〕見（漢）許慎撰，（清）段玉裁注：《說文解字注》，（臺北：黎明文化事業股份有限公司，1996年12月），頁351。

〔註8〕見（宋）丁度等編：《集韻》，（臺北：學海出版社，1986年11月初版），頁443。

凡漢人作注云猶者皆義隔而通之。〔註9〕

又曰：

凡漢人訓詁本異義而通之曰猶〔註10〕

而其型式「某猶某」，如：

1、《埤雅・卷十・釋蟲》「蛇」條云：

《易》曰：「一陰一陽之謂道。」而玄，朔者，道之所在，陰陽之理
具矣。故物有玄龜纁蛇，臟有左腎右命，方有朔有北，器有準有繩。
其爲卦也名之曰習坎，習猶重也。

按：習坎即坎卦，坎，險陷之名也，其卦象爲下上皆坎，故曰習坎以示重險，
孔穎達即曰：「諸卦之名，皆於卦上不加其字，此坎卦之名特加習者，以坎
爲陰難，故特加息名。習有二義：一者習，重也，謂上下俱坎，是重疊有
險，險之重疊，乃成險之用也。一者人之行險，先須便習其事，乃可得通，
故云習也。」〔註11〕

2、《埤雅・卷十一・釋蟲》「蚇蠖」條云：

舊說蚇蠖之繭化而爲蝶，此猶蛹之變蛾爾。

按：此例乃以譬喻以釋之。

3、《爾雅新義・卷十・釋山第十一》「山如堂者密」條下注云：

齊議伐莒密矣，然下猶有知之者。

4、《爾雅新義・卷十一・釋山》「陵夾水，澞」條下注云：

澞猶虞。

5、《爾雅新義・卷十六・釋魚第十六》「魚枕謂之丁」條下注云：

魚之枕丁，猶蛇蟠向壬歟。

〔註 9〕見（漢）許慎撰，（清）段玉裁注：《說文解字注》，（臺北：黎明文化事業股份有限
公司，1996 年 12 月），「爡」字條下段注，頁 90。

〔註 10〕見（漢）許慎撰，（清）段玉裁注：《說文解字注》，（臺北：黎明文化事業股份有
限公司，1996 年 12 月），「寁」字條下段注，頁 203。

〔註 11〕見（魏）王弼、（晉）韓康伯注，（唐）孔穎達疏：《周易正義》（臺北：藝文印書
館，1997 年），收錄於《十三經注疏》第一冊，卷三「坎」卦，頁 72。

六、即

「即」之使用，乃以義近或義同之釋詞與被釋詞，用以互訓之，其置前、置後皆可。以今之漢語觀之，相當於「就是」，其型式爲「某即某（是）也」、「即某也」。如：

1、《埤雅・卷十一・釋蟲》「蠓」條云：

《列子》曰：「醯雞生乎酒。」又曰：「食醯頤輅，生乎食醯黃軦。」「食醯頤輅」即蠓是也。

2、《埤雅・卷十四・釋木》「桐」條云：

（桐）此即白桐。……按：青桐即今梧桐，白桐又與岡桐全異。

3、《埤雅・卷十五・釋草》「虞蓼」條云：

（虞蓼）此即蓼之生水澤者也。

4、《埤雅・卷十七・釋草》「莧」條云：

《爾雅》曰：「蕢，赤莧。」即今紅莧是也。

5、《埤雅・卷十七・釋草》「藍」條云：

《爾雅》曰：「葳馬藍，染草也」即今大葉冬藍爲澱者是。

6、《爾雅新義・卷十三・釋草》「枹，霍首，素華，軦爽。」條注云：

即今櫄也，樹有皮，髮以自束縛，所謂枹者，此爽。所謂軦者，此爽。其葉霍然如首，花黃白色，所謂霍首、素華者，此爽。

7、《爾雅新義・卷十六・釋魚》「右倪不若」條注云：

即北龜曰若屬〔註12〕，然則彝畫左倪，罍畫右倪之龜爽。

8、《爾雅新義・卷十八・釋鳥》「鳥少美長醜爲鶹鷅」條注云：

即鵻鶹也。語曰：「黃栗留，看我麥黃葚熟」此倉庚也。

〔註12〕《周禮・春官・宗伯・龜人》曰：「龜人：掌六龜之屬，各有名物。天龜曰靈屬，地龜曰繹屬，東龜曰果屬，西龜曰雷屬，南龜曰獵屬，北龜曰若屬。各以其方之色與其體辨之。凡取龜用秋時，攻龜用春時，各以其物入于龜室。上春釁龜，祭祀先卜。若有祭事，則奉龜以往；旅亦如之，喪亦如之。」見（漢）鄭玄注，（唐）賈公彥疏：《周禮注疏》，（臺北：藝文印書館，1997 年），收錄於《十三經注疏》第三冊，頁 274。

9、《爾雅新義・卷十九・釋獸》「鼬鼠」條注：

　　即今鼠狼。善旋，苟有所由，其轉旋何有窮巳，一名往生，蓋如此。

七、屬、之屬、類、醜

　　「屬」、「之屬」、「類」等爲用以明被釋詞其事物的種類之術語，段玉裁
云：

　　凡言屬者，以屬見別也。言別者，以別見屬也。重其同則言屬。……
　　重其異則言別。〔註13〕

而「屬」、「類」又可稱「醜」，郭璞於《爾雅・釋草》「蘩之醜，秋爲蒿」條下
注云：

　　醜，類也。〔註14〕

故由是可知，「屬」、「之屬」、「類」、「醜」皆屬以總名釋別名之用，強調其共性。
其型式爲「某，某（之）屬」、「某，某醜。」如：

（一）屬

1、《埤雅・卷一・釋魚》「蛟」條云：

　　蛟，龍屬也。

2、《埤雅・卷八・釋鳥》「鵁」條云：

　　鵁，鴛屬也。

3、《埤雅・卷八・釋鳥》「隼」條云：

　　隼，鷂屬也。

4、《埤雅・卷十六・釋草》「蓍」條云：

　　蓍，蒿屬也。

5、《埤雅・卷十七・釋草》「木槿」條云：

　　來禽，柰屬也。

〔註13〕見（漢）許愼撰，（清）段玉裁注：《說文解字注》，（臺北：黎明文化事業股份有
　　　　限公司，1996 年 12 月），「杬」字條下段注，頁 326。

〔註14〕見（晉）郭璞注，（宋）邢昺疏：《爾雅注疏》，卷八「釋草第十三」，（臺北：藝文
　　　　印書館，1997 年），收錄於《十三經注疏》第八冊，頁 143。

（二）之屬

如《埤雅・卷十一・釋蟲》「蛾」條云：

貍蟲，蠦、蛛蝦<u>之屬</u>。

（三）類

1、《埤雅・卷四・釋獸》「貓」條云：

蓋貓，<u>陰類</u>也，故其應陰氣如此。

2、《埤雅・卷七・釋鳥》「雎鳩」條云：

雎鳩，<u>雕類</u>，江東呼之為鶚。

3、《埤雅・卷十・釋蟲》「螣蛇」條云：

螣蛇，<u>龍類</u>也。

（四）醜

1、《埤雅・卷五・釋獸》「狗」條云：

熊虎<u>醜</u>其子謂之狗，亦以待鋪如狗也。

2、《埤雅・卷六・釋鳥》「鴈」條云：

踵，足後也，今鳧鴈之<u>醜</u>行則皆前幕布地，後踵企，故曰其踵企也。

3、《埤雅・卷八・釋鳥》「鷔」條云：

鳧鴈<u>醜</u>翁，鷔鶴<u>醜</u>驚。

4、《埤雅・卷八・釋鳥》「鷔」條云：

雕鶚<u>醜</u>善立，鳧鷔<u>醜善</u>趨。

5、《埤雅・卷十・釋蟲》「蝶」條云：

一說蜂蝶<u>醜</u>皆以鬚嗅，鬚蓋其鼻也。

6、《埤雅・卷十四・釋木》「柳」條云：

松柏<u>醜</u>茂，桑柳<u>醜</u>菀。

八、呼、呼為

「呼」、「呼為」與「謂之」之用法相似，皆屬以通俗常見、易懂之詞、語句來詮釋被釋詞，其型式多為述語在前，被釋詞在後，即「某某呼（呼為）某」，

以今之漢語稱之，即「叫」、「叫作」。

（一）呼

1、《埤雅·卷七·釋鳥》「鶌鳩」條云：

〈釋鳥〉云：『鶌鳩，鶻鵃。』今江東亦呼鶻鵃。

2、《埤雅·卷七·釋鳥》「燕」條云：

（燕）簫口、布翅、枝尾，齊人呼鳦。

3、《埤雅·卷八·釋鳥》「鳳」條云：

鳳，神鳥也，俗呼鳥王。

4、《埤雅·卷十一·釋蟲》「蚇蠖」條云：

蚇蠖，屈伸蟲，一名蝍蝛，又呼步屈。

5、《埤雅·卷十五·釋草》「蘋」條云：

蓋藻，萍類，似槐葉而連生，生道旁淺水中，與萍雜，至秋則紫，
今俗謂之馬藻，亦呼紫藻。

（二）呼為

1、《埤雅·卷七·釋鳥》「鳲鳩」條云：

鳲鳩，秸鞠，一名博黍，今之布穀，江東呼為郭公。

2、《埤雅·卷八·釋鳥》「鷙」條云：

隼，鷙鳥也，即今所呼為鶻者是。

九、或曰、一曰

當同一詞彙，卻有二種以上之異說，須加以並存、注解，則用以「或曰」、
「一曰」之術語，段玉裁曰：

《說文》言一曰者，有二例：一是兼採別說；一是同物二名。〔註15〕

又曰：

凡義有兩歧者，出一曰之例。〔註16〕

〔註15〕見（漢）許慎撰，（清）段玉裁注：《說文解字注》，（臺北：黎明文化事業股份有
　　　限公司，1996 年 12 月），「蓲」字條下段注，頁 27。

（一）或曰

1、《埤雅・卷三・釋獸》「犀」條云：

《交州記》曰：『犀有二角，鼻上角長，額上角短。』或曰：三角者，水犀也。二角者，山犀也。

2、《埤雅・卷八・釋鳥》「隼」條云：

或曰隼，鷙鳥也，即今所呼爲鶻者是。

（二）一曰

1、《埤雅・卷七・釋鳥》「鵻」條云：

一曰祝鳩。或曰：鵻與尸鳩皆壹鳥也，故有尸祝之號。

2、《埤雅・卷七・釋鳥》「鶌鳩」條云：

此鳥喜朝鳴，故一曰：「鶻嘲也」

3、《埤雅・卷七・釋鳥》「鵂鶹」條云：

顏之推曰：「雀奚夕瞽，鴟奚晝盲。」一曰鵂鶹拾人之爪，相其凶吉。

4、《埤雅・卷十一・釋蟲》「易」條云：

《說文》曰：「蜥蜴、蝘蜓，守宮也。」……一曰蜥易日十二時變色，故曰易也。

十、一名

此術語之使用爲同物二名或多名時，則兼採其異稱以釋其物或存其說。而型式爲術語置於被釋詞後，即「某，一名某。」。以今之漢語稱之，即「又叫做」、「又稱」。如：

1、《埤雅・卷八・釋鳥》「隼」條云：

隼，鶚屬也。一名雀鷹，蓋迅疾之鳥。

2、《埤雅・卷十・釋蟲》「蛾」條云：

蛹，一名蜺；蛾，一名羅。

〔註16〕見（漢）許慎撰，（清）段玉裁注：《說文解字注》，（臺北：黎明文化事業股份有限公司，1996年12月），「禋」字條下段注，頁3。

3、《埤雅・卷十三・釋木》「梅」條云：

　　梅，<u>一名</u>柟，杏類也。

4、《埤雅・卷十三・釋木》「唐棣」條云：

　　唐棣，<u>一名</u>栘，其華反而後合。

5、《埤雅・卷十七・釋草》「荼」條云：

　　荼，苦菜也。……此草凌冬不彫，故<u>一名</u>游冬。

6、《爾雅新義・卷十一・釋水》「汝爲墳」條下注云：

　　虖池<u>一名</u>惡池。

7、《爾雅新義・卷十四・釋木》「唐棣，栘」條下注云：

　　唐棣，偏然反，非常行之道，唐也。<u>一名</u>夫栘。

8、《爾雅新義・卷十四・釋木》「桑辨有葚，梔」條下注云：

　　桑<u>一名</u>辨，有葚者爲梔。

9、《爾雅新義・卷十七・釋鳥第十七》「鷦，須贏」條下注云：

　　善力而藏之，不蛻未善也，所須在贏焉。鶗鴂，<u>一名</u>過贏，進於贏
　　一等矣。……<u>一名</u>鵰鵻，指間有幕鵐也，縮之則積辟也。

第二節　注音兼釋義之術語

一、讀、讀曰

段玉裁曰：

> 漢儒注經，斷其章句爲讀。如《周禮・注》：「鄭司農讀火絕之。」《儀
> 禮・注》：「舊讀昆弟在下。」「舊讀合大夫之妾爲君之庶子女子子嫁
> 者未嫁者」是也。擬其音曰「讀」，凡言「讀如」、「讀若」皆是也。
> 易其字以釋其義曰「讀」，凡言「讀爲」、「讀曰」、「當爲」皆是也。

〔註17〕

又曰：

〔註17〕見（漢）許慎撰，（清）段玉裁注：《說文解字注》，（臺北：黎明文化事業股份有
　　　　限公司，1996 年 12 月），「讀」字條下段注，頁 91。

漢人作注，於字發疑正讀，其例有三：一曰「讀如」、「讀若」；二曰「讀爲」、「讀曰」；三曰「當爲」。「讀如」、「讀若」者，擬其音也，古無反語，故爲比方之詞。「讀爲」、「讀曰」者，易其字也，易之以相近之字，故爲變化之詞。比方主乎同，音同而義可推也。變化主乎異，字異而義憭然也。〔註18〕

由是觀之「讀如」、「讀若」者，屬於注音之方式；其型式爲被釋詞置於前，而擬音詞置於後，即爲：「某讀如某」、「某讀若某」；而「讀爲」、「讀曰」屬於用本字來說明假借字〔註19〕，其型式爲借字之被釋詞置於前，而本字之釋詞置於後，即爲：「某讀爲某」、「某讀曰某」。陸佃雅之著作中，所見有「讀」、「讀曰」等術語，茲分述之：

（一）讀

「讀」屬注音之運用，例如：

《爾雅新義・卷十三・釋草》「葴，馬藍」條下注云：

藍言色，葴言味，藍酸之色也，又讀箴諫之箴。

（二）讀曰

1、《埤雅・卷十六・釋草》「蘢」條云：

《詩》曰「山有扶蘇，隰有荷華」、「山有橋松，隰有游龍」故上聲曰橋，《山海經》曰：「其上多橋木」而鄭讀曰槁，誤矣。

二、讀如

此屬注音用語，以同音或音近之字擬音。其型式爲「某讀如某」爲被釋詞

〔註18〕見（清）段玉裁《周禮漢讀考・漢讀考周禮六卷序》所載，收錄於《段玉裁遺書》上卷，（臺北・大化書局，1977年6月），頁632。

〔註19〕楊端志先生認爲「讀爲」、「讀曰」是「通過給字注音來破假借字，破假借字也即段玉裁所說的『易字』，易字又叫破字、破讀、讀破。古人的易字大致有三項內容：一是指以本字釋借字。二是指改變一個字原來的讀音，以表示意義的轉變。三是指改正形誤的字。」見楊端志著，殷煥先校訂：《訓詁學》上，（濟南：山東文藝出版社，1992年3月），〈第三十二節・常用注音兼釋義術語〉「讀爲、讀曰」條，頁303。而陸佃之著作中所見多爲「以本字釋借字之例。」故此言「用本字來說明假借字」。

置於前，擬音詞置於後。如：

1、《埤雅・卷五・釋獸》「豚」條云：

〈玉藻〉曰：「圈豚行，不舉足，齊如流，端行，頤霤如矢；弁行，
剡剡起屨；執龜、玉，舉前曳踵，蹜蹜如也。」先儒以爲弁，疾也；
端，直也；圈，轉也。豚之言若有所循，皆非是。蓋畜養之閑曰圈，
豕子曰豚，端讀如端弁之端，弁讀如弁冕之弁。〔註20〕

2、《埤雅・卷十一・釋蟲》「螻蛄」條云：

一曰：螻蛈讀如螻蟻之螻。

3、《埤雅・卷十八・釋草》「荼」條云：

茅靡，一作弟靡。弟讀如稊。

按：「稊」，《廣韻》作「杜奚切」，定母，齊韻。而「弟」，《廣韻》作「徒禮切」，
亦爲定母，薺韻。二字屬四聲之異，然齊、薺韻古屬支部，故以「稊」擬
「弟」音。

4、《爾雅新義・卷十・釋地》「丘，一成爲敦丘」條下注云：

敦，又音對，以爲道而一，以爲器而二。敦，一也；敦，二也。又
讀如團，敦，頓也。

按：「敦」、「團」，《廣韻》皆作「度官切」，定母，桓韻。二字同音，故用「團」
擬「敦」音。

5、《爾雅新義・卷十・釋地》「中有枳首蛇焉」條下注云：

枳讀如枝。

按：枳，《廣韻》作「諸氏切」，照母，照母古歸端紐，紙韻；《集韻》則作「章
移切」。「枝」，《廣韻》作「章移切」，照母，照母古歸端紐；支韻。紙、支
韻古歸支部，二字古同音，故以「枝」擬「枳」音。

〔註20〕按：此文出於《禮記・玉藻》，然陸佃有所刪節，其原文爲：「圈豚行，不舉足，
齊如流，席上亦然。端行，頤霤如矢；弁行，剡剡起屨；執龜玉，舉前曳踵，蹜
蹜如也。」見（漢）鄭玄注，（唐）孔穎達疏：《禮記注疏》，（臺北：藝文印書館，
1997 年），收錄於《十三經注疏》第五冊，頁 568。

6、《爾雅新義·卷十四·釋木》「櫟，其實梂」條下注云：

　　樂易也，其實梂，可也。一名柞，以不才生昨日之事也。又讀如作，
　　燎而生之作也。又讀如窄，除木曰柞，以爲礙也而除之，窄故也。

按：「柞」、「作」，《廣韻》作「則落切」，精母，鐸韻，屬同音，故以「作」擬
　　「柞」音。另「窄」，《廣韻》作「側伯切」，莊母，莊母古歸精母，陌韻，
　　而「陌韻」、「鐸韻」同屬鐸部，故以「窄」擬「柞」音。

7、《爾雅新義·卷十九·釋獸》「騏蹄，趼，善陞甗」條下注云：

　　趼，讀如重趼之趼。

8、《爾雅新義·卷二十·釋畜》「宗廟齊豪」條下注云：

　　言豪大之也，驔讀如鱏。

按：驔，《廣韻》作「徒玷切」定母，忝韻。鱏，《廣韻》作「徐林切」。邪母，
　　邪母古歸定母，侵韻。忝、侵同屬侵部，故二字古同音，所以借「鱏」以
　　爲「驔」。

三、音

「某，音某」此屬於直音法之用語，用音同或音近字擬音。例如：

1、《埤雅·卷四·釋獸》「狐」條云：

　　狐狼博物，皆以虛擊孤。狐从孤省，又或以此故也。音胡，疑詞也。

按：「狐」、「胡」，《廣韻》皆作「戶吳切」，二字同音，故以「狐，…音胡」擬
　　音。

2、《埤雅·卷八·釋鳥》「鶩」條云：

　　鶩，音木，質木故也。

按：「鶩」、「木」，《廣韻》皆作「莫卜切」，二字同音。故曰「鶩，音木。」

3、《埤雅·卷十二·釋馬》「駒」條云：

　　（駒）《說文》從句字，音拘，則以駒血氣未定，宜拘執之焉爾。

按：「駒」、「拘」，《廣韻》皆作「舉朱切」，二字同音，故曰「（駒），…音拘。」

4、《埤雅·卷十六·釋草》「葦」條云：

葦可緯，爲簿席。萑亦可緯，唯完，而用不如蘆之或析也，故音完。

按：「葦」，《廣韻》作「于鬼切」，爲母，古歸匣，尾韻（段氏十五部）；「完」，《廣韻》作「胡官切」，匣母，桓韻（段氏十四部），二者屬雙聲。

5、《爾雅新義・卷九・釋天》「秋獮爲獮」條下注云：

獮，殺也。秋殺之時。音鮮。

按：「獮」、「鮮」，《廣韻》皆作「息淺切」，二字同音，故曰「獮，……音鮮。」

6、《爾雅新義・卷十二・釋草》「瓞，瓝，其紹瓞」條注云：

其紹也失，音跌，則所謂瓜者跌矣。

按：「瓞」、「跌」，《廣韻》皆作「徒結切」，二字同音，故曰「音跌。」

7、《爾雅新義・卷十四・釋木》「栲，山榎」條注云：

所謂夏楚：榎，政官之事；楚，刑官之事。榎以正之，楚以齊之。榎音假，尚假借焉。楚，痛矣，且條所蹈也。故栲亦或謂之條。「有條有梅」有可以構之材，「有紀有堂」有可以構之基也，所謂始爲諸侯。

按：「榎」、「假」，《廣韻》皆作「古疋切」，二字同音，故曰「榎音假。」

第三節　用以校勘之術語

一、今文、古文

因字今古之寫法或有異，故此術語乃用以注明某字古作某，今文作某，而陸佃曾同王子韶修定《說文解字》，故詮釋事物或從文字之角度說解。例如：

1、《埤雅・卷十九・釋天》「雲」條云：

古文雲字作云，象雲回轉之形。

二、或作、一作

此乃校勘典籍中文字之異同，用以保存異文之用語，例如：

（一）或作

「或作」主要用以明異體字或通假字，如：

1、《埤雅・卷十九・釋天》「雨」條云：

　　淨，陰雲也，亦或作暒。

2、《爾雅新義・卷九・釋天》「戎醜攸行」條注云：

　　行以宜而已，故曰義路也。「春行羔豚」行或作宜。如此。

3、《爾雅新義・卷十四・釋木》「柀柘」條注云：

　　柘亦美材，能受飾焉。字或作杉，以此。孔子曰「朽木不可雕也」。

4、《爾雅新義・卷十四・釋木》「柚，條」條注云：

　　條所由也，《書》曰：「厥草惟繇，厥木惟條。」柚或作櫾，以此。

5、《爾雅新義・卷十七・釋鳥》「鸐，山雉」條注云：

　　《禽經》曰：「山禽之尾多脩，水禽之尾多促。」翟雉，文明，五色
　　能變夷者也，字或作狄雉，南方也，以能變狄為至。

（二）一作

「一作」乃用以指出他本之異文，如：

1、《埤雅・卷十八・釋草》「茶」條云

　　茅蘼，一作茅蘼。

三、當作、當爲

　　「當爲」亦作「當作」，此乃用以校正經文字形因「字之誤」或「聲之誤」所造成之誤字或誤讀之術語，段玉裁《周禮漢讀考》云：

　　當爲者，定爲字之誤、聲之誤，而改其字也。爲救正之詞。形近而
　　譌，謂之字之誤；聲近而譌，謂之聲之誤。字誤聲誤而正之，皆謂
　　之當爲。〔註21〕

又云：

　　凡言讀爲者，不以爲誤。凡言當爲者，直斥其誤。

例如：

〔註21〕見（清）段玉裁《周禮漢讀考・漢讀考周禮六卷序》，收錄於《段玉裁遺書》上卷，
　　　　（臺北・大化書局，1977 年 6 月），頁 632。

《埤雅・卷四・釋獸》「貍」條云：

袁狎曰：「河冰上有貍迹，便堪人渡。崔劼以爲貍當作狐。」狐性好
疑，故渡冰輒聽。蓋不知所謂聽冰非狐性獨然，貍亦有之也。

四、當謂

此乃用於校對經文後，明確說明應歸屬之正確位置或意義之術語，相當今
漢語之「應當指的是」。如：

《埤雅・卷十一・釋蟲》「易」條云：

《考工記》注云：「脰鳴，黿鼂屬：注鳴，精列屬；旁鳴，蜩蜺屬；
翼鳴，發皇屬；股鳴，蚣蝑屬。胷鳴，榮螈屬。」馬融《周官》作
「以胃鳴」，干寶《周官》作「以骨鳴」，說者以爲三字相近，雖容
有誤，而馬、鄭與干皆前世名儒，或所授師說不同。按《說文》：「蠪，
大龜也，以胃鳴者」則馬本作「以胃鳴」當謂蠪屬。

五、以爲

「以爲」，校勘時用他書以說明被釋詞之另一說法或見解，相當於今漢語之
「認爲」。例如：

1、《埤雅・卷二・釋魚》「龜」條云：

龜，舊也。……《相法》以爲「強脊如龜，有後之人也。」

2、《埤雅・卷七・釋鳥》「鴟鴞」條云：

先儒以爲鴟鴞即今巧婦。

3、《埤雅・卷十五・釋草》「藻」條云：

先儒以爲希冕三章，玄冕一章，非是也。

4、《埤雅・卷十五・釋草》「海藻」條云：

《爾雅》曰：「薅，海藻。」如水藻而大，似髮，黑色，生深海中，
陳藏器《本草》以爲《爾雅》所謂「綸似綸、組似組，東海有之」，
正爲二藻也。

5、《埤雅・卷十五・釋草》「芥」條云：

《類從》以爲「琥珀，脅草也。」

6、《埤雅・卷十八・釋草》「諼草」條云：

　　草之可以忘憂者，故曰諼草。諼，忘也。……《養生論》以爲「合
　　歡蠲忿，萱草忘憂」即是也。

7、《埤雅・卷十九・釋天》「風」條云：

　　天地之氣，噓而成雲，噫而成風。……《造化權輿》以爲「東風之
　　氣，風也，故凍非東風不能解；湛非東風不能溢。」

第八章　陸佃爾雅學著作引書考

陸佃《爾雅》學著作中，最常見之釋義方法即爲援引古今之書以說明，其所徵引之書籍中，涵蓋經、史、子、集各種典籍，足見陸氏於書無不讀，多識廣聞；而書中所引證之書，多有今日已散佚作品，則可供後人從事輯佚。除徵引典籍內容釋義外，亦有引單篇詩、賦以釋義者，故本章即針對所徵引之文獻，分專著及詩賦二方面，予以考述〔註1〕，專著方面以《四庫全書》之排序爲主，分經、史、子、集四部分；詩賦方面則以作品時代爲序。

第一節　陸佃爾雅學著作引專書考

一、經部

（一）易類

1、《易經》

（1）撰者生平

《易經》之作者今已不可考，而《易‧繫辭》、《史記》曾提及其源起、作

〔註1〕按：此章提及書籍之相關考述，多本張心澂《偽書通考》、鄭瑞全、王冠英編《中國偽書綜考》相關見解以論述，並稽考其相關原典覈實，以求其原貌，下同，故行文中則不一一贅述。

者，《易・繫辭上》曰：

> 易有太極，是生兩儀，兩儀生四象，四象生八卦，八卦定吉凶，吉
> 凶生大業。……河出圖，洛出書，聖人則之。易有四象，所以示也。
> 繫辭焉，所以告也。定之以吉凶，所以斷也。〔註2〕

《易・繫辭下》則又云：

> 古者庖犧氏之王天下也，仰觀象於天，俯觀法於地，觀鳥獸之文，
> 與地之宜，近取諸身，遠取諸物，於是始作八卦，以通神明之德，
> 以類萬物之情。〔註3〕

據此，後人多以為「聖人」即指「庖羲」，即八卦為伏羲所創。而司馬遷《史記》
則進一步提出將八卦重為六十四卦者為周文王，其云：

> 西伯蓋即位五十年。其囚羑里，蓋益《易》之八卦為六十四卦。〔註4〕

又曰：

> 自伏羲作八卦，周文王演三百八十四爻而天下治。〔註5〕

至於《十翼》之作，司馬遷則以為孔子之作，云：

> 孔子晚而喜易，序〈彖〉、〈繫〉、〈象〉、〈說卦〉、〈文言〉。〔註6〕

王充於《論衡・謝短》亦有相似之見解，其言：

> 《易》本何所起？造作之者為誰？彼將應曰：「伏羲作八卦，文王演

〔註2〕見（魏）王弼、韓康伯注，（唐）孔穎達正義，《周易注疏・繫辭上・第十一章》，（臺北：藝文印書館，1997年），收錄於《十三經注疏》第一冊，頁156～157。

〔註3〕見（魏）王弼、韓康伯注，（唐）孔穎達正義，《周易注疏・繫辭下・第二章》，（臺北：藝文印書館，1997年），收錄於《十三經注疏》第一冊，頁166。

〔註4〕見（漢）司馬遷著，（唐）張守節正義，（唐）司馬貞索隱，（宋）裴駰集解，（日）瀧川龜太郎考證：史記會注考證》，（臺北：宏業書局，1990年），卷四・〈周本紀第四〉，頁61。

〔註5〕見（漢）司馬遷著，（唐）張守節正義，（唐）司馬貞索隱，（宋）裴駰集解，（日）瀧川龜太郎考證：《史記會注考證》，（臺北：宏業書局，1990年），卷一百二十七・〈日者列傳第六十七〉，頁1303。

〔註6〕見（漢）司馬遷著，（唐）張守節正義，（唐）司馬貞索隱，（宋）裴駰集解，（日）瀧川龜太郎考證：《史記會注考證・卷四十七・孔子世家第十七》，（臺北：宏業書局，1990年），頁743。

爲六十四，孔子作《象》、《繫辭》。三聖重業，《易》乃具足。」〔註7〕

然上述之說，前人多以有所疑義或反駁之語〔註8〕，故今僅能認定《易經》之作應非出自一人之手。

（2）解題

《周易》又稱《易》，本爲卜筮之書，爲「推天道以明人事者」。然「《易》道廣大，無所不包，旁及天文、地理、樂律、兵法、韻學、算術以逮方外之爐火，皆可援《易》以爲說。」〔註9〕，且「《易》，聖人之所以極深而研幾也」，故遂成儒家經典之一，夙爲士子所誦習，後列爲六經之一，故後世亦稱《易經》。而《易》之內容兼具經與傳二部分，經者，包含六十四卦及卦爻辭，其中〈乾卦〉至〈離卦〉三十卦爲上經，〈鹹卦〉至〈未濟卦〉三十四卦爲下經。傳者，爲解經而作，《易》之傳有十篇：〈彖辭〉上下、〈象辭〉上下、〈文言〉、〈繫辭〉上下、〈說卦〉、〈序卦〉、〈雜卦〉曰《十翼》。故《漢書‧藝文志》云：

> 《易經》十二篇。師古注曰：「上、下經及十翼，故十二篇。」

《漢書‧藝文志》亦有提及其傳承，其云：

> 易曰：「宓戲氏仰觀象於天，俯觀法於地，觀鳥獸之文，與地之宜，近取諸身，遠取諸物，於是始作八卦，以通神明之德，以類萬物之情。」至於殷、周之際，紂在上位，逆天暴物，文王以諸侯順命而行道，天人之占可得而效，於是重易六爻，作上下篇。孔氏爲之彖、象、繫辭、文言、序卦之屬十篇。故曰易道深矣，人更三聖，世歷

〔註7〕見（漢）王充：《論衡‧卷第十二‧謝短第三十六》，收錄於《新編諸子集成》，（臺北：世界書局，1991年5月），第七冊，頁125。

〔註8〕如：1、唐代孔穎達於《周易正義》主張伏羲自重卦、對文王作卦爻辭提出質疑。2、宋儒歐陽脩於《易童子問》中以《十翼》內容前後矛盾，而主張〈繫辭〉、〈文言〉、〈說卦〉以下非孔子所作。3、清儒崔述《洙泗考信錄》以（1汲塚所出之《周易》無《十翼》；（2）〈繫辭〉、〈文言〉中有「子曰」二字，不宜如此自稱（3）以《左傳‧襄公九年》所記魯穆姜論元亨利貞四德之事與〈文言〉之比較，內容相似，疑採自《春秋》之語（4）〈象傳〉有采曾子之語等理由，論斷必非出自孔子手筆。而近人錢穆先生則有〈論十翼非孔子所作〉之作。

〔註9〕見（清）紀昀等編：《四庫全書總目提要》：（臺北：藝文印書館，1968年3月），頁63。

三古。及秦燔書，而易爲筮蔔之事，傳者不絕。漢興，田何傳之。訖于宣、元，有施、孟、梁丘、京氏列於學官，而民閒有費、高二家之說。向以中古文易經校施、孟、梁丘經，或脫去「無咎」、「悔亡」，唯費氏經與古文同。

（3）引文舉例

《埤雅・卷一・釋魚・龍》引《易》曰：

> 震爲龍。

按：此引自《易經・說卦・第十一章》，此引文有所刪節，原文作「震爲雷、爲龍、爲玄黃、爲敷、爲大塗、爲長子、爲決躁、爲蒼筤竹、爲萑葦。」

《埤雅・卷一・釋魚・鮒》引《易》曰：

> 《易》之〈井〉曰：「井穀射鮒，甕敝漏」。

按：此引自《易經・井卦》，原文作「九二：井穀射鮒，甕敝漏。」

《埤雅・卷二・釋魚・龜》引《易》曰：

> 《易》曰：「定天下之吉凶，成天下之亹亹者，莫大乎蓍龜」。

按：此引自《易經・繫辭上・第十一章》。

> 《易》曰：「舍爾靈龜」。

按：此引自《易經・頤》，原文作：「初九：舍爾靈龜，觀我朵頤，凶。」

《埤雅・卷二・釋魚・蠏》引《易》曰：

> 《易》曰：「離爲蟹。」

按：此引自《易經・說卦・第十一章》，此引文有所刪節，原文作：「離爲火，爲日，爲電，爲中女，爲甲冑，爲戈兵。其於人也，爲大腹，爲乾卦，爲鱉，爲蟹，爲蠃，爲蚌，爲龜。其於木也，爲科上槁。」

《埤雅・卷十三・釋木・楊》引《易》曰：

> 《易》曰：「枯楊生華」、「枯楊生稊」，蓋楊性堅勁，雖生棟，不撓。……
> 象曰：「大過，棟橈，本末弱也。」

按：此引自《易經・大過》，此引文有所刪節且順序有異，原文作：「象曰：大

過，大者過也。棟橈，本末弱也。……九二：枯楊生稊，老夫得其女妻，無不利。……九五：枯楊生華，老婦得士夫，無咎無譽。」〔註10〕

《爾雅新義・卷一・釋詁》「粵、于、爰，曰也」條注引《易》曰：

〈小過〉曰：「密雲不雨。」……〈小畜〉曰：「密雲不雨，尚往也。」

《爾雅新義・卷十・釋地》「窮瀆，氾」條注引《易》曰：

《易》曰：「亢龍有悔。」

按：此引自《易經・乾》。

2、《易林》十六卷，舊題漢焦延壽撰。

（1）撰者生平

焦延壽，字贛〔註11〕，西漢梁人。〔註12〕少時家貧，幸得梁敬王之資而學有所成。後為郡吏察舉，補小黃令，因任內預知邑中隱伏之事，故盜賊稀發，吏人畏愛，終卒於小黃官次。焦延壽曾隨孟喜治《易》而長於《易》，後受徒京房，漢代遂有京氏之學〔註13〕。曾撰有《易林》十六卷、《易林變占》十六卷。《易林變占》亡佚已久，今僅存《易林》一書。事見《漢書・眭兩夏侯京翼李傳》、《漢書・儒林傳》

（2）解題

《易林》又名《焦氏易林》。《易林》先將每卦變六十四卦，再將六十四卦兩兩重疊而得四千零九十六卦，並將各卦繫以四言韻語之文辭，加以解卦。

《易林》作者舊題為焦延壽撰，然明人鄭曉首先提出質疑，於《古言》云：

〔註10〕見（魏）王弼、韓康伯注，（唐）孔穎達正義，《周易注疏》卷三・「大過」，（臺北：藝文印書館，1997年），收錄於《十三經注疏》第一冊，頁71。

〔註11〕其姓名另有一說：「黃伯思於《東觀餘論》以為名贛，字延壽。」此說應誤，詳見（清）紀昀等編：《四庫全書總目提要》，（臺北：藝文印書館，1968年3月），卷一百九・子部十九・術數類二「《易林》」條，頁2153。

〔註12〕《漢書・儒林傳》云：「京房受《易》梁人焦延壽。延壽云嘗從孟喜問《易》。」見（東漢）班固著，（唐）顏師古注，（清）王先謙補注：《漢書補注》，（臺北：藝文印書館，1996年），卷八十八・〈儒林傳第五十〉，頁1547。

〔註13〕見（東漢）班固著，（唐）顏師古注，（清）王先謙補注：《漢書補注》卷七十五・〈眭兩夏侯京翼李傳第四十五〉，臺北：藝文印書館，1996年），頁1397。

《易林》十六卷，世傳漢焦延壽撰，雖隋、唐《經籍志》亦然。今考《漢書·儒林傳》、〈藝文志〉及荀悅《漢紀》皆不言焦氏著《易林》，疑今《易林》未必出於焦氏。〔註14〕

顧炎武則於《日知錄》中以爲是書爲東漢後期著作；《後漢書》范曄撰李賢注則題作「許峻著《易林》」；清牟庭相、今人余嘉錫則以爲當爲西漢崔篆之作。〔註15〕

（3）引文舉例

《埤雅·卷三·釋獸·羊》引《易林》曰：

羊腸九縈。

《埤雅·卷三·釋獸·牛》引《易林》曰：

焦贛〔註16〕《易林》曰：「牛龍耳瀆」。

《埤雅·卷七·釋鳥·鴟鵂》引《易林》曰：

焦贛《易林》曰：「崔目燕額，畏晷無光。」

《埤雅·卷九·釋鳥·鴇》引《易林》曰：

焦贛《易林》曰：「文山鴻豹，肥多膹脂」。

（二）書類

1、《尚書》二十九篇，舊題孔子編。

（1）作者不詳，司馬遷和班固皆以為編自孔子。《史記·孔子世家》曰：

孔子之時，周室微而禮樂廢，詩書缺。追跡三代之禮，序書傳，上紀唐虞之際，下至秦繆，編次其事。……故書傳、禮記自孔氏。〔註17〕

〔註14〕見鄭曉：《古言》，收入《四庫全書存目叢書》子部·雜家類 86，（台南：莊嚴文化事業有限公司，1996 年），明嘉靖 45 年項篤壽刻本。

〔註15〕作者考辨之論述詳見胡適《<易林>斷歸崔篆的判決書》，收錄於《歷史語言研究所集刊》第二十冊上冊（中華書局，1987 年 5 月版），頁 25。此處作者依《四庫全書總目提要》所題論述之。

〔註16〕按：《埤雅》一書中除《四庫全書》本作「焦贛」外，其餘如：武林郎氏堂策檻刊《五雅》本、《格致叢書》刊本、清太宗崇德五年（庚辰，1640 年，明崇禎十三年）刊清康熙間印本、《四庫全書薈要》本均作「焦貢」，以下皆同。

〔註17〕見（漢）司馬遷著，（唐）張守節正義，（唐）司馬貞索隱，（宋）裴駰集解，（日）

《漢書・藝文志》則曰：

> 書之所起遠矣、至孔子纂焉、上斷于堯、下訖于秦、凡百篇、而爲
> 之序、言其作意。〔註18〕

然就今所傳之作品中作於孔子身後者達十篇，故孔子應非編該書之人。

（2）解題

《尚書》，又稱《書》，依時代可分：〈虞夏書〉四篇、〈商書〉五篇、〈周書〉二十篇，凡二十九篇。內容則「上紀唐虞之際，下至秦繆，編次其事」〔註19〕，可供研究當時典章制度、歷史及政治之據。而《尚書》經秦火後，則有今文、古文《尚書》之別，《漢書・藝文志》曾言及今文、古文《尚書》之流變，曰：

> 秦燔書禁學，濟南伏生獨壁藏之。漢興亡失，求得二十九篇，以教
> 齊魯之間。訖孝宣世，有《歐陽》、《大小夏侯氏》，立於學官。《古
> 文尚書》者，出孔子壁中。武帝末，魯共王懷孔子宅，欲以廣其宮。
> 而得《古文尚書》及《禮記》、《論語》、《孝經》凡數十篇，皆古字
> 也。共王往入其宅，聞鼓琴瑟鐘磬之音，於是俱，乃止不壞。孔安
> 國者，孔子後也，悉得其書，以考二十九篇，得多十六篇。安國獻
> 之。遭巫蠱事，未列於學官。劉向以中古文校歐陽、大小夏侯三家
> 經文，《酒誥》脫簡一，《召誥》脫簡二。率簡二十五字者，脫亦二
> 十五字，簡二十二字者，脫亦二十二字，文字異者七百有餘，脫字
> 數十。〔註20〕

〔註18〕　瀧川龜太郎考證：《史記會注考證・孔子世家》，（臺北：宏業書局，1990年），頁741。

〔註18〕　見（東漢）班固著，（唐）顏師古注，（清）王先謙補注：《漢書補注》，（臺北：藝文印書館，1996年），卷三十・〈藝文志〉，頁877。

〔註19〕　見（漢）司馬遷著，（唐）張守節正義，（唐）司馬貞索隱，（宋）裴駰集解，（日）瀧川龜太郎考證：《史記會注考證・孔子世家》，（臺北：宏業書局，1990年），頁741。

〔註20〕　見（漢）班固：《漢書・藝文志・六藝略》。按：《漢書・藝文志》以爲古文尚書爲孔氏所獻，然閻若璩則以爲應是，「武帝時，由孔安國家人獻之」。閻若璩於《尚書古文疏證・卷二》曰：「予嘗疑安國獻《書》，遭巫蠱之難，計其年必高，與馬遷所云蚤卒者不合。信《史記》蚤卒，則《漢書》之獻《書》必非安國；信《漢書》獻《書》，則《史記》之安國必非蚤卒。然馬遷親從安國游者也，記其生卒，必不誤者也。竊意天漢後，安國死已久，或其家子孫獻之，非必其身，而苦無明

（3）引文舉例

《埤雅・卷二・釋魚・龜》引《尚書》曰：

〈洛誥〉所謂「我卜澗水東，瀍水西，惟洛食」。

按：此引自《尚書・周書・洛誥》。

《埤雅・卷四・釋獸・羆》引《尚書》曰：

《書》曰：「以有熊羆之士，不二心之臣。」

按：此引自《尚書・周書・康王之誥》，「以」，《尚書》作「亦」。

《埤雅・卷十・釋蟲・螘》引《尚書》曰：

《書》曰：「王麻冕黼裳，卿士邦君，麻冕蟻裳」。

按：此引自《尚書・周書・顧命》，此引文有所刪節，原文作：「王麻冕黼裳，由賓階隮。卿士邦君，麻冕蟻裳，入即位」。

《埤雅・卷十二・釋馬・馬》引《尚書》曰：

《書》曰：「懍乎，若朽索之馭六馬」。

按：此引自《尚書・夏書・五子之歌》。「懷乎」，《尚書》作「懍乎」。

《埤雅・卷十三・釋木・梅》引《尚書》曰：

《書》曰：「若作酒醴，爾惟麴糵；若作和羹，爾惟鹽梅。」

按：此引自《尚書・商書・說命下》。

《埤雅・卷十九・釋天・天》引《尚書》曰：

《書》曰：「皇天眷命，奄有四海，爲天下君。」

按：此引自《尚書・虞書・大禹謨》。

《尚書・周書・君奭》：「在昔成湯既受命，時則有若伊尹，格于皇天。在太戊，時則有若伊陟、臣扈，格于上帝；巫咸乂王家。」

證。越數載，讀荀悅《漢紀・成帝紀》云：『魯恭王壞孔子宅，得古文《尚書》，多十六篇。武帝時，孔安國家獻之。會巫蠱事，未列於學官。』於安國下增一「家」字，足補《漢書》之漏。」

按：此引自《尚書・周書・君奭》，此引文有所刪節，原文作：「君奭！我聞<u>在</u>
　　<u>昔成湯既受命，時則有若伊尹，格于皇天。</u>在太甲，時則有若保衡。<u>在太</u>
　　<u>戊，時則有若伊陟、臣扈，格于上帝；巫咸乂王家。</u>」

《爾雅新義・卷一・釋詁》「卬、吾、台、予、朕、身、甫、余、言，我也。」
條注引《尚書》曰：

　　《書》曰：「台小子舊學於甘盤。」又曰：「爾交修予」

按：此引自《尚書・商書・說命下》，

　　《爾雅新義・卷五・釋言》「戰戰、蹌蹌，動也」條注引《尚書》曰：

　　　　《書》曰：「鳥獸蹌蹌」

按：此引自《尚書・虞書・益稷》。

　　《爾雅新義・卷三・釋詁》「董、督，正也」條注引《尚書》曰：

　　董正之用威，督正之用明。

按：「董正之用威」此文見於《尚書・虞書・大禹謨》，然此不注出處，原文作：
　　「戒之用休，董之用威。」

2、《尚書正義》卷二十，舊題漢孔安國傳，唐孔穎達正義。

（1）撰者生平

　　孔安國（？～？），字子國，漢魯國人，曾任博士、諫大夫，授都朝尉、臨
淮太守等職。因孔氏習通經學，與董仲舒齊名，故司馬遷曾從問故。其生平《史
記》、《漢書》均無專傳著錄，僅散見於《史記・儒林列傳》、《史記・孔子世家》、
《漢書・儒林傳》等處。

　　孔穎達（574～648），字仲達，冀州衡水人。隋大業初，舉明經高第，授河
內郡博士。唐太宗時，授文學館學士，遷國子博士。貞觀初，先後任封曲阜縣
男，給事中、國子司業，太子右庶子兼司業、散騎常侍等職。貞觀十二年（638），
奉詔與顏師古、司馬才章、王恭、王琰等，編纂《五經》義訓，號《義贊》。貞
觀十六年（642）書成，詔改爲《五經正義》。後致仕，貞觀廿二年（648）卒，
陪葬昭陵，贈太常卿，諡曰憲。事蹟具《新唐書・卷二百一十一・列傳第一百
二十三・儒學上・孔穎達傳》。

（2）解題

《尚書孔安國傳》乃以古文尚書爲主加以詮釋者，孔安國曾叙爲《尚書》注之由，曰：

> 承詔爲五十九篇作傳，於是遂研精覃思，博考經籍，採摭群言，以立訓傳，約文申義，敷暢厥旨，庶幾有補於將來。〈書序〉，序所以爲作者之意，昭然義見，宜相附近，故引之各冠其篇首。定五十八篇既畢，會國有巫蠱事，經籍道息，用不復以聞，傳之子孫，以貽後世。若好古博雅君子，與我同志，亦所不隱也。〔註21〕

唐·孔穎達亦以爲孔安國曾傳《尚書》，曰：

> 既乎七雄已戰，五精未聚，儒雅與深穽同埋，經典共積薪俱燎。漢氏大濟區宇，廣求遺逸，採古文於金石，得今書於齊魯。其文則歐陽、夏侯二家之所說，蔡邕碑石刻之。古文則兩漢亦所不行，安國註之，實遭巫蠱，遂寢而不用。歷及魏晉，方始稍興，故馬、鄭諸儒莫覩其學，所註經傳時或異同。晉世皇甫謐獨得其書，載於《帝紀》，其後傳授乃可詳焉。〔註22〕

而該書至晉，方由梅賾奏於朝廷，《隋書·經籍志》云：

> 至東晉，豫章內史梅賾始得安國之傳，奏之。

《尚書·舜典》唐孔穎達疏亦云：

> 東晉之初，豫章內史梅賾上《孔氏傳》，猶缺《舜典》。

至唐貞觀十六年，孔穎達等則爲之疏；永徽四年，長孫無忌等又加刊定。然至宋時，始有疑孔安國注之眞僞，如《朱子語錄》云：

> 《尚書》非孔安國傳，此恐是魏晉間人所作，托安國爲名。與毛公詩傳大段不同。今觀序文亦不類漢文章。漢時文字麤，魏晉間文字細。如《孔叢子》亦然，皆是那一時人所爲。〔註23〕

〔註21〕見（漢）孔安國：〈尚書序〉，收錄於（梁）蕭統撰，（唐）李善注：《文選·卷四十五·序上》，（臺北：藝文印書館，2003 年 3 月），頁 648。

〔註22〕見（唐）孔穎達：〈尚書正義序〉，收錄於（清）董誥等編：《全唐文》，（上海：上海古籍出版社，1995 年 11 月），卷一百四十六，頁 648。

〔註23〕見（宋）黎靖德編：《朱子語類》，（京都：中文出版社，1979 年 2 月），卷第七十

《四庫全書總目提要》則集合如：梅鷟、朱彝尊、閻若璩等各家之說，而有詳細論斷，曰：

> 孔《傳》之依托，自朱子以來遞有論辯。至國朝閻若璩作《尚書古文疏証》，其事愈明。其灼然可據者：梅鷟《尚書考異》攻其注《禹貢》「瀍水出河南北山」一條、「積石山在金城西南羌中」一條，地名皆在安國後。朱彝尊《經義考》攻其注《書序》「東海駒驪、扶餘馯貊之屬」一條，謂駒驪王朱蒙至漢元帝建昭二年始建國，安國武帝時人，亦不及見。若璩則攻其注《泰誓》「雖有周親，不如仁人」與所注《論語》相反。又安國《傳》有《湯誓》，而注《論語》「予小子履」一節乃以為《墨子》所引《湯誓》之文案安國《論語》注今佚，此條乃何晏《集解》所引。皆証佐分明，更無疑義。至若璩謂定從孔《傳》，以孔穎達之故，則不盡然。考《漢書藝文志敘》，《古文尚書》但稱安國獻之，遭巫蠱事，未立於學官，不云作《傳》。而《經典釋文敘錄》乃稱《藝文志》云安國獻《尚書傳》，遭巫蠱事，未立於學官，始增入一「傳」字，以証實其事。又稱今以孔氏為正，則定從孔《傳》者乃陸德明，非自穎達。惟德明於《舜典》下注云：「孔氏《傳》亡《舜典》一篇，時以王肅《注》頗類孔氏，故取王《注》從『慎徽五典』以下為《舜典》，以續孔《傳》。」又云：「『曰若稽古帝舜曰重華協於帝』十二字，是姚方興所上，孔氏《傳》本無。阮孝緒《七錄》亦云，方興本或此下更有『浚哲文明溫恭允塞玄德升聞乃命以位』凡二十八字異，聊出之，於王《注》無施也。」則開皇中雖增入此文，尚未增入孔《傳》中，故德明云爾。今本二十八字當為穎達增入耳。梅賾之時，去古未遠，其《傳》實據王肅之《注》而附益以舊訓，故《釋文》稱王肅亦注今文，所解大與古文相類，或肅私見孔《傳》而秘之乎？此雖以末為本，未免倒置，亦足見其根據古義，非盡無稽矣。穎達之《疏》，晁公武《讀書志》謂因梁費甝《疏》廣之。然穎達原《序》稱為《正義》者蔡大寶、巢猗、費甝、顧彪、劉焯、劉炫六家，而以劉焯、劉炫最為詳雅。

八・尚書一，頁 935。

其書實因二劉，非因費氏。公武或以《經典釋文》所列義疏僅魁一家，故云然歟？《朱子語錄》謂「《五經》疏《周禮》最好，《詩》、《禮記》次之，《易》、《書》爲下」，其言良允。然名物訓故究賴之以有考，亦何可輕也！〔註24〕

（3）引文舉例

《埤雅・卷二・釋魚・龜》引《尙書正義》曰：

〈洛誥〉所謂「我卜澗水東，瀍水西，惟洛食；〔註25〕」傳曰：「卜必先墨畫龜，然後灼之，兆順食墨。」〔註26〕

按：此引自《尙書・洛誥》孔安國傳。

《爾雅新義》「弘、廓、宏、溥、介、純、夏、幠、厖、墳、嘏、丕、奕、洪、誕、戎、駿、假、京、碩、濯、訏、宇、穹、壬、路、淫、甫、景、廢、壯、冢、簡、箌、昄、晊、將、業、席，大也」條注引《尙書正義》曰：

所謂誕膺駿命，蓋若「有火復於王屋，流爲烏。」

按：此引自《尙書・周書・泰誓》孔穎達疏，「復於」，《尙書》作「入于」，云：「武帝時董仲舒對策云：『《書》曰：『白魚入于王舟，<u>有火入于王屋，流爲烏</u>』。」

3、《尙書大傳》四卷，舊題漢伏勝撰。

（1）撰者生平

伏勝，（？～？）。漢濟南人，爲秦博士，時人稱伏生。秦火時，伏生曾藏書於壁中，漢定，求書於四方，得二十九篇以授於齊魯間。文帝時，因無可治

〔註24〕見（清）紀昀等編：《四庫全書總目提要》，（臺北：藝文印書館，1968 年 3 月），卷十一・經部十一・「《尙書正義》」條，頁 262～263。

〔註25〕《尙書・洛誥》：「周公拜手稽首曰：『朕復子明辟。王如弗敢及天基命定命，予乃胤保大相東土，其基作民明辟。予惟乙卯，朝至于洛師。我卜河朔黎水，我乃卜澗水東，瀍水西，惟洛食；我又卜瀍水東，亦惟洛食。伻來以圖及獻卜。』」見（漢）孔安國傳，（唐）孔穎達疏：《尙書注疏・洛誥第十五》，（臺北：藝文印書館，1997 年），收錄於《十三經注疏》第一冊，卷十五，頁 224～225。

〔註26〕見（漢）孔安國傳，（唐）孔穎達疏：《尙書注疏・洛誥第十五》，（臺北：藝文印書館，1997 年），收錄於《十三經注疏》第一冊，卷十五，頁 225。

《尚書》者，故詔鼂錯從學伏生習《尚書》。事蹟具《史記・卷一百二十一・儒林列傳》、《漢書・卷八十八・儒林傳》。

（2）解題

該書《隋書・經籍志》、《舊唐書・經籍志》、《新唐書・藝文志》、《宋史・藝文志》、《郡齋讀書志》、《崇文總目》等皆作三卷，而《直齋書錄解題》、《四庫全書總目提要》則作四卷。是書屬注疏《尚書》之作，舊題作伏生所撰，如《晉書・五行志上》曰：

> 文帝時，處生創紀《大傳》，其言五行庶徵備矣。〔註27〕

又如《崇文總目》云：

> 《尚書大傳》三卷，漢濟南伏勝撰，後漢大司農鄭玄注，伏生本秦博士，以章句授諸儒，故博引異言，援經而申證云。〔註28〕

然亦有持異者，以爲爲其徒所作，如《四庫全書總目提要》引鄭康成〔註29〕之說曰：

> 陸德明《經典釋文》稱《尚書大傳》三卷，伏生作。《晉書・五行志》稱漢文帝時伏生創紀《大傳》。《玉海》載《中興館閣書目》引鄭康成《尚書大傳序》曰：「蓋自伏生也。伏生爲秦博士，至孝文時年且百歲。張生、歐陽生從其學而受之，音聲猶有訛誤，先後猶有舛差。重以篆隸之殊，不能無失。<u>生終後，數子各論所聞，以己意彌縫其闕，別作章句。又特撰大義，因《經》屬指，名之曰《傳》。</u>劉向校書，得而上之。凡四十一篇，詮次爲八十一篇」云云。然則<u>此《傳》乃張生、歐陽生所述，特源出於勝爾，非勝自撰也</u>。〔註30〕

〔註27〕見《晉書・志第十七・五行上》（臺北：藝文印書館，1996 年 8 月初版四刷，《二十五史》影印清乾隆武英殿刊本），卷二十七，頁 379。

〔註28〕見《崇文總目・卷一・書類》，收錄於（清）永瑢、紀昀纂修：《景印文淵閣四庫全書》，（臺北：臺灣商務印書館，1986 年 3 月），史部・目錄類，第 674 冊，頁 7。

〔註29〕鄭康成之說，亦見於（宋）晁公武撰《郡齋讀書志・卷一・尚書大傳》，詳見（宋）晁公武撰、孫猛校證：《郡齋讀書志校證》，（上海：上海古籍出版社，2006 年 6 月），卷一「尚書大傳」條，頁 53。

〔註30〕見（清）紀昀等編：《四庫全書總目提要》，（臺北：藝文印書館，1968 年 3 月），卷十二・經部・書類二，頁 298。

而該書注疏之方式、內容，《四庫全書總目提要》曰：

> 其文或說《尚書》，或不說《尚書》，大抵如《詩外傳》、《春秋繁露》，<u>與《經》義在離合之間。而古訓舊典，往往而在</u>，所謂六藝之支流也。其第三卷爲〈洪範五行傳〉，首尾完具。<u>漢代緯候之說，實由是起</u>。然〈月令〉先有是義，今列爲經，不必以董仲舒、劉向、京房推說事應，穿鑿支離，歸咎於勝之創始。第四卷題曰〈略說〉，王應麟《玉海》別爲一書。然如《周禮·大行人疏》引「孟侯」一條、《玉藻疏》引「祀上帝於南郊」一條，今皆在卷中。是《大傳》爲大名，〈略說〉爲小目，應麟析而二之，非也。惟所傳二十八篇無〈泰誓〉，而此有〈泰誓傳〉。<u>又〈九共〉、〈帝告〉、〈歸禾〉、〈掩誥〉皆《逸書》，而此書亦皆有《傳》。蓋伏生畢世業書，不容二十八篇之外全不記憶，特舉其完篇者《傳》於世。其零章斷句，則偶然附記於傳中</u>，亦事理所有，固不足以爲異矣。〔註31〕

（3）引文舉例

《埤雅·卷六·釋鳥·烏》引《尚書大傳》云：

> 《尚書大傳》曰：「愛人者，兼其屋上之烏。」

按：此引自《尚書大傳·卷二》。

《埤雅·卷十二·釋馬·騧》引《尚書大傳》云：

> 《尚書大傳》曰：「命於其君，然後得乘騧馬」。

按：此引自《尚書大傳·卷一·堯典》，此引文「騧馬」上脫「飾車」二字，原文作「命於其君，然後得乘騧馬」。

《埤雅·卷十五·釋草·藻》引《尚書大傳》云：

> 《尚書大傳》曰：「〈周書〉自〈泰誓〉，就〈召誥〉而盛於〈洛誥〉。」

按：此引自《尚書大傳·卷二·周傳》。

《埤雅·卷二十·釋天·月》引《尚書大傳》云：

〔註31〕見（清）紀昀等編：《四庫全書總目提要》，（臺北：藝文印書館，1968 年 3 月），卷十二·經部·書類二，頁 298。

《尚書大傳》以爲：「晦而月見西方，謂之朓；朝而月見東方，謂之
朒。」

按：此引自《尚書大傳・卷二・洪範》，此有所刪節，「朒」；《尚書大傳》作「側
匿」。原文作：「晦而月見西方，謂之朓；朓則侯王其荼。朔而月見東方，
謂之側匿；側匿則侯王其肅。」

（三）詩類

1、《毛詩》二十卷，漢毛亨撰。

（1）撰者生平

毛亨，一說西漢魯人〔註32〕，一說河間人〔註33〕，其生卒年不詳，曾從荀
卿習子夏之《詩》學，後作《毛詩詁訓傳》，並授予毛萇。時人謂毛亨爲大毛公，
毛萇爲小毛公。以《詩》學聞於世。

（2）解題

《詩》自孔子後，於漢說《詩》者四家，其講授之沿革與傳承，《漢書・藝
文志》云：

《書》曰：「詩言志，哥詠言。」故哀樂之心感，而哥詠之聲發。誦
其言謂之詩，詠其聲謂之哥。故古有采詩之官，王者所以觀風俗，
知得失，自考正也。孔子純取周詩，上采殷，下取魯，凡三百五篇，
遭秦而全者，以其諷誦，不獨在竹帛故也。漢興，魯申公爲《詩訓
故》，而齊轅固、燕韓生皆爲之傳。或取春秋，采雜說，咸非其本義。
與不得已，魯最爲近之。三家皆列於學官。又有毛公之學，自謂子
夏所傳，而河間獻王好之，未得立。〔註34〕

〔註32〕言魯人者，如陸璣《毛詩草木鳥獸蟲魚疏》云：「孔子刪《詩》，授卜商。商爲之
序，以授魯人曾申。申授魏人李克，克授魯人孟仲子，仲子授根牟子，根牟子授
趙人荀卿，荀卿授魯國毛亨」、鄭玄《詩譜》曰：「魯人大毛公爲《詁訓》，傳於其
家，河間獻王得而獻之，以小毛公爲博士。」等。

〔註33〕言河間人者，如《經典釋文・序錄》：「徐整云：『子夏授高行子，高行子授薛倉子，
薛倉子授帛妙子，帛妙子授河間人大毛公，毛公爲《詩故訓》傳於家，以授趙人
小毛公」，（臺北：鼎文書局，1972年9月），頁10。

〔註34〕見（漢）班固撰，（唐）顏師古注，（清）王先謙補注：《漢書補注》，（臺北：藝文

《漢書・藝文志》〔註35〕及「《漢書・儒林傳》〔註36〕言「毛公」傳詩，然未提及毛公為何人。自後毛公有二說：一為趙人毛萇，主此者有《後漢書・儒林傳》〔註37〕、《隋書・經籍志》〔註38〕、新舊唐書〔註39〕、《宋史・藝文志》〔註40〕等；

印書館，1996年8月初版四刷，《二十五史》景印清乾隆武英殿刊本），卷三十，頁878。

〔註35〕《漢書・藝文志》云：「毛詩二十九卷。……漢興，魯申公為詩訓故，而齊轅固、燕韓生皆為之傳。或取春秋，采雜說，咸非其本義。與不得已，魯最為近之。三家皆列於學官。又有毛公之學，自謂子夏所傳，而河間獻王好之，未得立。」見（漢）班固撰，（唐）顏師古注，（清）王先謙補注：《漢書補注》，（臺北：藝文印書館，1996年8月初版四刷，《二十五史》景印清乾隆武英殿刊本），卷三十，頁878。

〔註36〕《漢書・儒林傳》云：「毛公，趙人也。治詩，為河間獻王博士」。見（漢）班固撰，（唐）顏師古注，（清）王先謙補注：《漢書補注》，（臺北：藝文印書館，1996年8月初版四刷，《二十五史》景印清乾隆武英殿刊本），卷八十八，頁1552。

〔註37〕《後漢書・儒林列傳・第六十九下》：「前書魯人申公受詩於浮丘伯，為作詁訓，是為《魯詩》；齊人轅固生亦傳詩，是為《齊詩》；燕人韓嬰亦傳詩，是為《韓詩》：三家皆立博士。趙人毛萇傳詩，是為《毛詩》，未得立。」見（南朝宋）范曄撰，（唐）章懷太子賢注，（梁）劉昭補志，（清）王先謙集解：《後漢書集解》，（臺北：藝文印書館，1996年8月初版四刷，《二十五史》景印清乾隆武英殿刊本），卷七十九下，頁917。

〔註38〕見（唐）魏徵撰：《隋書・志第二十七・經籍一・經》：「漢初，有魯人申公，受《詩》于浮丘伯，作《詁訓》，是為《魯詩》。齊人轅固生亦傳《詩》，是為《齊詩》。燕人韓嬰亦傳《詩》，是為《韓詩》。終於後漢，三家並立。漢初，又有趙人毛萇善《詩》，自云子夏所傳，作《詁訓傳》，是為《毛詩》古學，而未得立。後漢有九江謝曼卿，善《毛詩》，又為之訓。東海衛敬仲，受學於曼卿。先儒相承，謂之《毛詩》。」見（唐）魏徵撰：《隋書》，（臺北：藝文印書館，1996年8月初版四刷，《二十五史》景印清乾隆武英殿刊本），卷三十二，頁474～475。

〔註39〕劉昫撰：《舊唐書・志第二十六・經籍上》云：「毛詩十卷，毛萇撰。」，（臺北：藝文印書館，1996年8月初版四刷，《二十五史》景印清乾隆武英殿刊本），卷四十六，頁950；（宋）歐陽脩：《新唐書・志第四十七・藝文一》：「毛萇傳十卷」，（臺北：藝文印書館，1996年8月初版四刷，《二十五史》景印清乾隆武英殿刊本），卷五十七，頁652。

〔註40〕見（宋）歐陽脩撰：《宋史・志第一百五十五・藝文一》：「《毛詩》二十卷，漢毛萇為詁訓傳，鄭玄箋」，（臺北：藝文印書館，1996年8月初版四刷，《二十五史》影印清乾隆武英殿刊本），卷二百二，頁2406。

一為魯人毛亨，主此者，如鄭玄《詩譜》〔註41〕、孔穎達《五經正義》〔註42〕、朱彝尊《經義考》〔註43〕、《四庫全書總目提要》等。然此爭論當以陸璣《毛詩草木鳥獸蟲魚疏・毛詩》所詳載《毛詩》之傳承可解惑。其云：

> 孔子刪《詩》，授卜商。商為之序，以授魯人曾申。申授魏人李克，克授魯人孟仲子，仲子授根牟子，根牟子授趙人荀卿，荀卿授魯國毛亨。亨作《訓詁傳》以授趙國毛萇。時人謂亨為大毛公，萇為小毛公，以其所傳故名其詩曰「毛詩」。……然魯、齊、韓詩三氏，皆立博士，惟毛詩不立博士耳。〔註44〕

而《毛詩》與三家詩，就經文而言，並無大異，僅說解差異較大，《毛詩》以說解經義為主，而其他三家則「或取春秋，采雜說，咸非其本義」，甚至《齊詩》多牽附陰陽五行，故《齊詩》最先亡於魏代；《魯詩》亡則於西晉；《韓詩》僅存〈外傳〉，今僅《毛詩》獨傳於世，今本《詩經》即為《毛詩》。

（3）引文舉例〔註45〕：

《埤雅・卷一・釋魚・龍》引《毛詩》云：

> 詩曰：「賓載手仇。」〔註46〕

按：見引自《詩經・小雅・賓之初筵》。

《埤雅・卷一・釋魚・鯉》引《毛詩》云：

> 詩曰：「魚麗於罶，鱨鯊。魚麗於罶，魴鱧。魚麗於罶，鰋鯉」。

按：此引自《詩經・小雅・魚麗》：，此引文有所刪節，原文作：「魚麗於罶，

〔註41〕（漢）鄭玄《詩譜》云：「魯人大毛公為《詁訓傳》傳於其家，河間獻王得而獻之，以小毛公為博士。」

〔註42〕（唐）孔穎達《五經正義》云「大毛公為其《傳》，由小毛公而題毛也。」

〔註43〕《經義考》云：「《毛詩》二十九卷，題毛亨撰」。

〔註44〕見（吳）陸璣撰；（清）丁晏校：《毛詩草木鳥獸蟲魚疏》下卷・〈毛詩〉條，收錄於中國詩經學會編：《詩經要籍集成》第三冊，（北京：學苑出版社，2002年），頁271。

〔註45〕陸佃於《埤雅》書中每卷均有引《毛詩》，所引之群書中，出現次數之最，當以《毛詩》。

〔註46〕《埤雅》中引《毛詩》者多以「詩」稱。

鱨鯊。君子有酒，旨且多。<u>魚麗於罶，魴鱧。</u>君子有酒，多且旨。<u>魚麗於</u>
<u>罶，鰋鯉。</u>君子有酒，旨且有」。

《埤雅‧卷一‧釋魚‧鰥》引《毛詩》云：

詩曰：「敝笱在梁，其魚魴鰥。齊子歸止，其從如雲。敝笱在梁，其
魚魴鱮。齊子歸止，其從如雨。敝笱在梁，其魚唯唯。齊子歸止，
其從如水。」

按：此引自《詩經‧齊風‧敝笱》。

《埤雅‧卷二‧釋魚‧鼉》引《毛詩》云：

詩曰：「鼉鼓逢逢」。

按：此引自《詩‧大雅‧靈台》。

《埤雅‧卷三‧釋獸‧鹿》引《毛詩》云：

詩曰：「王在靈沼，於牣魚躍。王在靈囿，麀鹿攸伏。」

按：此引自《詩經‧大雅‧靈臺》，此引文有所刪節，且次序有誤。原文作「經
始靈台，經之營之；庶民攻之，不日成之，經始勿亟，庶民子來。<u>王在靈</u>
<u>囿，麀鹿攸伏</u>，麀鹿濯濯，白鳥鶴鶴。<u>王在靈沼，於牣魚躍。</u>虡業維樅，
賁鼓維鏞。於論鼓鐘，於樂辟雍。於論鼓鐘，於樂辟雍。鼉鼓逢逢。矇瞍
奏公。」

《埤雅‧卷四‧釋獸‧貓》引《毛詩》云：

詩曰：「有貓有虎。」

按：此引自《詩經‧大雅‧韓奕》。

《埤雅‧卷十三‧釋木‧梅》引《毛詩》云：

詩曰：「摽有梅，其實七兮。摽有梅，其實三兮。摽有梅，頃筐塈之。」

按：此引自《詩經‧召南‧摽有梅》，此引文有所刪節，原文作「<u>摽有梅，其實</u>
<u>七兮。</u>求我庶士，迨其吉兮。<u>摽有梅，其實三兮。</u>求我庶士，迨其今兮。
<u>摽有梅，頃筐塈之。</u>求我庶士，迨其謂之」。

《爾雅新義‧卷三‧釋詁》「徂、在，存也」條注引《毛詩》曰：

以徂爲存，道也；以在爲存，事也。詩先「匪我思存」，後「匪我思
徂」，以此

按：此引自《詩經・鄭風・出其東門》，而「思徂」，《毛詩》作「思且」。

《爾雅新義・卷四・釋言》「曷，盍也。」條注引《毛詩》曰：

詩曰：「曷不肅雍」，甚言之詞；「于嗟乎，騶虞」雖甚言之，猶不足
乎，緩詞也；

按：「曷不肅雍」一句引自《詩・召南・何彼襛矣》，「于嗟乎，騶虞」則出自《詩・
召南・騶虞》。

《爾雅新義・卷八・釋器》「竿謂之箷，篿謂之第」條注引《毛詩》曰：

詩曰：「出宿于泲，飲餞于禰」

按：此引自《詩・邶風・泉水》一詩。

2、《韓詩外傳》十卷，漢韓嬰撰。

（1）撰者生平

韓嬰，燕人。文帝時爲博士，景帝時至常山太傅。據《漢書・藝文志》載
撰有《韓故》三十六卷、《韓內傳》四卷、《韓外傳》六卷、《韓說》四十一卷等
書。事蹟具《史記・儒林列傳》、《漢書・儒林傳》。

（2）解題

該書每章多敘古事或議論於篇前，於篇末則引《詩》句以證明。然《漢書・
藝文志》以爲「或取春秋，采雜說，咸非其本義」，《四庫全書總目提要》則以
爲命名《外傳》以此〔註47〕之故。

《漢書・藝文志》原作六卷，然自《隋書・經籍志》以降，如《舊唐書・
經籍志》、《新唐書・藝文志》、《宋史・藝文志》、《郡齋讀書志》、《直齋書錄解
題》、《四庫全書總目提要》等則均著錄有十卷。

〔註47〕《四庫全書總目提要》「韓詩外傳」條：「其書雜引古事古語，證以《詩》詞，與
　　　經義不相比附，故曰《外傳》，所采多與周秦諸子相出入。」見（清）紀昀等編：
　　　《四庫全書總目提要》，（臺北：藝文印書館，1968 年 3 月），卷十六・經部十六・
　　　詩類二「韓詩外傳」條，頁 369。

（3）引文舉例

《埤雅・卷六・釋鳥・雞》引《韓詩外傳》云：

> 雞，見食相告者，仁也。

按：此條引自《韓詩外傳・卷二》，然引文所刪節，原文作：「伊尹去夏入殷，……
哀公曰：『何謂也？』曰：『君獨不見夫雞乎！首戴冠者，文也，足搏距者，
武也，敵在前敢鬥者、勇也，得食相告，仁也。』」

《埤雅・卷十・釋蟲・蠞》引《韓詩外傳》云：

> 齒如編蠞。

《埤雅・卷十九・釋天・雪》引《韓詩外傳》云：

> 雪華曰霙，凡草木花多五出，雪華獨六出。

按：今本《韓詩外傳》並未見此條。

3、《毛詩序》一卷，舊題周卜商。

（1）撰者生平

《毛詩序》作者，據《四庫全書總目提要》所載，大抵有以下幾種說法：

> 以爲《大序》子夏作，《小序》子夏、毛公合作者，鄭玄《詩譜》也。
> 以爲子夏所序《詩》即今《毛詩序》者，王肅《家語注》也。以爲
> 衛宏受學謝曼卿、作《詩序》者，《後漢書・儒林傳》也。以爲子夏
> 所創，毛公及衛宏又加潤益者，《隋書・經籍志》也。以爲子夏不序
> 《詩》者，韓愈也。以爲子夏惟裁初句，以下出於毛公者，成伯璵
> 也。以爲詩人所自製者，王安石也。以《小序》爲國史之舊文，以
> 《大序》爲孔子作者，明道程子也。以首句即爲孔子所題者，王得
> 臣也。以爲毛《傳》初行尚未有《序》，其後門人互相傳授，各記其
> 師說者，曹粹中也。以爲村野妄人所作，昌言排擊而不顧者，則倡
> 之者鄭樵、王質，和之者朱子也。………今參考諸說，定《序》首
> 二語爲毛萇以前經師所傳，以下續申之詞爲毛萇以下弟子所附，仍
> 錄冠《詩》部之首，明淵源之有自。〔註48〕

〔註48〕見（清）紀昀等編：《四庫全書總目提要》，（臺北：藝文印書館，1968 年 3 月），
卷十五・經部十五・詩類一「《詩序》二卷」條，頁330。

然舊說分歧，古今莫衷一是，迄今無一定論，僅能據言應非出一人之手爲是。

（2）解題

《詩序》有二：〈大序〉乃總論：論《詩》之移風易俗之教化，並論及《詩》之六義、四始、正變之說；〈小序〉則爲逐篇序其詩義者，然多以史說詩，或不免流於附會，後人之不信序，多肇始於此。

（3）引文舉例

《埤雅・卷一・釋魚・鮪》引《詩序》云：

> 序《詩》者亦曰：「季冬薦魚，春獻鮪。」

按：此引自《詩經・周頌・臣工之什・潛・毛詩序》。

《埤雅・卷八・釋鳥・鶉》引《詩序》云：

> 《詩》曰：「鶉之奔奔，鵲之彊彊。」奔奔，鬥也；彊彊，剛也。言鶉不能亂其匹，鵲不能滛其匹，故《序》云：「衛人以爲宣薑鶉鵲之<u>不若也。</u>」

按：此引自見《詩經・鄘風・鶉之奔奔・毛詩序》。而「彊彊」，《四庫全書》本作「疆疆」，其餘如：武林郎氏堂策檻刊《五雅》本、《格致叢書》刊本、清太宗崇德五年（庚辰，明崇禎十三年）刊清康熙間印本、《四庫全書薈要》本均作「疆疆」。

《埤雅・卷十・釋蟲・蟋蟀》引《詩序》云：

> 詩曰：「蟋蟀在堂，歲聿其莫」…第一章曰「職思其居」，言於行思其居也；二章曰「職思其外」言於內思其外也；三章曰：「職思其憂」；言於樂思其憂也。《詩序》所謂：「<u>憂深思遠，有堯之遺風焉。</u>」

按：此引自《詩經・國風・唐・蟋蟀・毛詩序》，此引文有所刪節，其原文作「毛詩序：『《蟋蟀》，刺晉僖公也。儉……，本其風俗，<u>憂深思遠，</u>儉而用禮，<u>乃有堯之遺風焉。</u>』」

《埤雅・卷十八・釋草・葛》引《詩序》云：

> 葛性柔靭，蔓生可衣，女氏之煩辱者，故〈葛覃〉引以爲賦。蓋知稼穡之艱難，則可以爲王矣；知女功之勤勞，則可以爲王后矣。《序》

以爲「〈葛覃〉，後妃之本也。」

按：此引自見《國風·周南·葛覃·毛詩序》。「韌」字，《四庫全書》本作「韌」，
　　其餘如：武林郎氏堂策檻刊《五雅》本、《格致叢書》刊本、清太宗崇德
　　五年（庚辰，明崇禎十三年）刊清康熙間印本、《四庫全書薈要》本均作
　　「仞」。

4、《毛詩草木鳥獸蟲魚疏》二卷，吳陸璣撰。

（1）撰者生平

陸璣（？～？），字元恪，三國吳郡人，其生卒年、事蹟皆不詳，僅據《經
典釋文·序錄》及《隋書·經籍志》所載知曾任吳太子中庶子、烏程令等職。
撰有《毛詩草木鳥獸蟲魚疏》、《毛詩陸疏廣要》等傳世。

（2）解題

是書原本久佚，今所傳之本爲後人自《毛詩正義》中輯錄而出。此書不釋
《詩經》經義，而專釋《詩經》中所載的草、木、鳥、禽之名，其先摘錄《詩
經》中有關動、植物之文句，再依植物於前、動物於後之物種分類而加以訓釋，
分別描述其形狀、色澤、異名及功用等，書末附四家詩之源流四篇，敘述《詩
經》之淵源流傳極爲詳盡。

該書歷來有不同之名：《隋書·經籍志》及《玉海》作《毛詩草木魚蟲疏》，
《新唐書·藝文志》作《草木鳥獸蟲魚疏》，《舊唐書·經籍志》、《郡齋讀書志》
作《毛詩草木鳥獸蟲魚疏》，《宋史·藝文志》、《四庫全書總目提要》等作《毛
詩草木蟲魚疏》，《直齋書錄解題》則作《毛詩鳥獸草木蟲魚疏》。

至於作者之名，因唐李匡乂〔註49〕於《資暇集》言「陸璣，字從玉旁，非
士衡也」，而《隋書·經籍志》卻載「《毛詩草木蟲魚疏》二卷烏程令吳郡陸
機撰」之故〔註50〕，自此有「璣」抑「機」之疑。主張「陸璣」之說者，如唐

────────────

〔註49〕《資暇集》三卷，唐李匡乂撰。作者之名歷來有不同之稱，舊本因避宋太祖諱，
　　　或以其字作李濟翁；或除一字，而作李乂。而《文獻通考》則作李匡文、李匡義，
　　　實同一人耳。

〔註50〕《隋書·經籍志》云：「《毛詩草木蟲魚疏》二卷」，注云：「烏程令吳郡陸機撰。」
　　　見（唐）魏徵等撰：《隋書》，（臺北：藝文印書館，1996年8月初版四刷，《二十
　　　五史》影印清乾隆武英殿刊本），卷三十二，志第二十七，經籍一，頁467。

陸德明〔註51〕、宋晁公武〔註52〕、陳振孫〔註53〕、鄭樵〔註54〕及《崇文總目》〔註55〕、《四庫全書總目提要》〔註56〕等。主張「陸機」之說者，如明北監本《毛詩正義》〔註57〕、清錢大昕〔註58〕、阮元〔註59〕、今人余嘉錫〔註60〕、何

〔註51〕《經典釋文・序錄》：「陸璣《毛詩草木鳥獸蟲魚疏》二卷。」注云：「字元恪，吳郡人。吳太子中庶子、烏程令。」（唐）陸德明《經典釋文》，（臺北：鼎文書局，1972 年 9 月），卷一，頁 10。

〔註52〕《郡齋讀書志》云：「《毛詩草木鳥獸蟲魚疏》二卷。右吳陸璣撰。或題曰陸機，非也。璣仕至烏程令。」見（宋）晁公武撰、孫猛校證：《郡齋讀書志校證》，（上海：上海古籍出版社，2011 年 6 月），卷二，頁 63。

〔註53〕《直齋書錄解題》云：「《毛詩鳥獸草木蟲魚疏》二卷，題吳郡庶子陸璣撰。案《館閣書目》稱吳中庶子烏程令，字元恪，吳郡人，據陸氏《釋文》也。其名從「玉」，固非晉之士衡，而其書引郭璞注《爾雅》，則當在郭之後，亦未必爲吳時人也。孔《疏》、呂《記》多引之。」見（宋）陳振孫：《直齋書錄解題》，（臺北・臺灣商務印書館，1978 年），卷二，頁 34。

〔註54〕（宋）鄭樵《通志》：「陸璣者，江左之騷人也，深爲此患，謂毛詩作《鳥獸草木蟲魚疏》，然機本無此學，但加采訪，其所傳者多是支離。」

〔註55〕《崇文總目》云：「《毛詩草木鳥獸蟲魚疏》二卷，吳太子中庶子、烏程令陸璣撰，世或以『璣』爲『機』，非也，『機』自爲晉人，本不治詩，今應以『璣』爲正，然書但附詩釋誼，窘于采獲，似非通儒所爲者，將後世失傳，不得其眞歟。」見（宋）王堯臣、王洙、歐陽修等奉敕撰：《崇文總目》，（臺北：臺灣商務印書館，1983 年），收入《景印文淵閣四庫全書》第 674 冊，卷一，頁 8。

〔註56〕《四庫全書總目提要》載：「《毛詩草木鳥獸蟲魚疏》，二卷通行本，吳陸璣撰。明北監本《詩正義》全部所引，皆作陸機。考《隋書・經籍志》『《毛詩草木蟲魚疏》二卷』，注云：『烏程令吳郡陸璣撰。』陸德明《經典釋文・序錄》：『陸璣《毛詩草木鳥獸蟲魚疏》二卷。』注云：『字元恪，吳郡人。吳太子中庶子、烏程令。』《資暇集》亦辨璣字從玉，則監本爲誤。又毛晉《津逮秘書》所刻，援陳振孫之言，謂其書引《爾雅》郭璞注，當在郭後，未必吳人，因而題曰唐陸璣。夫唐代之書，《隋志》烏能著錄？且書中所引《爾雅注》，僅及漢犍爲文學樊光，實無一字涉郭璞，不知陳氏何以云然。姚士粦《跋》已辨之，或晉未見士粦《跋》歟？」見（清）紀昀等編：《四庫全書總目提要》，（臺北：藝文印書館，1969 年 3 月初版四刷），卷十五・經部十五・詩類一，頁 333。

〔註57〕明北監本《毛詩正義》引《毛詩草木蟲魚疏》皆作「陸機」。

〔註58〕（清）錢大昕《潛研堂集・卷二十七・跋爾雅單行本》：「此書引陸氏《草木疏》，其名皆從木旁，與今本異。考古書『機』與『璣』通，馬、鄭《尚書》『璿璣』字

廣琰〔註61〕等。

按：此採「陸璣」之說，其理由爲二：陸機今存之作品中，多詩、賦之作，卻
未見有《詩經》相關之說。如曾治《詩》，豈能無相關之記錄，是爲其一；
再者，自字號觀之，古取名、字多有同義或反義之關聯，如韓愈，字退之，
諸葛亮，字孔明等。而陸機，字士衡，《說文》曰「機，主發謂之機。」指
事物發生的樞紐；而「衡」字，《漢書・律歷志》曰「衡，平也。所以任權
而均物，平輕重也。」由此推斷，取「士衡」爲字，寓其遇事則三思而後
行之義。陸璣，字元恪，《說文》曰「璣，珠不圓也。」、「元，始也」、「恪，
敬也」〔註62〕自義觀之，取名「璣」即忌其滿盈而驕，故取「元恪」爲字

皆作『機』。《隋書・經籍志》『烏程令吳郡陸機』，本從木旁，元恪與士衡同時，
又同姓名，古人不以爲嫌。自李濟翁強做解事，謂元恪名當從玉旁，晁氏《讀書
志》承其說，以或題陸機者爲非。自後經史刊本，遇元恪名，輒改從玉旁。予謂
考古者但當定《草木疏》爲元恪作，非士衡作，若其名則從木旁，而士衡名字，
尤與《尚書》相應，果欲示別，何不改士衡名耶？即此可證邢叔明諸人識字，猶
勝于李濟翁也」。收錄於陳文和主編：《嘉定錢大昕全集》，（南京：江蘇古籍出版
社，1997 年），第九冊，頁 442～443。

〔註59〕（清）阮元《毛詩校勘記》云：「毛本『機』誤『璣』，閩本、明監本不誤。考《隋
書・經籍志》作『機』，《釋文・序錄》同，惟《資暇集》有當從『玉』旁之說，
宋代著錄元恪者多宗之，毛本因此改作『璣』，其實與士衡同姓名耳，古人所有，
不當改也」。

〔註60〕余嘉錫先生於《四庫提要辨證》「《毛詩草木鳥獸蟲魚疏》，二卷」條引錢大昕、阮
元之語爲證，並曰：「錢、阮兩家之說精矣，《提要》信《資暇集》之說，定元恪
名作『璣』，且引《隋志》及《釋文》爲證，不知其所據皆誤本耳。明南監本《隋
志》『陸璣』，字實從『木』不從『玉』。」見余嘉錫：《四庫提要辨證》上冊，（昆
明：雲南人民出版社，2004 年 11 月），卷一・經部・詩類一，頁 29。

〔註61〕何廣棪先生於《陳振孫之經學及其《直齋書錄解題》經錄考證》第五章〈經錄・
詩類〉「《毛詩草木鳥獸蟲魚疏》二卷」條引錢大昕、阮元、余嘉錫之說爲證，並
下結語，云：「是則元恪本名機，與士衡同名，宋後始被改爲璣，其誤始自《資暇
集》，不意《讀書志》及《解題》亦誤信之，《總目》更推波助瀾，強作解事，幸
得錢、阮、餘三氏之辨，此事應可渙然冰釋矣。」見何廣棪：《陳振孫之經學及其
《直齋書錄解題》經錄考證》，（臺北：里仁書局，1997 年 3 月），頁 404。

〔註62〕恪，《說文》作「愙」，云：「敬也。從心客聲」。見（漢）許慎撰、（清）段玉裁注：
《說文解字注》，（臺北，黎明文化事業股份有限公司，1996 年 12 月），頁 510。

盼其能謙遜而恭，二者互補之。由此推論，元恪爲「陸璣」之字，似可行
也，是爲其二。

（3）引文舉例

《埤雅・卷一・釋魚・鱣》引《毛詩草木鳥獸蟲魚疏》云：

　　陸璣曰：「今黃頰魚燕頭魚身，頰骨正黃，魚之大而有力解飛者。」

　　〔註63〕

《埤雅・卷七・釋鳥・鵻鳩》引《毛詩草木鳥獸蟲魚疏》云：

　　陸璣云：鶻鳩，一名斑鳩，<u>蓋斑鳩</u>似鶉鳩而大，鶉鳩灰色，無繡項，

　　陰則屏逐其匹，晴則呼之，語曰：天將雨，鳩逐婦是也。斑鳩項有

　　繡文斑然，<u>故曰斑鳩</u>。

按：《毛詩草木鳥獸蟲魚疏》原文無「蓋斑鳩」、「故曰斑鳩」諸語。

《埤雅・卷八・釋鳥・桃蟲》引《毛詩草木鳥獸蟲魚疏》云：

　　陸璣曰：桃蟲，今鷦鷯是也，<u>似黃雀而小</u>，化而爲雕，故俗語曰「鷦

　　鷯生雕」。

按：《毛詩草木鳥獸蟲魚疏》原文作「桃蟲，今鷦鷯是也，微小於黃雀，其雛化

　　而爲雕，故俗語『鷦鷯生雕』。」《埤雅》「微小於黃雀」作「似黃雀而小」、

　　無「其雛」諸字。

《埤雅・卷十三・釋木・甘棠》引《毛詩草木鳥獸蟲魚疏》云：

　　陸璣《草木蟲魚疏》以爲：赤棠與白棠同爾，但子有赤白美惡。子

　　白色爲白棠，甘棠也；赤棠子澀而酢，無味，俗語云「澀如杜」是

　　也。

按：《毛詩草木鳥獸蟲魚疏》原文作：「赤棠也，與白棠同耳，但子有赤白美惡。

　　子白色爲白棠，甘棠也，少酢滑美；赤棠子澀而酢，無味，俗語云『澀如

　　杜』是也。」《埤雅》無、「也」、「少酢滑美」諸字。

〔註63〕　按：陸佃於《埤雅》中引《毛詩草木鳥獸蟲魚疏》之文，多僅注「陸璣曰」。且與
　　　　原文有所差異，原文爲：「鱣，一名揚，今黃頰魚<u>似</u>燕頭魚身，<u>形厚而長</u>，骨正黃，
　　　　魚之大而有力解飛者。」《埤雅》缺「似」、「形厚而長」諸字。

（四）小學類

1、《說文解字》十四卷，漢・許慎撰。

（1）撰者生平

許慎（約58～約147），字叔重，東漢汝南人。曾任汝南郡功曹，後舉孝廉入洛陽，任太尉府祭酒，後再遷洨長。許慎博覽群書，故時人譽曰「「《五經》無雙許叔重。」曾撰有《五經異義》、《說文解字》等書。事蹟見《後漢書・儒林外傳》。

（2）解題

《說文解字》共十四篇，書中以五百四十部首歸併所錄之九千三百五十三字，使其「不相襍廁」，為一大創舉，而九千三百五十三字皆以小篆為標準字形，輔以古文、籀文，故收有重文一千一百六十三個，使得見諸字之異體；釋義方面則博采通人之說，並援經以明喻，為第一部以介紹中國文字為主之專著。

（3）引文舉例

《埤雅・卷二・釋魚・龜》引《說文解字》曰：

> 龜，舊也，……許慎《解字》說「罍」亦曰「龜目，酒尊」是也。

按：「龜，舊也，」見於《說文解字・卷十三・龜部》「龜」字；「龜目，酒尊」則見於《說文解字・卷六・木部・櫑》，云：「龜目酒尊，刻木作雲雷象，象施不窮也。從木畾聲。罍，櫑或從缶。」

《埤雅・卷五・釋獸・犬》引《說文解字》曰：

> 《說文》曰：「狗之有縣蹏者也。象形。孔子曰：『視犬之字如畫狗也。』」

按：此引自《說文解字・卷十・犬部・犬》。

《埤雅・卷六・釋鳥・烏》引《說文解字》曰：

> 《說文》曰：「烏，孝鳥也。」

按：此引自《說文解字・卷四・烏部・烏》。

《埤雅・卷十二・釋馬・馬》引《說文解字》曰：

> 《說文》曰：「怒也，武也。象馬頭髦尾四足之形。」

按：此引自《說文解字·卷十·馬部·馬》。

《爾雅新義·卷九·釋天》「風與火為庶」條引《說文解字》曰：

庶，樓牆。戰地也。

按：此不注出處，可見於《說文解字·卷九·广部·庶》。

《爾雅新義·卷十二·釋草》「菖，薲茅」條引《說文解字》曰：

薆，營求也。

按：此不注出處，可見於《說文解字·卷四·夐部·薆》。

《爾雅新義·卷十六·釋魚》「蚨，蠆」條引《說文解字》曰：

《說文》云：「蛇惡毒長也。」

按：此引自《說文解字·卷九·長部·蚨》。

2、《林氏小說》五代·後蜀·林罕撰。

（1）撰者生平

林罕（896～?），字仲緘，後蜀安喜人〔註64〕，國子博士。林罕出生於唐末唐昭宗乾寧三年（896），生長於五代十國。

（2）解題

此書又名《林氏字源編小說》〔註65〕、《字源偏傍小說》〔註66〕、《字源偏

〔註64〕林罕之生平，如《宋史·句中正傳》、《玉海》、《補五代史·藝文志》等書多記為後蜀人，然《郡齋讀書志》則以為唐代人。據林罕〈林氏字源編小說序〉所云：「罕長興二年歲在戊子，時年三十有五，疾病逾時，閒坐思書之點畫，莫知所以。乃搜閱今古篆隸，始見源由。旋觀近代以來，篆隸多失。始則茫乎不知，終則惜其錯誤。欲求端正，將示同人。病間有事，其誌不遂。至明德二年乙未複病，迄於丁酉冬不瘳，病中無事，得遂前誌。與大理少卿趙崇祚討論，成一家之書。」由是可知，始編是書於長興二年（931），時年三十五，而由此上溯，可知其出生於唐末唐昭宗乾寧三年（896），故《郡齋讀書志》所言「唐林罕撰」應是由出生年所論斷。而《宋史》等則依活動之時間來推斷之。此則依《宋史》之說。

〔註65〕林罕〈林氏字源編小說序〉云：「於《說文》中已十得其八九矣。名之曰《林氏字源編小說》。」見（清）董誥等編：《全唐文》，（上海：上海古籍出版社，1990年），卷八八九，頁4119。

旁小說》〔註67〕。是書爲林罕解說文字之小學類書籍，《宋史・句中正傳》云：

> 蜀人又有孫逢吉、林罕。逢吉嘗爲蜀國子《毛詩》博士、檢校刊刻
> 石經。罕亦善文字之學，嘗著《說文》二十篇，目曰《林氏小說》，
> 刻石蜀中。〔註68〕

創作動機及方法則於〈林氏字源編小說序〉中說明甚詳，云：

> 罕長興二年歲在戊子，時年三十有五，疾病逾時，閒坐思書之點
> 畫，莫知所以。乃搜閱今古篆隸，始見源由。旋觀近代以來，篆
> 隸多失。始則茫乎不知，終則惜其錯誤。欲求端正，將示同人。
> 病間有事，其志不遂。至明德二年乙未複病，迄於丁酉冬不瘳，
> 病中無事，得遂前志。與大理少卿趙崇祚討論，成一家之書。……
> 罕今所篆者，則取李陽冰《重定說文》，所隸者，則取《開元文字》。
> 雖知魯鈍，不失源流。所貴講說皆有依憑，點畫自無差誤。杜征
> 南注《左氏春秋》，以經雜傳，謂之「集解」。何都尉《論語序》
> 云：「今集諸家之善，亦謂之集解。」罕以隸書解於篆字之下，故
> 效之亦曰集解。今以《說文》浩大，備載群言，卷軸煩多，辛難
> 尋究，翻致懵亂，莫知指歸。是以翦截浮辭，撮其機要，於偏傍
> 五百四十一字，各隨字訓釋。或有字關起字者、省而難辨者，須
> 見篆方曉隸者，雖在注中，亦先篆後隸，各隨所部，載而明之。
> 其餘形聲易會，不關造字者，則略而不論。其篆文下及注中易字，
> 便以隸書爲音。如稍難者，則紐以四聲。四聲不足，乃加切韻。
> 使學者簡而易從，渙然冰釋，於《說文》中已十得其八九矣，名

〔註66〕 如《宋史・藝文志》言「林罕《字源偏傍小說》三卷」。見（宋）歐陽脩撰：《宋
史》，（臺北：藝文印書館，1996 年 8 月初版四刷，《二十五史》影印清乾隆武英殿
刊本），卷二百二，志第一百五十五・藝文一・小學類，頁 2415。又《玉海》卷四
四亦錄「《字源偏傍小說》，二卷」。收錄於（清）永瑢、紀昀纂修：《景印文淵閣
四庫全書》，（臺北：臺灣商務印書館，1986 年 3 月），第九四四冊，頁 2415。

〔註67〕 《通志・藝文略》卷二・〈小學類〉著錄有林罕《字源偏旁小說》三卷。

〔註68〕 見（宋）歐陽脩撰：《宋史・句中正傳》，（臺北：藝文印書館，1996 年 8 月初版四
刷，《二十五史》影印清乾隆武英殿刊本），卷四百四十一，列傳第二百・文苑三，
頁 5358。

之曰《林氏字源編小說》。〔註69〕

《郡齋讀書志》則曾評曰：

> 《林氏小說》三卷〔註70〕，右唐林罕撰。凡五百四十一字。其說頗
> 與許慎不同，而互有得失。邵必緣進《禮記石經》，陛對，仁宗顧
> 問：「罕之書如何？」必曰：「雖有所長，而微好怪。《說文》歸字
> 從堆、從止、從帚，以堆爲聲，罕云從追，於聲爲近。此長於許氏
> 矣。《說文》哭從𠱠、從獄省，罕乃云象犬嘷，此怪也。」有石刻
> 在成都，公武嘗從數友就觀之，其解字殊可駭笑者，不疑好怪之論
> 誠然。〔註71〕

（3）引文舉例

《埤雅‧卷五‧釋獸‧豕》引《林氏小說》曰：

> 《林氏小說》曰：「以其食不絜，故曰之豕。」

3、《字說》二十四卷，宋王安石撰。

（1）撰者生平

王安石（1021～1086），字介甫，號半山老人，小字獾郎，撫州臨川人。生
於宋眞宗天禧五年（1021）。慶曆二年（1042）登進士第，後歷任群牧判官、常
州太守、舒州通判、提點江東刑獄、三司度支判官、知制誥等職。熙寧二年（1069）
拜參知政事，並推熙寧革新，然因反新法者眾而告失敗，出知江寧府。熙寧八
年（1075），再任丞相，隔年熙寧九年（1076），因讒謗再起，又傷其子雱之亡，
故稱病求去，退居江寧。哲宗元祐元年（1086）卒於江寧，追贈太傅。事蹟見
《宋史‧王安石傳》。

〔註69〕見（清）董誥等編：《全唐文》，（上海：上海古籍出版社，1990 年），卷八八九，
　　　　頁 4119～4120。

〔註70〕此書之卷數有二十篇、二卷、三卷之說。主二十篇者，如《宋史‧列傳第二百‧
　　　　文苑三‧句中正傳》、清‧顧懷三《補五代史‧藝文志》；主二卷者，如：《玉海》
　　　　卷四四；主三卷，如《宋史‧志第一百五十五‧藝文一‧小學類》、《通志‧藝文
　　　　略》卷二‧〈小學類〉、《崇文總目》卷一〈小學類〉、《郡齋讀書志》等。

〔註71〕見（宋）晁公武撰、孫猛校證：《郡齋讀書志校證》，（上海：上海古籍出版社，2011
　　　　年 6 月），卷四‧〈論語類‧經解類‧小學類〉，頁 155。

（2）解題

《字說》一書乃王安石鑽研《說文解字》後有所感悟，耗費多時，以己說解文字之作，其著作之用意乃期能明義析理，並正《說文》之譌舛。熙寧八年王安石時任同中書門下平章事，是時，王安石將其訓釋《詩》、《書》、《周禮》之作《三經新義》頒之學官，爲求經義之推展，故王安石便將自己析字有感而撰之《字說》附於《三經新義》一併施行，是時《字說》一出，學子爭先傳習而行之天下。然隨王安石政壇失勢，又因《字說》中解字義時，多將字視爲會意以解字義，造成穿鑿附會、望文生義等現象，故該書流傳日稀，於明初之際則未見《字說》之跡，今僅能從王安石所著《周官新義》及親故門生之作，如：蔡卞《毛詩名物解》、陸佃《爾雅新義》、《埤雅》；宋代以降之著作、筆記小說，如王黼《宣和博古圖》、楊時《王氏字說辨》、羅願《爾雅翼》、李時珍《本草綱目》、岳珂《桯史》、陳善《捫蝨新話》、洪邁《容齋隨筆》等書所引見其佚文。

（3）引文舉例

《埤雅》卷二〈釋魚・蟾蜍〉引《字說》云：

> 俗說蝦蟆懷土，雖取以至遠郊，一夕復還其所。《字說》云「雖或遐之，常慕而反。」又云「黿善怒，故音猛，而謂怒力爲黿。」

《埤雅》卷六・〈釋鳥・鵝〉引《字說》曰：

> 《字說》曰：「鵝，飛能俄而已，是以不免其身。若鵝者，可也。䲝鵝者，鵝也而非鵝。」

《埤雅》卷十六〈釋草・葭〉引《字說》曰：

> 《字說》曰：「蘆謂之葭，其小曰萑；荻謂之蒹，其小曰葦；其始生曰葭，又謂之薍。荻強而葭弱，荻高而葭下，故謂之荻。葭，中赤，始生末黑，黑已而赤，故謂之葭。其根旁行，牽挽榐互，其行無辨矣，而又強焉，故又謂之薍。薍之始生，常以無辨，唯其強也，乃能爲亂。」

《埤雅》卷十七〈釋草・菡萏〉引「王文公」曰：

> 王文公曰：「蓮華有色有香，得日光乃開敷，生卑濕淤泥，不生高原陸地。雖生於水，水不能沒；雖在淤泥，泥不能汙。即華時有實，

　　然華事始則實隱，華事已則實現。實始於黃，終於玄，而莖葉綠。
　　葉始生也，乃有微赤。實既能生根，根又能生實。實，一而已，根
　　則無量。一與無量，互相生起。其根曰藕，常偶而生，其中為本，
　　華、實所出。藕白有空，食之心歡。本實有黑，然其生起為綠、為
　　黃、為玄、為白、為青、為赤，而無有黑。無見無用而有見有用，
　　皆因以出其名。曰蔤，退藏於密故也。」

按：陸佃引《字說》之說解時，於《爾雅新義》中多標以「王文公曰」；於《埤
　　雅》中時則時用書名：《字說》，時標以著者之名：「王文公曰」。

　　《爾雅新義・卷二・釋詁》「閑、狎、串、貫、習也。」條引《字說》曰：

　　　　王文公曰：「惟閑，暇故得閑習，亦閑暇則宜閑習。」

　　《爾雅新義・卷四・釋言》「逌，逃也」條引《字說》曰：

　　　　王文公曰：「謝事而去，如射之行矣。」

　　《爾雅新義・卷八・釋器》「大塤謂之器。」條引《字說》曰：

　　　　王文公曰：「口一則眾聽而靜，口不一則為吅矣。若器又不一。」

　　《爾雅新義・卷十・釋山》「大山宮小山，霍」條引《字說》曰：

　　　　王文公曰：「雨，零也。隹，集也。霍，如也。」

　　《爾雅新義・卷十六・釋魚》「仰者謝」條引《字說》曰：

　　　　王文公曰：「謝事而去之，若射之行矣。」

二、史部

（一）正史類

1、《史記》一百三十卷，漢司馬遷撰。

（1）撰者生平

　　司馬遷（前 145～？），字子長，漢左馮翊夏陽人。先世為周太史，父談任
漢太史令。少曾遊歷各地，後任郎中，奉使西征巴蜀以南。武帝元封元年（前
110 年）司馬談卒，元封三年（前 108），繼任太史令，因父遺言囑其著史，故
多方蒐羅史料。武帝太初元年（前 102），與壺遂等人定「太初曆」，從而奠定

之曆法基礎，並著手撰著《史記》。天漢二年（前98），因李陵事件而遭下獄，次年遭宮刑。後出獄，任中書令，含憤著述，於征和二年（前91）完成《史記》一書。司馬遷除著《史記》外，據《漢書‧藝文志》著錄有賦八篇，今僅存〈悲士不遇賦〉及〈報任安書〉。事蹟見《史記‧卷一百三十‧太史公自序第七十》、《漢書‧卷六十二‧傳第三十二‧司馬遷傳》。

（2）解題

司馬遷自元封三年（前108）至征和二年（前91）完稿，歷時十八年而成書。該書紀事始自黃帝，終於漢武帝元狩元年，共三千多年史。體裁分十二本紀、三十世家、七十列傳、十表、八書，凡一百三十篇，五十二萬六千五百字，初名《太史公書》，至《漢書‧五行志》始稱《史記》。

（3）引文舉例

《埤雅‧卷二‧釋魚‧蜃》引《史記》曰：

> 《史記》曰：「海旁蜃氣象樓臺；野氣成宮闕」。

按：此見於《史記‧天官書》，云：「海旁蜃氣象樓臺；廣野氣成宮闕。然雲氣各象其山川人民所聚積。」〔註72〕

《埤雅‧卷四‧釋獸‧狐》引《史記》曰：

> 傳曰：「良裘非一狐之腋」。

按：「良裘」，《史記》作「千金之裘」。《史記‧劉敬叔孫通列傳》：「太史公曰：語曰『千金之裘，非一狐之腋也；臺榭之榱，非一木之枝也；三代之際，非一士之智也。』」〔註73〕

《埤雅‧卷五‧釋獸‧狗》引《史記》曰：

> 傳曰：「狡兔死，良犬烹」〔註74〕，良犬即今細狗。

〔註72〕見（漢）司馬遷撰、（日本）瀧川龜太郎考證：《史記會注考證》，（臺北：宏業書局有限公司，1990年10月），卷二十七，頁475。按：《埤雅》作「野氣成宮闕然」闕「廣」字。

〔註73〕見（漢）司馬遷撰、（日本）瀧川龜太郎考證：《史記會注考證》，（臺北：宏業書局有限公司，1990年10月），卷九十九，頁1088。

〔註74〕見（漢）司馬遷撰、（日本）瀧川龜太郎考證：《史記會注考證》，（臺北：宏業書局有限公司，1990年10月），頁1045。

按：此見於《史記・淮陰侯列傳》：「信曰：『果若人言：「狡兔死，良狗亨；高鳥盡，良弓藏；敵國破，謀臣亡。」天下已定，我固當亨！』上曰：『人告公反。』遂械繫信。至雒陽，赦信罪，以爲淮陰侯。」

《埤雅・卷十四・釋木・栗》引《史記》曰：

　傳曰：「故其言一也，言者異，則人心變矣。」自母言之，則爲賢母；
　自妻言之，則未免爲妒妻，蓋言之異有如此者。〔註75〕

按：此文陸佃不盡從原文，略作改變。原文見《史記・平原君虞卿列傳》：「其母曰：『孔子，賢人也，逐於魯，而是人不隨也。今死而婦人爲之自殺者二人。若是者，必其於長者薄，而於婦人厚也。』故從母言之，是爲賢母；從妻言之，是必不免爲妒妻。故其言一也，言者異則人心變矣。」

《埤雅・卷十七・釋草・茹藘》引《史記》曰：

　傳曰：「千畝梔茜，千畦薑韭，其人皆與千戶侯等」〔註76〕。

按：此見於《史記・貨殖列傳》，云：「齊、魯千畝桑麻；渭川千畝竹；及名國萬家之城，帶郭千畝畝鍾之田，若千畝厄茜，千畦薑韭：此其人皆與千戶侯等。」

2、《漢書》一百二十卷，東漢・班固撰，唐・顏師古注

（1）撰者生平

班固（32～92），字孟堅，漢扶風安陵人。少曾入洛陽太學，博貫群書，無不窮究。明帝時召爲蘭臺令史，轉遷爲郎、典校祕書。章帝時，任玄武司馬。和帝永元元年（89），從竇憲出征匈奴，任中護軍，行中郎將事，後因受竇憲之

〔註75〕見（漢）司馬遷撰、（日本）瀧川龜太郎考證：《史記會注考證》，（臺北：宏業書局有限公司，1990年10月），卷七十六，頁935。另，此文亦見於《戰國策・卷二十・趙三・秦攻趙於長平》：「其母曰：『孔子，賢人也，逐於魯，是人不隨。今死，而婦人爲死者十六人。若是者，其於長者薄，而於婦人厚？』故從母言之，之爲賢母也；從婦言之，必不免爲妒婦也。故其言一也，言者異，則人心變矣。」見（漢）劉向編，（漢）高誘注：《戰國策》：（臺北：臺灣中華書局，1974年），頁五。二文僅差異數字，然陸佃於此不注出處，易使人誤判矣。

〔註76〕見（漢）司馬遷撰、（日本）瀧川龜太郎考證：《史記會注考證》，（臺北：宏業書局有限公司，1990年10月），卷一百二十九・列傳第六十九，頁1327。

累而獲罪入獄，遂卒於獄中。班固曾繼父之業著《漢書》，然未成而卒，妹班昭及同郡馬續繼補而成書，包括紀十二、表八、志十、傳七十，共一百篇，後人則析爲一百二十卷。事蹟見《後漢書‧卷四十‧列傳第三十‧班彪列傳》。

顏籀（581～645），字師古，唐雍州萬年人，少曾爲尚書左丞李綱所薦，授安養尉仕於隋。唐高祖之際，任朝散大夫，拜敦煌公府文學，轉起居舍人，遷中書舍人等職。太宗即位，擢中書侍郎，封瑯邪縣男。貞觀四年（630）詔顏師古於秘書省，考定五經，撰《五經定本》並獲頒於天下令學者習焉。貞觀七年（633），拜祕書少監，專典刊正奇書難字，盡釋眾所疑者，俄又奉詔與博士等撰定五禮。貞觀十一年（637），撰五禮成，進爵爲子。後奉太子李承乾之命注《漢書》。貞觀十九年（645），隨軍征遼東，中道病卒，年六十五，諡曰戴。事蹟見《舊唐書‧卷七十三‧列傳第二十三‧顏師古傳》。

（2）解題

《漢書》又名《前漢書》，《漢書》著作之旨，班固曰：

> 固以爲唐虞三代，《詩》《書》所及，世有典籍，故雖堯舜之盛，必有〈典〉〈謨〉之篇，然後揚名於後世，冠德於百王，故曰：巍巍乎其成功，煥乎其有文章，漢紹堯運，以建帝業，至於六世，史臣乃追述功德，私作本紀，編於百王之末，廁于秦、項之列。太初以後，闕而不錄，故探纂前記，綴輯所聞，以述《漢書》。起元高祖，終於孝平王莽之誅，十有二世，二百三十年，綜其行事，旁貫《五經》，上下洽通，爲春秋考紀、表、志、傳，凡百篇〔註77〕。

《漢書》體例，大多因襲《史記》，而略有省改：廢「世家」；將「本紀」改稱「紀」；將「書」改稱「志」；將「列傳」改稱「傳」。

《漢書》始出，爲世人所重，然文義艱澀難懂，故東漢後，學者紛紛爲之作注，顏師古於《漢書敘例》便列有二十三家〔註78〕，顏氏總結各家之說，刪

〔註77〕見（東漢）班固著，（唐）顏師古注，（清）王先謙補注：《漢書補注》，（臺北：藝文印書館，1996 年 8 月初版四刷，《二十五史》影印清乾隆武英殿刊本），卷一百下‧敘傳第七十下，頁 1072。

〔註78〕《漢書‧漢書敘例》列注《漢書》者有：荀悅、伏儼、服虔、應劭、、劉德、鄭氏、李斐、李奇、鄧展、文穎、張揖、蘇林、張晏、如淳、孟康、項昭、韋昭、

繁補缺，融以己見而注《漢書》，書成他注多亡佚。

（3）引文舉例

《埤雅・卷二・釋魚・蟾蜍》引《漢書》曰：

> 傳曰：「紫色蛙聲，餘分閏位」〔註79〕。

按：此見於《漢書・王莽傳・贊》

《埤雅・卷三・釋獸・兕》引《漢書》曰：

> 傳曰：「水剸蛟龍，陸斷犀革」〔註80〕。

按：格致叢刊本、畢氏校刊四雅本、四庫本、四庫薈要本、《埤雅》作「水剸蛟龍，陸斷犀革」，其餘諸本則作「水斷蛟龍，陸剸犀革」。而此語出於《漢書・王褒傳》，云：「及至巧冶鑄幹將之樸，清水焠其鋒，越砥斂其咢，水斷蛟龍，陸剸犀革，忽若彗泛畫塗。」

《埤雅・卷十二・釋馬・馬》引《漢書》曰：

> 石建曰：「書馬者與尾而五，今四，不具是也」。

按：此文「今四」，《漢書》作「今乃四」；「不具」作「不足一」。此語見於《漢書・萬石衛直周張傳》載：「建讀之，驚恐曰：『書馬者，與尾而五，今乃四，不足一，獲譴死矣！』其爲謹愼，雖他皆如是。」〔註81〕

晉灼、劉寶、臣瓚、郭璞、蔡謨、崔浩等家。見（東漢）班固著，（唐）顏師古注，（清）王先謙補注：《漢書補注》，（臺北：藝文印書館，1996 年 8 月初版四刷，《二十五史》影印清乾隆武英殿刊本），頁 14～15。

〔註79〕見（東漢）班固著，（唐）顏師古注，（清）王先謙補注：《漢書補注・卷九十九・王莽傳第六十九下・贊》，（臺北：藝文印書館，1996 年 8 月初版四刷，《二十五史》影印清乾隆武英殿刊本），頁 1759。

〔註80〕見《漢書補注・卷六十四下・嚴硃吾丘主父徐嚴終王賈傳第三十四下》，（臺北：藝文印書館，1996 年 8 月初版四刷，《二十五史》影印清乾隆武英殿刊本），卷六十四下・〈嚴硃吾丘主父徐嚴終王賈傳第三十四下〉，頁 1287。

〔註81〕見（東漢）班固著，（唐）顏師古注，（清）王先謙補注：《漢書補注》，（臺北：藝文印書館，1996 年 8 月初版四刷，《二十五史》影印清乾隆武英殿刊本），卷四十六・傳第十六，頁 1054。

按：此文亦見於《史記・萬石張叔列傳》載「建爲郎中令，書奏事，事下，建讀之，曰：『誤書！馬者與尾當五，今乃四，不足一。上譴死矣！』甚惶恐。其爲謹

《埤雅・卷十五・釋草・竹》引《漢書》曰：

> 又曰：「而下淇園之竹以爲揵。」

按：此引自《漢書・溝洫志第九》，原文作：「是時，東郡燒草，以故薪柴少，而下淇園之竹以爲揵。」〔註82〕

《埤雅・卷四・釋獸・狐》引《漢書》顏師古注曰：

> 顏師古曰：「狐白，謂狐腋下之皮，其毛純白，集以爲裘，輕柔難得，故貴也。」〔註83〕

按：此引自《漢書・匡衡傳》顏師古注，「是有狐白之裘而反衣之。」顏師古注：「狐白，謂狐腋下之皮，其毛純白，集以爲裘，輕柔難得，故貴也。」

《爾雅新義・卷四・釋言》「訩，訟也」條引《漢書》曰：

> 董仲舒曰：「周室之衰，亡推讓之風而有爭田之訟，據此，〈節南山〉蓋刺訟之詩也。」

按：此引自《漢書・董仲舒傳》然有所刪節，原文作：「及至周室之衰，其卿大夫緩於誼而急於利，亡推讓之風而有爭田之訟。故詩人疾而刺之，曰：『節彼南山，惟石巖巖，赫赫師尹，民具爾瞻。』」

3、《後漢書》一百二十卷，南朝劉宋・范曄撰。

（1）撰者生平

范曄（398～445），字蔚宗，南朝劉宋順陽人，少好學，博涉經史，善爲文章，能隸書，曉音律。420 年，劉裕代晉稱帝，范曄任彭城王義康冠軍參軍，

慎，雖他皆如是。」見（漢）司馬遷撰、（日本）瀧川龜太郎考證：《史記會注考證》，（臺北：宏業書局有限公司，1990 年 10 月），卷一百三・列傳第四十三，頁1104。二文僅差異數字，然陸佃於此不注出處，易使人誤判矣。

〔註82〕見（東漢）班固著，（唐）顏師古注，（清）王先謙補注：《漢書補注》》，（臺北：藝文印書館，1996 年 8 月初版四刷，《二十五史》影印清乾隆武英殿刊本），卷二十九，頁 867。

〔註83〕見（東漢）班固著，（唐）顏師古注，（清）王先謙補注：《漢書補注》》，（臺北：藝文印書館，1996 年 8 月初版四刷，《二十五史》影印清乾隆武英殿刊本），卷八十一・〈匡張孔馬傳第五十一〉，頁 1455。

後入補尙書外兵郎，歷任荊州別駕從事史、秘書監、新蔡太守，司徒從事中郎、尙書吏部郎、左衛將軍、太子詹事等職。元嘉九年（432）冬，彭城太妃薨，范曄因夜飲且開北牖聽挽歌爲樂之故，遭貶宣城太守。元嘉二十二年（445）因與孔熙先、謝綜等密謀立劉義康之事，事敗，伏誅於市。事蹟見《宋書・卷六十九・列傳第二十九・范曄傳》、《南史・卷三十三・列傳第二十三・范泰傳》。

（2）解題

《後漢書》作於貶謫宣城太守之際，因不得志，益以治後漢史者甚多〔註84〕，史料頗豐，故范曄寄情於著作，窮覽舊籍，刪煩補略而成是書。《宋書・范曄傳》便言：

> 元嘉九年冬，彭城太妃薨，將葬，祖夕，僚故並集東府。曄弟廣淵，時爲司徒祭酒，其日在直。曄與司徒左西屬王深宿廣淵許，夜中酣飲，開北牖聽挽歌爲樂。義康大怒，左遷曄宣城太守。不得志，乃刪衆家後漢書爲一家之作。〔註85〕

該書仿班固《漢書》，以斷代爲史，記自王莽（6）起至漢獻帝（189）止，共一百八十三年史事。今傳世之《後漢書》，范曄所作有紀十篇、列傳八十篇，梁時，劉昭以範書無志，乃取司馬彪《續漢書》志八篇補入，凡九十八篇，析爲一百二十卷。

（3）引文舉例

《埤雅・卷九・釋鳥・鷸》引《後漢書》曰：

> 鷸，一名述，似燕紺色，知天將雨之鳥也，<u>故傳曰「知天者冠述」</u>〔註86〕。

〔註84〕范曄之前已有數家爲後漢作史者如：謝承《後漢書》一三〇卷；薛瑩《後漢記》六十五卷；司馬彪《續漢書》八十三卷；華嶠《後漢書》十七卷；謝沈《後漢書》八十五卷；晉張瑩《後漢南記》四十五卷；袁山松《後漢書》九十五卷。

〔註85〕見（南朝梁）沈約著：《宋書・范曄傳》，（臺北：藝文印書館，1996年《二十五史》景印清乾隆武英殿刊本），卷六十九・列傳第二十九，頁877下。

〔註86〕《後漢書・輿服下》載：「建華冠，以鐵爲柱卷，貫大銅珠九枚，制以縷鹿。記曰：『<u>知天者冠述</u>，知地者履約。』《春秋左傳》曰：『鄭子臧好鷸冠。』」見（南朝宋）范曄等撰：《後漢書》，（臺北：藝文印書館，1996年《二十五史》景印清乾隆武英殿刊本），卷四十・志第三十。

《埤雅‧卷十‧釋蟲‧螣蛇》引《後漢書》曰：

> 傳曰：「靈蛇棄鱗，神龍解角。」

按：「靈蛇」、「解角」，與原文有所不同，《後漢書‧仲長統傳》載：「飛鳥遺跡，蟬蛻亡殼。<u>騰蛇棄鱗，神龍喪角</u>。」〔註87〕

《埤雅‧卷十五‧釋草‧竹》引《後漢書》曰：

> 又曰：「伐淇園之竹以為矢」。

按：原文無「以」字。《後漢書‧鄧寇列傳第六》錄：「恂移書屬縣，講兵肄射，伐淇園之竹，為矢百餘萬，養馬二千匹，收租肆百萬斛，轉以給軍。」〔註88〕

《爾雅新義‧卷四‧釋言》「卬、吾、台、予、朕、身、甫、余、言、我也。」條引《後漢書》曰：

> 傳曰：「昔唐堯在上，羣龍為用。」

按：此引自《後漢書‧卷三十‧郎顗襄楷列傳第二十下‧郎顗傳》。

4、《史記索隱》三十卷，唐司馬貞撰。

（1）撰者生平

司馬貞（？～？），字子正，唐河內人。少曾受《史記》於崇文館學士張嘉會，開元中官朝散大夫、國子博士、弘文館學士等職，官終潤州別駕。其事蹟未見於唐代史籍。

（2）解題

據《四庫全書總目提要》云：

> 《史記索隱》，三十卷，唐司馬貞撰。貞，河內人，開元中官朝散大
> 夫、弘文館學士。貞初受《史記》於崇文館學士張嘉會，病褚少孫
> 補司馬遷書多傷踳駁。又裴駰《集解》舊有《音義》，年遠散佚。諸

〔註87〕見（南朝宋）范曄等撰：《後漢書》，（臺北：藝文印書館，1996年《二十五史》景印清乾隆武英殿刊本），卷四十九‧〈王充王符仲長統列傳第三十九〉。

〔註88〕見（南朝宋）范曄等撰：《後漢書》，（臺北：藝文印書館，1996年《二十五史》景印清乾隆武英殿刊本），卷十六，頁234。

家《音義》延篤章隱、鄒誕生、柳顧言等書亦失傳，而劉伯莊、許子儒等又多疏漏。乃因裴駰《集解》，撰爲此書。首注《駰序》一篇，載其全文。其注司馬遷書，則如陸德明《經典釋文》之例，惟標所注之字，蓋經傳別行之古法。凡二十八卷。末二卷爲述贊一百三十篇，及《補史記條例》。欲降〈秦本紀〉、〈項羽本紀〉爲世家，而呂後、孝惠各爲〈本紀〉。補〈曹〉、〈許〉、〈邾〉、〈吳芮〉、〈吳濞〉、〈淮南〉世家，而降陳涉於〈列傳〉。蕭何、曹參、張良、周勃、五宗、三王各爲一傳，而附國僑羊舌肸於管晏；附尹喜、莊周於老子；附韓非於商鞅；附魯仲連於田單；附宋玉於屈原；附鄒陽枚乘於賈生。又謂〈司馬相如〉〈汲鄭傳〉不宜在〈西南夷〉後；〈大宛傳〉不合在〈游俠〉〈酷吏〉之閒，欲更其次第。其言皆有條理。至謂司馬遷述贊不安而別爲之，則未喻言外之旨。終以〈三皇本紀〉，自爲之註，亦未合闕疑傳信之意也。

（3）引文舉例

《埤雅·卷九·釋鳥·鴇》引司馬貞《索隱》曰：

> 郭璞曰：鴇似鴈，無後指。〔註89〕

按：《史記·司馬相如傳·上林賦》載：「鴻鴇鷫鴇，駕鵝屬玉」司馬貞《索隱》曰：「鴇音保。郭璞云：『鴇似鴈，無後指。』《毛詩鳥獸疏》云：『鴇似鴈而虎文也。』」

5、《三國志》六十五卷，晉陳壽撰。

（1）撰者生平

陳壽（233～297），字承祚，晉巴西安漢人。曾仕蜀漢爲觀閣令史，然不趨附黃皓之故，屢遭譴黜。入晉，張華以孝廉舉薦爲佐著作郎，出補平陽侯相，後除著作郎，領本郡中正，尋張華將舉爲中書郎，然遭荀勗所排擠而遷爲長廣太守，以母老辭，不就。終因杜預之薦，授禦史治書，數歲，起爲太子中庶子。太子轉徙後，再兼散騎常侍。惠帝元康七年〔297〕病卒，年六十五。著有《三

〔註89〕見（漢）司馬遷撰、（日本）瀧川龜太郎考證：《史記會注考證》，（臺北：宏業書局有限公司，1990年10月），卷一百十七·列傳第五十七，頁1214。

國志》、《益都耆舊傳》、《古國志》等。事蹟見《華陽國志・卷十一・陳壽傳》、《晉書・卷八十二・列傳第五十二・陳壽傳》。

（2）解題

陳壽編是書，乃採王沈、阮籍所修《魏書》、魚豢撰《魏略》及韋曜、薛瑩等撰《吳書》之書，刪繁補略，益以己之見聞而成是書。該書以《魏志》、《蜀志》、《吳志》三志並列，其中《魏志》有四紀、二十六傳，共三十卷；《蜀志》有十五列傳，共十五卷；《吳志》有二十列傳，二十卷，凡六十五卷。〔註90〕陳壽所編《三國志》屬私修史書，然據《晉書・陳壽傳》載，陳壽亡後，範頵上奏使惠帝下詔令河南尹、洛陽令就陳家寫其書。傳云：

> 梁州大中正尚書郎範頵等上表曰：「昔漢武帝詔曰『司馬相如病甚，可遣悉取其書』，使者得其遺書，言封禪事，天子異焉。臣等按故治書侍御史陳壽作《三國志》，辭多勸誡，明乎得失，有益風化。雖文豔不若相如，而質直過之。願垂採錄。」於是詔下河南尹、洛陽令就家寫其書。〔註91〕

《直齋書錄解題》云：

> 《三國志》六十五卷，晉治書侍禦史巴西陳壽承祚撰。宋中書侍郎河東裴松之世期注。壽書初成，時人稱其善敘事，張華尤善之。然乞米作佳傳，以私憾毀諸葛亮父子，難乎免物議矣。王通謂壽有志

〔註90〕按：《隋書・卷三十三・志第二十八・經籍二・正史類》載「《三國志》六十五卷，敘錄一卷，晉太子中庶子陳壽撰，宋太中大夫裴松之注。」；《新唐書・卷五十八・志第四十八・藝文二・正史類》載「陳壽《魏國志》三十卷，《蜀國志》十五卷，《吳國志》二十一卷，並裴松之注。」；《舊唐書・卷四十六・志第二十六・經籍上》〈正史類〉載「《魏國志》三十卷，陳壽撰，裴松之之注。」、〈僞國史類〉則載「《蜀國志》十五卷，陳壽撰。《吳國志》二十一卷，陳壽撰，裴松之之注。」其餘著作如：《郡齋讀書志》、《直齋書錄解題》《宋史・藝文志》、《四庫全書總目》等則皆載「六十五卷」，而無提及〈敘錄〉。由是觀之，新、舊《唐書》中《吳國志》所言「二十一卷」，應含《敘錄》一卷，而成二十一之數，而《三國志》原書應有敘錄，然後世散佚，故有六十五之數。

〔註91〕見（唐）房玄齡等人著：《晉書・陳壽傳》，（臺北：藝文印書館，1996年《二十五史》景印清乾隆武英殿刊本），卷八十二・列傳第五十二，頁1047。

於史，依大義而黜異端，然要為率略。松之在元嘉時，承詔為之注，
鳩集傳記，增廣異文。大抵本書固率略而注又繁蕪，要當會通裁定，
以成一家，而未有奮然以為己任者。豐祐間南豐呂南公銳意為之，
題其齋曰「袞斧」，書垂成而死，遂弗傳。又紹興間吳興鄭知幾維心
嘗為之，鄉裏前輩多稱其善，而書亦不傳。近永康陳亮亦頗有意焉，
僅成論贊數篇，見集中，而書實未嘗修也。〔註92〕

（3）引文舉例

《埤雅・卷五・釋獸・騶虞》引《三國志》曰：

騶虞，尾桑於身，白虎，黑文，西方之獸……傳曰：「白虎仁」〔註
93〕即此是也。

按：此見引於《三國志・吳書・孫主孫權傳第二》，云：「十一年春正月，……
五月，鄱陽言白虎仁。」注云：「《瑞應圖》曰：白虎仁者，王者不暴虐，
則仁虎不害也。」

6、《南齊書》五十九卷，梁・蕭子顯撰。

（1）撰者生平

蕭子顯（487～537），字景陽。梁蘭陵人。齊明帝建武二年（495），七歲，
封寧都縣侯。永元末，以王子例拜給事中。天監元年（502），梁朝建立，降爵
為子。累遷安西外兵，仁威記室參軍，司徒主簿，太尉錄事。後又歷任太子中
舍人、建康令，遷至國子祭酒、吏部尚書，大同三年（537），出為仁威將軍、
吳興太守，至郡未幾，卒，時年四十九。蕭子顯曾採眾家《後漢書》、《後漢紀》，
考正同異，為一家之書：《後漢書》一百卷。又於梁武帝天監年間啟撰齊史，《齊
書》成，詔付祕閣。另撰有《普通北伐記》五卷、《貴儉傳》三十卷，文集二十
卷。事蹟附見《梁書・卷三十五・列傳第二十九・蕭子恪傳》、《南史・卷四十
二・列傳第三十二・齊高帝諸子上・蕭嶷傳》。

〔註92〕見（宋）陳振孫：《直齋書錄解題》，（臺北・臺灣商務印書館，1978 年），卷四〈正
　　　　史類〉「三國志」條，頁 94～95。

〔註93〕見（晉）陳壽撰，（宋）裴松之注：《三國志・孫權傳第二》，（臺北：藝文印書館，
　　　　1996 年《二十五史》景印清乾隆武英殿刊本），卷四十七，頁 722。

（2）解題

　　該書乃蕭子顯取江淹所撰十志、沈約所撰《齊紀》二十卷，變其體例所成之書。原名《齊書》，然爲別於李百藥之《北齊書》，故宋曾鞏等冠以「南」字，改稱《南齊書》。書中記自齊高帝建元元年（479）至齊和帝中興 2 年（502），共二十三年間南齊歷史，屬紀傳體史書。據《梁書》所載是書爲六十卷，然今存本紀八卷，志十一卷，列傳四十卷，凡五十九卷，所佚一卷之作疑爲〈敍錄〉。《四庫全書總目提要》曰：

> 章俊卿《山堂考索引館閣書目》云：「《南齊書》本六十卷，今存五十九卷，亡其一。」劉知幾《史通》、曾鞏《敍錄》則皆云八《紀》、十一《志》、四十《列傳》，合爲五十九卷，不言其有闕佚。然《梁書》及《南史》子顯本傳實俱作六十卷，則《館閣書目》不爲無據。考〈進書表〉云：「天文事秘，戶口不知，不敢私載。」疑原書六十卷爲子顯〈敍傳〉，末附以〈表〉，與李延壽《北史》例同。至唐已佚其〈敍傳〉，而其《表》至宋猶存。今又並其《表》佚之，故較本傳闕一卷也。〔註94〕

劉知己於《史通》曾讚其義例之可取，曰：

> 夫史之有例，猶國之有法。國無法，則上下靡定；史無例，則是非莫準。昔夫子修經，始發凡例；左氏立傳，顯其區域。科條一辨，彪炳可觀。降及戰國，迄乎有晉，年逾五百，史不乏才，雖其體屢變，而斯文終絕。唯令升先覺，遠述丘明，重立凡例，勒成《晉紀》。鄧、孫已下，遂躡其蹤。史例中興，於斯爲盛。若沈《宋》之志序，蕭《齊》之序錄，雖皆以序爲名，其實例也。必定其臧否，徵其善惡，幹寶、范曄，理切而多功，鄧粲、道鸞，詞煩而寡要，<u>子顯雖文傷蹇躓，而義甚優長。斯一二家，皆序例之美者</u>。〔註95〕

（3）引文舉例

《埤雅·卷五·釋獸·騶虞》引《南齊書》曰：

〔註94〕見（清）紀昀等：《四庫全書總目提要》，（臺北：藝文印書館，1968 年 3 月），卷四十五·史部·正史類一「南齊書」條，頁 978。

〔註95〕見《史通·卷四·序例第十》。

傳曰：「狗性險而出」。

按：此不載出處，此見於《南齊書・卞彬傳》載：「彬又目禽獸云：『羊性淫而狠，豬性卑而率，鵝性頑而傲，狗性險而出。』皆指斥貴勢。」〔註96〕

7、《新五代史》七十四卷・宋歐陽修撰。

（1）撰者生平

歐陽修（1007～1072），字永叔，宋廬陵人。四歲而孤，由母鄭氏撫育而長。仁宗天聖八年（1030），舉進士，擢甲科第十四名進士，補西京推官，入朝爲館閣校勘。後因言事見黜，屢遭貶謫，左遷知滁州，徙揚州、穎州等地。至和元年（1054）八月，奉詔入京，與宋祁同修《新唐書》，專成〈紀〉、〈志〉、〈表〉，而〈列傳〉則宋祁所撰。嘉祐二年（1057）知禮部貢舉，歷任樞密副使、參知政事、兵部尙書。晚年因屢遭醜詆，而出守亳州、青州、蔡州。神宗熙甯四年（1071），以太子少師致仕，歸於穎州，次年卒，終年六十六。諡曰文忠。歐陽修曾集金石文字編爲《集古錄》，並自撰《五代史記》，另有《易童子問》三卷，《詩本義》十四卷，《居士集》五十卷，《內・外制》、《奏議》、《四六集》又四十餘卷等書。事蹟見《宋史・卷三百一十九・列傳第七十八・歐陽修傳》。

（2）解題

《新五代史》載後梁開平元年（907）至後周顯德七年（960）之史事，全書凡七十四卷〔註97〕，計有本紀十二卷、列傳四十五卷、考三卷、世家

〔註96〕見（南朝梁）蕭子顯：《南齊書》，（臺北：藝文印書館，1996年8月初版四刷，《二十五史》第11冊，景印清乾隆武英殿刊本），卷五十二・列傳第三十三・文學，頁414。

〔註97〕《新五代史記》之卷數，歷來有七十四卷及七十五卷二說。（1）主七十五卷者，如：晁公武《郡齋讀書志》、鄭樵《通志》、馬端臨《文獻通考》等皆錄「《五代史記》七十五卷」。（2）主七十四卷者，如陳振孫《直齋書錄解題》卷四、《玉海》卷四十六引《中興書目》、《宋史・卷一百五十六・藝文二》及其子歐陽發〈先公事跡〉皆作七十四卷。

按：據《文忠集・卷一四九・書簡・卷六・與梅聖俞四十六通》之二十三中，歐陽修自言：「閒中不曾作文字，只整頓了《五代史》，成七十四卷。不敢多令人知，深思吾兄一看，如何可得極有義類？」及其子歐陽發述〈先公事跡〉言「先公既奉敕撰《唐書》紀、志、表，又自撰《五代史》七十四卷。」故此可據而言七十四卷。另周中孚於《鄭堂讀書記》卷十五言晁氏之誤「蓋誤以目錄充一卷也。」

及年譜十一卷、四夷附錄三卷。該書本歐陽修欲與尹洙同撰，然因尹洙未允而獨任其事〔註98〕。至仁宗皇祐五年（1053）書成，名《五代史記》。歐陽修卒後，熙寧五年八月丁亥，詔潁州令歐陽某家，上所撰《五代史》。於熙寧十年（1077）頒行，與薛居正《五代史》並行於世，後世稱《新五代史》。

該書之創作宗旨，乃仲易法，旨在褒善貶惡，其子歐陽發便云：

> 先公既奉敕撰《唐書》紀、志、表，又自撰《五代史》七十四卷，其作〈本紀〉，用《春秋》之法，雖司馬遷、班固皆不及也。其于《唐書·禮樂志》，發明禮樂之本，言前世治出於一，而後世禮樂爲空名。〈五行志〉不書事應，悉破漢儒災異附會之說。皆出前人之所未至。其于《五代史》，尤所留心，褒貶善惡，爲法精密，發論必以「鳴呼」，曰：「此亂世之書也」。其論曰：「昔孔子作《春秋》，因亂世而立治法；餘述《本紀》，以治法而正亂君。」此其志也。書成，減舊史之半，而事跡添數倍，文省而事備，其所辨正前史之失甚多。嘉祐中，今致政侍郎范公等列言於朝，請取以備正史，公辭以未成。熙寧中，有旨取以進禦。〔註99〕

《四庫全書總目提要》則論云：

> 《新五代史》，七十五卷。宋歐陽修撰。本名《新五代史記》。世稱《五代史》者，省其文也。唐以後所修諸史，惟是書爲私撰，故當時未上於朝。修歿之後，始詔取其書，付國子監開雕，遂至今列爲正史。大致褒貶祖《春秋》，故義例謹嚴；敘述祖《史記》，故文章高簡；而事實則不甚經意。……。然則《薛史》如《左氏》之紀事，本末賅具，而斷制多疏。歐史如《公》、《穀》之發例，褒貶分明，而傳聞多謬。兩家之並立，當如三傳之俱存。〔註100〕

〔註98〕《澠水燕談錄》卷六云：「天聖中，歐陽文忠公與尹師魯議分撰，後師魯別爲《五代春秋》，止四千餘言，簡有史法，而文忠卒重修《五代》。」

〔註99〕見（宋）歐陽發述〈先公事跡〉，收錄於（宋）周必大編：《文忠集》。

〔註100〕見（清）紀昀等編：《四庫全書總目提要》，（臺北：藝文印書館，1968年3月），卷四十五·史部·正史類一·「新五代史」條，頁991。

（3）引文舉例

《埤雅・卷三・釋獸・豹》引《新五代史》曰：

> 語曰：「豹死留皮，人死留名。」，故君子疾沒世而名不稱焉。

按：此見於《新五代史・王彥章傳》：「彥章武人不知書，常爲俚語謂人曰：『<u>豹死留皮，人死留名</u>。』其於忠義，蓋天性也。」〔註101〕

（二）雜史類

1、《國語》二十一卷，作者不詳。

（1）撰者生平

舊或以爲爲左丘明所撰，主其說者如班固、韋昭、晁公武、李燾等人，然此說至宋以降，如陳振孫、姚鼐、崔述、《四庫提要》等，就《左傳》、《國語》二書比較，多以爲二書文體、語彙不同；所載史事等多有所出入、矛盾，故應非出自一人之手。〔註102〕

（2）解題

《國語》，自漢以降又稱《春秋外傳》、《春秋外傳國語》，《四庫全書總目提要》曰：

> 案《國語》二十一篇，《漢志》雖載《春秋》後，然無《春秋外傳》之名也。《漢書・律歷志》始稱《春秋外傳》。王充《論衡》云：「《國語》，左氏之外傳也。左氏傳經，詞語尚略，故復選錄《國語》之詞以實之。」劉熙《釋名》亦云：「《國語》亦曰外傳。《春秋》以魯爲內，以諸國爲外，外國所傳之事也。」

該書之卷數，歷來有眾說分歧，有二十、二十一卷、二十二卷之說〔註103〕，《四

〔註101〕見（宋）歐陽修撰：《新五代史・王彥章傳》，（臺北：藝文印書館，1996 年 8 月初版四刷，《二十五史》景印清乾隆武英殿刊本），卷三十二・死節傳第二十，頁 170。

〔註102〕見張心澂：《僞書通考》，（臺北・宏業書局，1975 年 6 月），史部・雜史・「國語」條，頁 521～531。

〔註103〕《漢書・藝文志》載「《國語》二十一篇」；《隋書・經籍志》則載「《春秋外傳國語》二十卷賈逵注。《春秋外傳國語》二十一卷虞翻注。《春秋外傳章句》一卷王肅撰。梁二十二卷。《春秋外傳國語》二十二卷韋昭注。《春秋外傳國語》二十卷晉五經博士孔晁注。《春秋外傳國語》二十一卷唐固注」；《舊唐書・經籍志》則載

庫全書總目提要》則論曰：

> 《漢志》作二十一篇。其諸家所注，《隋志》：虞翻、唐固本，皆二
> 十一卷；王肅本二十二卷；賈逵本二十卷。互有增減，蓋偶然分併，
> 非有異同。惟昭所注本，《隋志》作二十二卷，《唐志》作二十卷。
> 而此本首尾完具，實二十一卷。諸家所傳南北宋版，無不相同，知
> 《隋志》誤一字，《唐志》脫一字也。

今傳《國語》有：〈周語〉三篇、〈魯語〉二篇、〈齊語〉一篇、〈晉語〉九篇、〈鄭
語〉一篇、〈楚語〉二篇、〈吳語〉一篇、〈越語〉二篇，凡二十一篇，共記西周
穆王，下迄東周貞定王十六年晉智伯被誅，共五百餘年之史事。

（3）引文舉例

《埤雅・卷三・釋獸・麕》引《國語》曰：

> 《國語》曰：「市無赤米，而囷鹿空虛」先儒以爲圓曰囷，方曰鹿。
> 〔註104〕

《埤雅・卷十・釋蟲・虺》引《國語》曰：

> 虺，狀似蛇而曉，銘曰：「爲虺弗摧，爲蛇奈何？」〔註105〕以此之
> 故也。

按：此引自《國語・吳語》：「夫越王好信以愛民，四方歸之，年穀時熟，日長
炎炎。及吾猶可以戰也，爲虺弗摧，爲蛇將若何？」

《爾雅新義・卷十二・釋草》「其木蔥」條引《國語》曰：

> 《國語》曰：「天根見而水涸。」

按：此引自《國語・周語》。

《爾雅新義・卷十八・釋獸》「其子，麛」條引《國語》曰：

「《春秋外傳國語》二十卷，左丘明撰。」

〔註104〕《國語・吳語》：「市無赤米，而囷鹿空虛。」韋昭注：「員曰囷，方曰鹿。」，見
徐元誥撰、王樹民、沈長雲點校：《國語集解》，（北京：中華書局，2002 年），頁
555。

〔註105〕見徐元誥撰、王樹民、沈長雲點校：《國語集解》，（北京：中華書局，2002 年），
頁 540。

　　《國語》曰：「獸長麛麋，魚禁鯤鮞。」

按：此引自《國語・魯語》。

2、《戰國策》三十三卷，作者不詳，舊題漢劉向校定，高誘注。

（1）撰者生平

　　《戰國策》一書，乃劉向裒合諸記並爲一編，作者非一人，後高誘爲其注釋。

　　劉向（前77～前6），本名更生，字子政，漢沛縣人。宣帝時招選名儒俊材置左右。與王褒、張子僑等並進對，獻賦頌凡數十篇，並徵講論《五經》于石渠。拜爲郎中給事黃門，遷散騎、諫大夫、給事中等職。元帝即位，擢爲散騎、宗正給事中，因上諫直言宦官外戚之亂政而獲罪於奸佞，遭廢十餘年。成帝立，受進用，並於是時更名「向」，拜中郎使領護三輔都水，遷光祿大夫，成帝河平三年（前26）秋，受詔領校《五經》秘書、諸子詩賦等，後授中壘校尉。居列大夫官前後三十餘年，年七十二，卒。劉向著有《洪範五行傳》、《新序》、《說苑》、《別錄》、《世說》、《高士傳》、《列女傳》等。事蹟附見《漢書・卷三十六・傳第六・楚元王傳》。

　　高誘，（？～？），東漢涿郡涿人。年少曾師盧植，建安時期曾任司空掾，除東郡濮陽令，建安十八年（212年），遷監河東。著有《呂氏春秋注》二十六卷、《淮南子注》二十一卷，又有《孝經解》、《孟子章句》若干卷等。其生平未見於史籍，僅能就自撰之《淮南子注・序目》略知其大概。

（2）解題

　　《戰國策》古或曰《國策》，或曰《國事》，或曰《短長》，或曰《事語》，或曰《長書》，或曰《修書》，多爲縱橫家遊說人君之語。西漢時，劉向典校中祕書，錄縱橫家之言，去其重，補其闕，各因國別，略次時序，編爲一書，定名《戰國策》〔註106〕。至東漢，高誘改編爲二十一卷，並加以注釋，至北

〔註106〕《戰國策・書錄》云：「所校中《戰國策書》，中書餘卷，錯亂相糅莒。又有國別者八篇，少不足。臣向因國別者略以時次之，分別不以序者以相補，除復重，得三十三篇。……中書本號，或曰《國策》，或曰《國事》，或曰《短長》，或曰《事語》，或曰《長書》，或曰《脩書》。臣向以爲戰國時遊士，輔所用之國，爲之策謀，宜爲《戰國策》。」見（漢）高誘注《戰國策》，（臺北：臺灣中華書局，1972年11月），目錄，頁1。

宋，《戰國策》則多散佚，劉向本亡佚十一篇，高誘注本亦僅存八卷，時曾鞏任史館，便「訪之士大夫家，始盡得其書」，並加以校補，爲今《戰國策》三十三篇本。

今本《戰國策》計有：〈東周策〉、〈西周策〉各一卷，〈秦策〉五卷，〈齊策〉六卷，〈楚策〉、〈趙策〉、〈魏策〉各四卷，〈韓策〉、〈燕策〉各三卷、〈宋衛策〉、〈中山策〉各一卷，其事繼春秋以後，迄楚漢之起，凡三十三卷，四百九十七篇。

（3）引文舉例

《埤雅・卷五・釋獸・羝》引《戰國策》曰：

> 又曰：「亡羊治牢，未爲晚也。」〔註107〕

按：此段引文與原文有異，原文「治」作「補」，「晚」作「遲」。《戰國策・楚策四》：「莊辛對曰：『臣聞鄙語曰：『見兔而顧犬，未爲晚也；亡羊而補牢，未爲遲也。』」

《爾雅新義・卷七・釋器》「一羽謂之箴，十羽謂之縛，百羽謂之緷」條引《戰國策》云：

> 傳曰：「積羽沈舟有是哉」

按：此引自《戰國策・魏策》。

（三）傳記類

1、《列女傳》七卷，漢劉向撰。

（1）撰者生平

劉向（前77～前6），本名更生，字子政，漢沛縣人。宣帝時招選名儒俊材置左右。與王褒、張子僑等並進對，獻賦頌凡數十篇，並徵講論《五經》于石渠。拜爲郎中給事黃門，遷散騎、諫大夫、給事中等職。元帝即位，擢爲散騎、宗正給事中，因上諫直言宦官外戚之亂政而獲罪於奸佞，遭廢十餘年。成帝立，受進用，並於是時更名「向」，拜中郎使領護三輔都水，遷光祿大夫，成帝河平三年（前26）秋，受詔領校《五經》秘書、諸子詩賦等，後授中壘校尉。居列

〔註107〕見（漢）高誘注《戰國策》，（臺北：臺灣中華書局，1972年11月），卷十七，頁11。

大夫官前後三十餘年，年七十二，卒。劉向著有《洪範五行傳》、《新序》、《說苑》、《別錄》、《世說》、《高士傳》、《列女傳》等。事蹟附見《漢書‧卷三十六‧傳第六‧楚元王傳》。

（2）解題

《列女傳》一書，計有七卷〔註108〕，分述七類婦女之行爲，按其順序依次爲：〈母儀〉、〈賢明〉、〈仁智〉、〈貞順〉、〈節義〉、〈辯通〉、〈孽嬖〉。是書乃劉向錄典籍中婦女行爲足以效法及鑑戒者，盼以古列女善惡所以興亡者，以戒天子，並救奢靡、逾禮之時弊。班固於《漢書‧劉向傳》中便曾言：

> 向睹俗彌奢淫，而趙、衛之屬起微賤，踰禮制。向以爲王教由內及外，自近者始。故採取《詩》、《書》所載賢妃、貞婦、興國、顯家、可法則及孽嬖亂亡者，序次爲《列女傳》，凡八篇，以戒天子，及采傳記行事，著《新序》、《說苑》，凡五十篇，奏之。數上疏，言得失，陳法戒。書數十，上以助觀覽，補遺闕。上雖不能盡用，然內嘉其言，常嗟歎之。〔註109〕

（3）引文舉例

《埤雅‧卷一‧釋魚‧魴》引《列女傳》曰：

> 《列女傳》曰：「傅弓以燕牛之角，纏弓以荊麋之筋，䰞弓以河魚之膠。」

按：原文未見「弓」字，陸佃增之。見《列女傳‧晉弓工妻》：「今妾之夫，治造此弓，其爲之亦勞矣。其幹生於太山之阿，一日三睹陰，三睹陽。傅以燕牛之角，纏以荊麋之筋，䰞以河魚之膠。此四者，皆天下之妙選也」〔註110〕

〔註108〕按：《隋書‧經籍志》載「《列女傳》十五卷，劉向撰，曹大家注；《列女傳頌》一卷，劉歆撰。」然曾鞏以爲十五卷乃「離其七篇爲十四，與《頌》義凡十五篇」王回、晁公武亦持相同說法。而晁公武及張心澂皆曰《列女傳》八卷，則將劉向之《列女傳》幷劉歆之《列女傳頌》合爲八卷。見張心澂：《僞書通考‧史部‧傳記》「列女傳」條，（臺北‧宏業書局，1975 年 6 月），頁 562。

〔註109〕見（東漢）班固著，（唐）顏師古注，（清）王先謙補注：《漢書補注》，（臺北：藝文印書館，1996 年），卷三十六‧傳第六‧〈楚元王傳劉向〉，頁 973。

〔註110〕見《列女傳‧卷六‧辯通‧晉弓工妻》。

《埤雅·卷三·釋獸·豹》引《列女傳》曰：

　傳曰：「文豹隱霧而十日不食，欲以澤其衣毛，成其文彩。」

按：「文」、「十」、「彩」諸字，原文則作「玄」、「七」、「章」不同，見《列女傳·賢明》：「妾聞南山有玄豹隱霧而七日不食，欲以澤其衣毛，成其文章。」
〔註111〕

（四）地理類

1、《水經》三卷，漢桑欽撰，後漢酈道元注，四十卷。

（1）撰者生平

桑欽（？～？），字君長，西漢河南人，生卒年不詳，晁公武曰爲成帝時人〔註112〕，孔氏第六傳弟子，曾師從塗惲，王莽時顯貴於世。〔註113〕事蹟見《漢書·卷八十八·儒林傳》。

酈道元（466～？），字善長，後魏範陽人。太和中，任治書侍御史。累遷輔國將軍、東荊州刺史。因爲政威猛，百姓民詣闕訟其刻峻，而免官。久之，詔爲持節兼黃門侍郎，未幾，除安南將軍、禦史中尉。後爲關右大使，雍州刺史蕭寶夤反，遂爲寶夤所害，死於陰盤驛亭。著有《水經》、本志十三篇、〈七聘〉等。事蹟見《魏書·卷八十九·列傳酷吏第七十七·酈道元傳》、《北史·卷二十七·列傳第十五·酈範傳》

〔註111〕見《列女傳·卷二·賢明》。

〔註112〕（宋）晁公武《郡齋讀書志》云「《水經》四十卷，右漢桑欽撰。欽，成帝時人。」見（宋）晁公武撰、孫猛校證：《郡齋讀書志校證》，（上海：上海古籍出版社，2006年6月），卷八·地理類「水經注」條，頁340。

〔註113〕按：此生平乃據（清）姚振宗《隋書經籍志考證》卷二十一所云：「欽蓋爲孔氏第六傳弟子，師，王莽時與其師塗惲並顯貴。」收錄於《續修四庫全書》，（上海：上海古籍出版社，1995），史部·目錄類，第915冊，頁349。《漢書·儒林傳第五十八》則載「孔氏有古文尚書，孔安國以今文字讀之，因以起其家逸書，得十餘篇，蓋尚書茲多於是……敎爲右扶風掾，又傳《毛詩》，授王璜、平陵塗惲子眞。子眞授河南桑欽君長。王莽時，諸學皆立。劉歆爲國師，璜、惲等皆貴顯。」見（東漢）班固著，（唐）顏師古注，（清）王先謙補注：《漢書補注》，（臺北：藝文印書館，1996年），卷八十八，頁1549～1550。

（2）解題

　　《水經》爲第一部記述水文專著，旁及相關之歷史、人物及傳說等，《唐六典·注》曰「引天下之水，百三十七」。其作者歷來說法不一，如《隋書·卷三十三·志第二十八·經籍志》載「《水經》三卷，郭璞注」，《舊唐書·卷五十·志第二十六·經籍志》則稱「《水經》二卷，郭璞撰。又四十卷，酈道元注。」，《新唐書·卷六十四·志第四十八·藝文志》則稱「桑欽《水經》三卷，一作郭璞撰。……酈道元注《水經》四十卷」，宋之降之著作大多稱爲桑欽，如《崇文總目·卷二。·地理類》著錄「《水經》四十卷桑欽撰。」、《宋史·志第一百五十七·藝文志·地理類》錄「桑欽《水經》四十卷，酈道元注」、《郡齋讀書志·卷八·地理類》著錄「《水經》四十卷，漢桑欽撰。」、《直齋書錄解題·史部·地理類》卷八：「《水經》三卷、《水經注》四十卷，桑欽撰。後魏禦史中尉範陽酈道元善長注。」等。然《四庫全書總目》則以爲非桑欽之作，爲三國時人之作，其曰：

　　　　《水經》作者，《唐書》題曰桑欽。然班固嘗引欽說，與此經文異。
　　　　道元注亦引欽所作《地理志》，不曰《水經》。觀其『涪水』條中，
　　　　稱廣漢已爲廣魏，則決非漢時。『鍾水』條中，稱晉甯仍曰魏甯，則
　　　　未及晉代。推尋文句，大抵三國時人。

今則多稱桑欽之作。至於卷數，言《水經》四十卷者，當爲著錄爲酈道元之注本所致。

（3）引文舉例

《埤雅·卷一·釋魚·龍》引《水經》：

　　酈元《水經》曰：「魚龍以秋日爲夜」。

《埤雅·卷一·釋魚·鮪》引《水經》：

　　《水經》曰：「鮪出鞏穴直穴有渚，謂之鮪渚。」

按：《水經注》卷五：「又東過鞏縣北。」注：「縣北有山臨河，謂之崟原邱。邱其下有穴，謂之鞏穴，言潛通淮浦，北達於河。<u>直穴有渚，謂之鮪渚。</u>」〔註114〕

〔註114〕見酈道元注、（清）全祖望校：《全校水經注》，收錄於四庫未收書輯刊編纂委員會編：《四庫未收書輯刊》貳輯·貳拾肆冊，（北京·北京出版社，2000年），頁90。

2、《三秦記》漢辛氏撰。

（1）撰者生平

辛氏，（？～？）生卒、名字、里籍、事蹟等皆未詳。

（2）解題

是書屬地理類，記秦漢時三秦地理、沿革、民情、都邑、宮室、山川。原書已亡佚。今傳者，爲清代王謨《漢唐地理書鈔》、張澍《二酉堂叢書》之輯本，乃自《三輔黃圖》、《水經注》、《齊民要術》、《荊楚歲時記》、《後漢書》注、《史記》正義、《文選》注、《藝文類聚》、《初學記》、《路史》注等書輯錄而出。

（3）引文舉例

《埤雅・卷一・釋魚・鮪》引《三秦記》：

> 河津，一名龍門，兩傍有山，魚莫能上。大魚薄集龍門，上則爲龍，
> 不得上，輒曝鰓水次。故曰：「暴鰓龍門，垂耳轅下」〔註115〕

3、《述征記》二卷，南朝劉宋・郭緣生撰。

（1）撰者生平

郭緣生（？～？）其生平事蹟不詳，據《隋書・經籍志・史部・雜傳類》所載：「《武昌先賢傳》，二卷，宋天門太守郭緣生撰。」推斷郭緣生是南朝劉宋時人。

（2）解題

是書屬地理類書籍，《隋書・卷三十三・志第二十八》、《新唐書・卷五十八・

〔註115〕按：此引文不著出處，然此文可見於《文選》李善注及《太平御覽》二處所引。1、謝玄暉〈觀朝雨〉：「戢翼希驤首，乘流畏曝鰓」。李善注曰：「《三秦記》曰：「河津，一名龍門，兩傍有山，水陸不通，龜魚莫能上。江海大魚，薄集龍門下，上則爲龍，不得上，曝鰓水次也。」，見（梁）蕭統編、（唐）李善注：《文選》，（臺北・藝文印書館，2003年3月），卷三十，頁438。2、《太平御覽・卷九百三十・鱗介部二・龍下》：「《三秦記》曰：『河津，一名龍門，巨靈跡猶存，去長安九百里。水懸舡而行，旁有山，水陸不通，龜魚之屬莫能上。江湖大魚集門下數千，不得上，上即爲龍。故云：『曝鰓龍門，垂耳轅下。』」。據引文判斷，與《太平御覽》所言較爲相似，應錄自《太平御覽》。

志第四十八・藝文二》、《舊唐書・志第二十六・經籍上》皆錄曰「《述征記》二卷，郭緣生撰。」，然今已亡佚。

（3）引文舉例

《埤雅・卷四・釋獸・貍》引《述征記》：

> 《述征記》曰：「盟津寒則冰厚數丈，冰合，車馬未敢過，要須狐行」。

（五）政書類

1、《事類賦》三十卷，北宋・吳淑撰。

（1）撰者生平

吳淑（947～1002），字正儀，宋潤州丹陽人。南唐進士出身，曾以校書郎直內史。歸宋後，以薦試學士院，授大理評事。歷太府寺丞、著作佐郎。始置秘閣，以本官充校理，遷水部員外郎，至道二年，兼掌起居舍人事，預修《太宗實錄》，再遷職方員外郎。真宗咸平五年（1002）卒。吳淑曾預修《太平御覽》、《太平廣記》、《文苑英華》等書，亦曾獻《九弦琴五弦阮頌》及《事類賦》百篇與太宗。有集十卷及《說文字義》三卷、《江淮異人錄》三卷及《秘閣閒談》五卷等。事蹟見《宋史・列傳第二百・文苑三・吳淑傳》。

（2）解題

該書乃吳淑以賦體形式所撰而成之類書，其創作動機，據吳淑〈進注事類賦狀〉所言可知，其曰：

> 類書之作，相沿頗多，蓋無綱條，率難記誦，今綜而成賦，則煥然
> 可觀。〔註116〕

該書以事隸賦，內容具天文地理、歌舞、什物及草木蟲魚等方面，分〈天〉、〈歲時〉、〈地〉、〈寶貨〉、〈樂〉、〈服用〉、〈飲食〉、〈禽〉、〈獸〉、〈草木〉、〈果〉、〈鱗介〉、〈蟲〉等十三部，每部有賦數篇，皆一字為題，合為百篇，後又詳加注釋而成三十卷。《宋史・列傳第二百・文苑三・吳淑傳》便載曰：

> 作《事類賦》百篇以獻，詔令注釋，淑分注成三十卷上之。

〔註116〕見吳淑：《事類賦》，收錄於（清）永瑢、紀昀纂修《景印文淵閣四庫全書》，（臺
　　　　北：臺灣商務印書館，1986年3月），第892冊，頁804。

（3）引文舉例

《埤雅·卷十三·釋木·桃》引《事類賦》曰：

　賦曰：「桃花磧面」。

按：此見吳淑《事類賦》卷四〈歲時部·春〉曰：「春日遲遲，采蘩祁祁；翫柔風兮韶景，睠芳節兮嘉時；勾芒兮太皞淳……至若綵樹初頒，含桃始薦；舉此青旛，戴之綵燕；淳神水以釀酒，用<u>桃花而磧面</u>；亦復歌幽詩，」〔註117〕

三、子部

（一）儒家類

1、《孟子》七篇，十四卷，舊題孟子撰，漢趙歧注。

（1）撰者生平

孟子（前 372 年～前 289 年），名軻，戰國鄒國人，曾受業於子思，既通，曾先後游齊、梁、宋、滕等地欲申其「王道」、「仁政」之說，然與時說不合，而未受齊宣王、梁惠王等人所用，是以退而與萬章之徒序詩書，述仲尼之意。事蹟具《史記·孟子荀卿列傳》。

趙歧（約 108～201）初名嘉，字臺卿，。桓帝永興二年（153 年），辟司空掾，後遷爲皮氏長，延熹元年（158 年），唐玹爲京兆尹，因前曾貶議玹而獲罪於玹，歧懼禍及，故改名爲歧，字邠卿，攜子避難四方。後獲赦而出。延熹九年（166 年），擢并州刺史，會坐黨錮禍事免，靈帝中平元年（184 年），徵歧拜議郎。旋舉爲敦煌太守，未至，爲叛賊邊章等所執，歧以計逃還長安。獻帝西都，復拜議郎，遷太僕。曹操爲司空時，桓典、孔融上書薦歧爲太常。建安六年（201 年）卒。曾作《孟子章句》、《三輔決錄》傳於時。事蹟具《後漢書·卷六十四·吳延史盧趙列傳·趙歧傳》。

（2）解題

《孟子》一書，爲研究孟軻生平及儒家思想重要之典籍。據《史記》言本爲七篇，篇目爲：〈梁惠王〉、〈公孫丑〉、〈滕文公〉、〈離婁〉、〈萬章〉、〈告子〉

〔註117〕收錄於（清）永瑢、紀昀纂修《景印文淵閣四庫全書》，（臺北：臺灣商務印書館，1986 年 3 月），第 892 冊。

〈盡心〉，然《漢書‧藝文志》〔註118〕、《風俗通》〔註119〕、《孟子題辭》〔註120〕
等著作皆云「《孟子》十一篇」，溢於七篇者，爲「外書」四篇：〈性善辨〉、〈文
說〉、〈孝經〉〈爲正〉，此四篇趙歧言「不與〈內篇〉相似，似非孟子本眞，後
世依放而託之者也。」，故不爲其作注，後漸不通行，遂皆亡佚，故以七篇流行
於世。後趙歧將每章分爲上、下兩卷，共析爲十四篇（卷），並爲其作注，故《舊
唐書‧經籍志》〔註121〕、《新唐書‧藝文志》〔註122〕、《宋史‧藝文志》〔註123〕
等皆著錄十四卷，且列於子部，如：《漢書‧藝文志》將其置於〈諸子略‧儒家
類〉；而《舊唐書‧經籍志》、《新唐書‧藝文志》、《宋史‧藝文志》置於「子部‧
儒家類」，至陳振孫《直齋書錄解題》方將《孟子》改列爲「經部‧語孟類」，曰：

> 前志《孟子》本列於儒家，然趙歧固嘗以爲則象《論語》矣。自韓
> 文公稱孔子傳之孟軻，軻死，不得其傳。天下學者咸曰孔、孟。孟
> 子之書，固非荀、揚以降所可同日語也。今國家設科取士，《語》、《孟》
> 並列爲經，而程氏諸儒訓解二書常相表裏，故今合爲一類。〔註124〕

〔註118〕（漢）班固：《漢書‧諸子略‧儒家》錄：「《孟子》十一篇。名軻，鄒人，子思弟
　　　　子，有列傳」。見（東漢）班固著，（唐）顏師古注，（清）王先謙補注：《漢書補
　　　　注》，（臺北：藝文印書館，1996年），卷三十，藝文志第十，頁888。

〔註119〕（漢）應劭：《風俗通義‧窮通第七》曰：「退與萬章之徒，序詩、書、仲尼之意，
　　　　作書中、外十一篇。」見（漢）應劭撰、（民國）王利器注：《風俗通義校注》，（臺
　　　　北：漢京文化事業有限公司，2004年），頁319。

〔註120〕（漢）趙歧《孟子章句題辭》曰：「孟子著書七篇，……又有外書四篇：〈性善辨〉、
　　　　〈文說〉、〈孝經〉〈爲正〉。其文不能宏深，不與〈內篇〉相似，似非孟子本眞，
　　　　後世依放而託之者也。」

〔註121〕《舊唐書‧經籍志‧子錄‧儒家類》錄「《孟子》十四卷，孟軻撰，趙歧注。」見
　　　　（後晉）劉昫等撰：《舊唐書‧經籍志‧儒家類》，（臺北：藝文印書館，1996年），
　　　　卷四十七，頁972。

〔註122〕《新唐書》錄：「《趙歧注孟子》，十四卷，孟軻。」見（宋）歐陽修：（臺北：藝
　　　　文印書館，1996年），卷五十九‧藝文志第四十九‧子錄‧儒家類，頁678。

〔註123〕《宋史‧藝文志》錄「《孟子》十四卷」。收錄於（元）脫脫等修：《宋史》，（臺北：
　　　　藝文印書館，1996年8月初版四刷，《二十五史》影印清乾隆武英殿刊本），卷二
　　　　百〇五‧志第一百五十八‧藝文四‧子，頁2445。

〔註124〕（宋）陳振孫《直齋書錄解題‧卷三‧語孟類》云：「《孟子》十四卷，趙歧云名
　　　　軻，字則未聞也。按《史記》字子輿，《孔叢子》作子車。」見（宋）陳振孫：《直

關於《孟子》之作者，歷來亦有所歧義，司馬遷首先提及該書爲孟子與門徒所共撰之說，《史記・孟子荀卿列傳》云：

> 天下方務於合從連衡，以攻伐爲賢，而孟軻乃述唐、虞、三代之德，是以所如者不合。退而與萬章之徒序詩書，述仲尼之意，作《孟子》七篇。[註125]

漢時人及宋・朱熹多以爲《孟子》爲孟軻所自作[註126]，然唐張籍及韓愈以降，始疑書非孟子自著，張籍曰：

> 古之學君臣父子之道，必資於師，師之賢者，其徒數千人，或數百人，是以沒則紀其師之說以爲書，若《孟子》者是已，傳者猶以孟子自論集其書，不云沒後其徒爲之也[註127]

韓愈則曰：

> 孟軻之書，非軻自著，軻既歿，其徒萬章、公孫丑相與記軻所言焉耳。[註128]

唐・林愼思《續孟子書》亦謂《孟子》七篇，非軻自著，乃弟子共記其言。宋・晁公武《郡齋讀書志》則舉例曰：

> 按韓愈以此書爲弟子所彙集，與岐之言不同。今考其書載孟子所見

齋書錄解題》，（臺北：臺灣商務印書館，1978 年），頁 69。

[註125] 見（漢）司馬遷著，（唐）張守節正義，（唐）司馬貞索隱，（宋）裴駰集解，（日）瀧川龜太郎考證：《史記會注考證》，（臺北：宏業書局，1990 年 10 月），卷七十四，〈孟子荀卿列傳第十四〉，頁 919。

[註126] 如：（漢）趙歧〈孟子注疏題辭解〉曰：「此書爲孟子所作者，故總謂之《孟子》。其篇目則各有其名，……退而論集所與高弟子公孫丑、萬章之徒。」見《孟子注疏》，（臺北：藝文印書館，1997 年 8 月），收錄於《十三經注疏》第 8 冊，頁 4～5。又如：宋・朱熹《朱子語錄》曰：「孟子疑自著之書，故首尾文字一體，無些子瑕疵。不是自下手，安得如此好！」見（宋）黎靖德編：《朱子語錄》，（京都：中文出版社，1979 年 2 月），卷十九，頁 320。

[註127] 見（唐）張籍〈上韓昌黎書〉，收錄於（清）董誥等編：《全唐文》，（上海：上海古籍出版社，1995 年 11 月），卷・卷六百八十四，頁 3105。

[註128] 見（唐）韓愈：〈答張籍書〉，收錄於《韓昌黎全集》，（臺北：新興書局，1967 年 9 月），卷十四，頁 255。

諸侯，皆稱謚，如齊宣王、梁惠王、梁襄王、滕定公、滕文公、魯平公是也。夫死然後有謚，軻著書時所見諸侯，不應即稱謚。且惠王元年至平公之卒，凡七十七年，孟子見惠王，目之曰叟，必已老矣，決不見平公之卒也。後人追爲之明矣，則岐言非也。《荀子》載「孟子三見齊王而不言，弟子問之，曰：『我先攻其邪心。』」《揚子》載孟子曰：「夫有意而不至者有矣，未有無意而至者也。」今書皆無之，則知散軼也多矣。岐謂秦焚書得不泯絕，亦非也。或曰：「豈見于《外書》邪？」果爾，則岐又不當謂其不能洪深也。〔註129〕

梁啓超則以爲書中孟軻弟子多稱子，而疑非孟子所自撰，曰：

書中於孟子門人多以「子」稱之。樂正子、公都子、屋廬子、徐子、陳子皆然，不稱子者無幾。果孟子自著，恐未必自稱其門人皆曰子。

〔註130〕

據此，應可推斷，《孟子》應出自孟軻弟子之手。

（3）引文舉例

《埤雅・卷三・釋獸・獺》引《孟子》云：

《孟子》所謂：「爲淵敺魚者，獺也」。

按：此引自《孟子・離婁上》

《埤雅・卷四・釋獸・狼》引《孟子》云：

《孟子》：「養其一指而失其肩背，則爲狼疾人也。」

按：此引文有所刪節，此引自《孟子・告子》，原文作：「養其一指而失其肩背而不知也，則爲狼疾人也。」

《埤雅・卷六・釋鳥・鸇》引《孟子》云：

《孟子》所謂：「爲叢敺爵者，鸇也」。

按：此引自《孟子・離婁上》。

〔註129〕見（宋）晁公武撰、孫猛校證：《郡齋讀書志校證》，（上海：上海古籍出版社，2006年6月），卷十・儒家類・「趙岐孟子」條，頁414～415。

〔註130〕見梁啓超：《要籍解題及其讀法》，（臺北：華正書局，1989年10月），頁8。

《埤雅・卷十一・釋蟲・蚯蚓》引《孟子》云：

《孟子》：「若仲子者，蚓而後充其操者也。」

按：此引自《孟子・滕文公下》

《埤雅・卷十三・釋木・棗》引《孟子》云：

《孟子》：「今夫麰麥，播種而耰之，其地同，樹之時又同，浡然而生，至於日至之時，皆熟矣。雖有不同，則地有肥磽，雨露之養，人事之不齊也」。

按：此引自《孟子・告子上》。

《埤雅・卷十三・釋木・棘》引《孟子》云：

公孫丑曰：「〈凱風〉何以不怨？」孟子曰：「〈凱風〉，親之過小者也；親之過小而怨，是不可磯也。」

按：此引文不注出處，且有所刪節，此引自《孟子・告子下》，原文作：「曰：『凱風何以不怨？』曰：『凱風，親之過小者也；小弁，親之過大者也。親之過大而不怨，是愈疏也；親之過小而怨，是不可磯也。』」

《埤雅・卷十三・釋木・常棣》引《孟子》云：

《孟子》曰：「詩云：『迨天之未陰雨、徹彼桑土，綢繆牖戶。今此下民，或敢侮予！』孔子曰：『爲此詩者，其知道乎！』」

按：此引自《孟子・公孫丑上》。

《埤雅・卷十六・釋草・蘢》引《孟子》云：

《孟子》曰：「子都，天下莫不知其姣也」。

按：此引自《孟子・告子上》。

《爾雅新義・卷四・釋言》「土，田也」條引《孟子》云：

《孟子》言：「卿受地視侯」

按：此引自《孟子・萬章》。

《爾雅新義・卷四・釋言》「恫，痛也」條引《孟子》云：

《孟子》曰：「越人彎弓而射之，則己談笑而道之，此無他，疏之也。」

按：此引自《孟子‧告子下》，「彎弓」，原文作「關弓」，；「此無他」，原文作「無他」，衍「此」字。

2、《孟子注疏》，十四卷，舊題孟子撰，漢趙歧注，宋孫奭疏。

（1）撰者生平

趙岐（約 108～201）初名嘉，字臺卿，。桓帝永興二年（153 年），辟司空掾，後遷為皮氏長，延熹元年（158 年），唐玹為京兆尹，因前曾貶議玹而獲罪於玹，岐懼禍及，故改名為歧，字邠卿，攜子避難四方。後獲赦而出。延熹九年（166 年），擢并州刺史，會坐黨錮禍事免，靈帝中平元年（184 年），徵岐拜議郎。旋舉為敦煌太守，未至，為叛賊邊章等所執，岐以計逃還長安。獻帝西都，復拜議郎，遷太僕。曹操為司空時，桓典、孔融上書薦岐為太常。建安六年（201 年）卒。曾作《孟子章句》、《三輔決錄》傳於時。事蹟具《後漢書‧卷六十四‧吳延史盧趙列傳‧趙岐傳》。

孫奭（962～1033），字宗古。宋博平人，太宗端拱年間《九經》及第，為莒縣主簿，後遷大理評事，為國子監直講。真宗時任判太常禮院、國子監、司農寺，累遷工部郎中，擢龍圖閣待制。仁宗時，則任兵部侍郎、龍圖閣學士、工部尚書、禮部尚書等職，終以太子太傅致仕。事蹟具《宋史‧列傳第一百九十‧儒林一‧孫奭傳》。

（2）解題

據《新唐書‧藝文志》著錄，注《孟子》者凡四家：趙岐注《孟子》十四卷、劉熙注《孟子》七卷、鄭玄注《孟子》七卷、綦毋邃注《孟子》七卷，共三十五卷。至《崇文總目》錄注《孟子》者，獨存趙岐注十四卷，唐陸善經注《孟子》七卷，凡二家二十一卷。而趙歧注《孟子》為避難時之作，曰：

> 余生西京，世尋丕祚，有自來矣。少蒙義方訓涉典文。知命之際，嬰戚於天，遘屯離寒，詭姓遁身，經營八紘之內，十有餘年，心勤形瘵，何勤如焉！嘗息肩弛擔於濟岱之間，或有溫故知新，雅德君子，矜我劬瘁，眷我皓首，訪論稽古，慰以大道，余困畜之中，精神遐漂，靡所濟集，聊欲繫志於翰墨，得以亂思遺老也。惟六籍之學，先覺之士釋而辯之者既已詳矣。儒家惟有《孟子》閎遠微妙，縕奧難見，宜在條理之科。於是乃述己所聞，證以經傳，為之章句，

具載本文，章別其旨，分爲上、下，凡十四卷。究而言之，不敢以當達者，施於新學，可以竀疑辯惑。愚亦未能審於是非，後之明者見其違闕，儻改而正諸，不亦宜乎。〔註131〕

《四庫全書總目提要》曾評曰：

是注即岐避難北海時在孫賓家夾柱中所作。漢儒注經，多明訓詁名物，惟此注箋釋文句，乃似後世之口義，與古學稍殊……《論語》、《孟子》詞旨顯明，惟闡其義理而止，所謂言各有當也。其中如謂宰予、子貢、有若緣孔子聖德高美而盛稱之，《孟子》知其太過，故貶謂之污下之類，紕繆殊甚。以屈原憔悴爲徵於色，以甯戚叩角爲發於聲之類，亦比擬不倫。然朱子作《孟子集注或問》，於岐說不甚掊擊。至於書中人名，惟盆成括、告子不從其學於孟子之說，季孫、子叔不從其二弟子之說，餘皆從之。書中字義，惟「折枝」訓按摩之類不取其說，餘亦多取之。蓋其說雖不及後來之精密，而開闢荒蕪，俾後來得循途而深造，其功要不可泯也。〔註132〕

至於孫奭之疏，朱熹以爲僞作，曰：

《孟子疏》乃邵武士人假作，蔡季通識其人。當孔穎達時，未尚《孟子》，只尚《論語》、《孝經》、《爾雅》。其書全不似疏樣，不曾解出名物制度，只繞纏趙岐之說耳。〔註133〕

《四庫全書總目提要》則以朱子之說，以爲非出自孫奭之手，曰：

其《疏》雖稱孫奭作，而《朱子語錄》則謂「邵武士人假托，蔡季通識其人」。今考《宋史邢昺傳》，稱昺於咸平二年，受詔與杜鎬、舒雅、孫奭、李慕清、崔偓佺等校定《周禮》、《儀禮》、《公羊》、《穀梁》、《春秋傳》、《孝經》、《論語》、《爾雅》義疏，不云有《孟子正

〔註131〕見（漢）趙岐：〈孟子注疏題辭解〉，收錄於（漢）趙岐註，（宋）孫奭疏：《孟子注疏》，（臺北，藝文印書館，1997 年 8 月《十三經注疏》本），頁 8。

〔註132〕見（清）紀昀等編：《四庫全書總目提要》，（臺北：藝文印書館，1969 年 3 月初版四刷），卷三十五‧經部三十五‧四書類「《孟子正義》」條，頁 717。

〔註133〕見（宋）黎靖德編：《朱子語錄》，（京都：中文出版社，1979 年 2 月），卷十九，頁 325。

義》。《涑水紀聞》載奭所定著，有《論語、孝經、爾雅正義》，亦不云有《孟子正義》。其不出奭手，確然可信。其《疏》皆敷衍語氣，如鄉塾講章。故《朱子語錄》謂其「全不似疏體，不曾解出名物制度，只繞纏趙岐之說」。至岐《注》好用古事爲比，《疏》多不得其根據。〔註134〕

（3）引文舉例

《埤雅・卷十・釋蟲・螘》引《孟子注疏》云：

《孟子》曰：「泰山之於丘垤」趙歧曰：「垤，蟻封也。」

按：此引自《孟子注疏・卷三・公孫丑章句上》。

3、《孔子家語》，十卷，舊題周孔丘門人撰，魏王肅注。

（1）注者生平：

王肅（195～256），東海郡人，字子雍。年十八，從宋忠讀《太玄》，而更爲之解。黃初中，爲散騎黃門侍郎。太和三年（229），拜散騎常侍。後以常侍領秘書監，兼崇文觀祭酒。正始元年（241），出爲廣平太守。後徵還，拜議郎。旋任侍中，遷太常。嘉平六年（254），持節兼太常。後遷中領軍，加散騎常侍。甘露元年（256）薨，門生縗絰者以百數。追贈衛將軍，諡曰景侯。事蹟具《三國志・卷十三・魏書・鍾繇華歆王朗傳》。

（2）解題：

《孔子家語》又名《孔氏家語》、《家語》，爲記錄孔子及門弟子思想、言行之著作。孔安國曾論及該書成書及流傳，曰：

《孔子家語》者，皆當時公卿士大夫及七十二弟子之所諮訪交相對問言語也，既而諸弟子各記其所問焉，與《論語》、《孝經》並時弟子取其正實而切事者，別出爲《論語》，其餘則都集錄之，名之曰《孔子家語》。凡所論辯疏判較歸，實自夫子本旨也。屬文下辭往往頗有浮說，煩而不要者，亦由七十二子各共敘述首尾，加之潤色，其材或有優劣，故使之然也。孔子既沒而微言絕，七十二弟子終而大義

〔註134〕見（清）紀昀等編：《四庫全書總目提要》，（臺北：藝文印書館，1969 年 3 月初版四刷），卷三十五・經部三十五・四書類「《孟子正義》」條，頁718。

乖，六國之世，儒道分散，遊説之士各以巧意而爲枝葉。孟軻、荀
卿守其所習。當秦昭王時，荀卿入秦，昭王從之問儒術。荀卿以孔
子之語及諸國事七十二弟子之言，凡百餘篇與之。由此秦悉有焉。
始皇之世，李斯焚書，而《孔子家語》與諸子同列，故不見滅。高
祖克秦，悉斂得之。皆載於二尺竹簡，多有古文字。及呂氏專漢，
取歸藏之，其後被誅亡，而《孔子家語》乃散在人間。好事者或各
以意增損其言，故使同是一事而輒異辭。孝景皇帝末年，募求天下
遺書。於時京師大夫皆送官。得呂氏之所傳《孔子家語》，而與諸國
事及七十子辭妄相錯雜，不可得知。以付掌書，與《典禮》眾篇亂
簡合而藏之祕府。元封之時，吾仕京師，竊懼先人之典辭將遂泯沒，
於是因諸公卿大夫，私以人事募求其副，悉得之。乃以事類相次，
撰集爲四十篇。〔註135〕

然該書早已亡佚，故《漢書・藝文志》著錄：「《孔子家語》二十七卷。」顏師
古注曰：「非今所有家語」〔註136〕；王肅〈自序〉則言：

孔子二十二世孫有孔猛者，家有其先人之書，昔相從學，頃還家，方
取已來，與予所論，有若重規疊矩。昔仲尼曰：「文王既歿，文不在
茲乎？天之將喪斯文也！後死者不得與於斯文也！天之未喪斯文，匡
人其如予何。」言天喪斯文，故令已傳斯文於天下，今或者天未欲亂
斯文，故令從予學，而予從猛得斯論，以明相與孔氏之無違也。斯皆
聖人實事之論，而恐其將絕，故特爲解，以貽好事之君子。〔註137〕

後世史志所著錄多爲王肅注本，如《隋書・經籍志》曰：「《孔子家語》二十一
卷，王肅解。」〔註138〕、《舊唐書・經籍志》載「《孔子家語》十卷，王肅注」

〔註135〕見（漢）孔安國〈孔子家語序〉，收錄於（清）嚴可均校輯：《全上古三代秦漢三
國六朝文・全漢文》，（北京：中華書局，1999 年 6 月），卷十三，頁 197。

〔註136〕《漢書・卷三十・藝文志第十・六藝略・論語類》：「《孔子家語》二十七卷」顏師
古注曰：「師古曰：非今所有家語」見（漢）班固撰，（唐）顏師古注，（清）王先
謙補注：《漢書補注》，（臺北：藝文印書館，1996 年 8 月），頁 883。

〔註137〕見（三國・魏）王肅：《孔子家語・序》，收錄於楊家駱主編：《新編諸子集成》第
二冊，（臺北：世界書局，1996 年 5 月），頁 1。

〔註138〕見（唐）魏徵撰：《隋書・經籍志》，（臺北：藝文印書館，1996 年 8 月初版四刷，

〔註 139〕、《新唐書・藝文志》載「王肅注《論語》十卷，又注《孔子家語》十卷」〔註 140〕、《宋史・藝文志》曰：「《孔子家語》十卷，魏王肅注」〔註 141〕。至於該書之作者，則多有異說：有以爲王肅所僞作者，如：宋代王柏爲首論《孔子家語》僞書説者，曰：

> 四十四篇之《孔子家語》乃王肅雜取《左傳》、《國語》、《荀》、《孟》、二戴《記》，割裂前後，織而成之，托以孔安國之名，孔衍之序，亦王肅自爲也〔註 142〕。

陳振孫則曰：

> 《孔子家語》，十卷，孔子二十二世孫孔猛所傳，魏散騎常侍王肅爲之注。肅闢鄭學，猛嘗受學於肅，肅從猛得此書，與肅所論多合，從而證之，遂行於世。云博士安國所得壁中書也，亦未必然。其間所載多見於《左氏傳》、《大戴禮》諸書。〔註 143〕

清・孫志祖曰：

> 至於《家語》，肅以前學者絕不及引……，其僞安國後序云以意增損，其言則已自供皇狀然……夫敘孔子之書，而先言奪鄭氏之學，則是傳會古説攻駁前儒可知矣〔註 144〕。

《二十五史》景印清乾隆武英殿刊本），卷三十二，頁 481。

〔註 139〕見（後晉）劉昫等撰：《舊唐書》，（臺北：藝文印書館，1996 年），卷四十六・經籍志第二十六・經籍上・經錄・論語類，頁 955。

〔註 140〕見（宋）歐陽修：《新唐書》，（臺北：藝文印書館，1996 年），卷五十七・藝文志第四十七・藝文一・經錄・論語類，頁 656。

〔註 141〕見（元）脫脫等修：《宋史》，（臺北：藝文印書館，1996 年 8 月初版四刷，《二十五史》影印清乾隆武英殿刊本），卷二百二，藝文志第一百五十五・藝文一・經類・論語類，頁 2413。

〔註 142〕見（宋）王柏：《魯齋集・卷九・家語考》。收錄於（清）永瑢、紀昀纂修：《景印文淵閣四庫全書》「史部・政書類・通制之屬」，（臺北：臺灣商務印書館，1986 年 3 月），第 1186 冊，頁 150。

〔註 143〕見（宋）陳振孫：《直齋書錄解題》，（臺北・臺灣商務印書館，1978 年），卷九・儒家類・「孔子家語」條，頁 261。

〔註 144〕見（清）孫志祖：《家語疏證》，（北京・中華書局，1991 年），頁 68。

清・范家相則曰：

> 據〈王肅序〉所言，肅先撰禮經及朝論制度皆據所見而言，及得孔
> 猛《家語》，與其所論者有若重規疊矩。夫議禮之書必有依據，肅未
> 見《孔子家語》何能言之——符合，況其論郊祭廟制五帝德之說不
> 過本之春秋傳，大、小戴以成其辭，乃謂出自己見，又謂與《孔子
> 家語》暗相印合，其誰信之。〔註145〕

清・姚際恆亦以為：

> 《唐志》有王肅註《家語》十卷，此即肅掇拾諸傳記為之，託名孔
> 安國作序，即師古所謂今之《家語》也〔註146〕。

《四庫全書總目提要》則論曰：

> 是書肅自序云：「鄭氏學行五十載矣，義理不安，違錯者多，是以奪
> 而易之。孔子二十二世孫有孔猛者，家有其先人之書，昔相從學。
> 頃還家，方取以來。與予所論，有若重規疊矩」云云，是此本自肅
> 始傳也。考《漢書・藝文志》有《孔子家語》二十七卷。顏師古注
> 云：「非今所有《家語》」。《禮・樂記》稱舜彈五弦之琴以歌南風。
> 鄭注：「其詞未聞」。孔穎達疏載肅作《聖證論》，引《家語》阜財解
> 慍之詩以難康成。又載馬昭之說，謂「《家語》，王肅所增加，非鄭
> 所見。」故王柏《家語考》曰：「四十四篇之《家語》，乃王肅自取
> 《左傳》、《國語》、《荀》、《孟》、二戴記，割裂織成之。孔衍之序，
> 亦王肅自為也。」獨史繩祖《學齋佔畢》曰：「《大戴》一書，雖列
> 之十四經，然其書大抵雜取《家語》之書，分析而為篇目。其〈公
> 冠篇〉載成王冠，祝辭內有先帝及陛下字，周初豈曾有此？《家語》
> 止稱王字，當以《家語》為正」云云。今考「陛下離顯先帝之光曜」

〔註145〕見（清）范家相：《家語證偽》，收錄於《續修四庫全書》編纂委員會編：《續修四
　　　　庫全書》，（上海：上海古籍出版社，1995），第931冊，卷十一「王肅序」注，頁
　　　　183。

〔註146〕見（清）姚際恆：《古今偽書考》，收錄於楊家駱主編：《中國學術名著・目錄學名
　　　　著第一集第四冊・偽書考五種》，（臺北：世界書局，1979年8月），「孔子家語」
　　　　條，頁10。

巳下，篇内已明云孝昭冠辭，繩祖誤連爲祝雍之言，殊未之考。蓋
王肅襲取公冠篇爲冠頌，已誤合孝昭冠辭於成王冠辭，故刪去先帝
陛下字，竄改王字。《家語》襲《大戴》，非《大戴》襲《家語》，就
此一條，亦其明證。其割裂他書，亦往往類此。反覆考證，其出於
肅手無疑。〔註147〕

然此「僞作說」亦有反對者，如宋・朱熹以爲：

《家語》雖記得不純，卻是當時書……《孔子家語》只是王肅編古
錄雜記，其書雖多疵，然非肅所作。〔註148〕

劉汝霖亦有相似之說，曰：

〈牢曰〉一節，則引鄭曰：「牢，弟子子牢也」可知，晏未見及《孔
子家語》，則《家語》之出，當在其死後矣。……又按《孔子家語》
一書，後人多疑其僞，蓋王氏欲掊擊鄭玄，不得不僞託古人以自重
也。〔註149〕

有以爲王肅之後學所僞作，如：清・崔述言該書及序爲乃王肅之徒所僞撰，曰：

《家語》一書，本後人所僞撰，其文皆採之於他書而增損改易以飾
之，……《漢書・藝文志》云：「『《孔子家語》二十七卷』。師古注
曰：『非今所有《家語》』。」則是孔氏先世之書已亡，而此書出於後
人所撰，顯然可見。且《家語》在漢世已顯於世，列於《七略》，以
康成之博學，豈容不見，而待肅之據之以駁己耶？此必毀鄭氏之學
者僞撰此書以爲己證；其序文淺語夸，亦未必出於肅。〔註150〕

〔註147〕見（清）紀昀等編：《四庫全書總目提要》，（臺北：藝文印書館，1969 年 3 月初
　　　　版四刷），卷九十五，「子部五・儒家類存目一・「孔子家語」條，頁 1874。

〔註148〕見（宋）黎靖德編：《朱子語錄》，（京都：中文出版社，1979 年 2 月），卷 137，「戰
　　　　國和唐諸子」，頁 1452。

〔註149〕見劉汝霖：《漢晉學術編年》，收錄於《民國叢書・第三編・第三冊・哲學、宗教
　　　　類》，（上海，上海書店，1991 年），卷七，頁 2。

〔註150〕見（清）崔述：《洙泗考信錄》，收錄於楊家駱主編：《中國學術名著第二輯・中國
　　　　史學名著第四集第二冊》，（臺北：世界書局，1963 年 4 月），卷一「防叔生伯夏，
　　　　伯夏生叔梁紇」條，頁 4。

又曰：

> 今《尚書》二十五篇爲宗王肅之所僞撰也，即今所傳《家語》亦肅
> 之徒所僞撰，《漢書・藝文志》云：「《孔子家語》二十七卷，」師古
> 註云：「非今所有《家語》是，今《家語》乃後人所僞撰非，漢所傳
> 孔氏之《家語》也」……今之《家語》，乃肅之徒所撰，以助肅而攻
> 康成者，是以其文多與肅同，而與鄭説互異。此序雖稱肅撰，亦未
> 必果肅所自爲，疑亦其徒所作，而託名肅者。〔註151〕

有以爲王肅所增改者，如錢馥曰：

> 肅傳是書時，其二十七卷俱在也，若判然不同，則肅之書必不能行。
> 即行矣，二十七卷者必不至於泯滅也。惟增多十七篇，而二十七篇
> 即在其中，故此傳而古本則逸耳」〔註152〕。

沈欽韓曰：

> 肅惟取婚姻、喪祭、郊禘、廟禘與鄭不同者，羼入《家語》，以矯誣
> 聖人，其他固已有之，未可竟謂肅所造也。〔註153〕

亦有以爲孔安國整理者，如宋・葉適則曰：

> 《孔子家語》四十四篇，雖安國撰次，按後序，實孔氏諸弟子舊所
> 集錄，與《論語》、《孝經》並時，取其正實而切事者別爲《論語》，
> 其餘則都集錄之，名曰《孔子家語》。……《孔子家語》漢初已流布
> 人間，又經安國撰定。」〔註154〕

綜其所論，今本所傳之《孔子家語》應爲後人所撰，然其價值仍不容泯滅，如
《四庫全書總目提要》所云：「特其流傳已久，且遺文軼事，往往多見於其中，

〔註151〕見（清）崔述：《古今尚書辨僞》，收錄於楊家駱主編：《中國學術名著第六輯・崔
東壁遺書第五冊・崔東壁遺書正編・四》，（臺北：世界書局，1963 年 4 月），卷
一，頁 30～31。

〔註152〕見孫志祖：《家語疏證・跋》，（中華書局，1991 年，）頁 139。

〔註153〕見（清）沈欽韓：《漢書疏證》收錄於《續修四庫全書》編纂委員會編：《續修四
庫全書》，（上海：上海古籍出版社，1995），史部・政書類・第 266 冊，卷 24，
頁 672。

〔註154〕見（宋）葉適：《習學記言序目》，（北京・中華書局，1977 年），頁 231～232。

故自唐以來，知其僞而不能廢也。」〔註155〕

　　該書之卷數，除《漢書・藝文志》載《孔子家語》二十七卷；《隋書・經籍志》載二十一卷外，自唐以降則著錄爲十卷。

　　（3）引文舉例

　　《埤雅・卷三・釋獸・麏》引《孔子家語》曰：

　　　孔子曰：「刳胎殺夭，則麒麟不至；摘巢毀卵，則鳳凰不翔。」

按：此語不注出處，而此語可見於《孔子家語》及《史記・孔子世家》二處。「摘巢」，《孔子家語・困誓》及《史記・孔子世家》皆作「覆巢」，且此引文有所刪節，原文作：「<u>刳胎殺夭，則麒麟不至</u>郊；竭澤涸漁，則蛟龍不合陰陽；<u>覆巢毀卵，則鳳皇不翔</u>。」

　　《埤雅・卷四・釋獸・猨》引《孔子家語》曰：

　　　《家語》曰：「五九四十五，五爲音，音主猨，故猨五月而生。四九三十六，六爲律，律主鹿，故鹿六月而生。」

按：此引自《孔子家語・執轡》。

　　《爾雅新義・卷十五・釋木》「桃曰膽之」條引《孔子家語》曰：

　　　若所謂以黍雪桃，膽之也。

按：此引自《孔子家語・子路初見》之典故，原文爲「孔子侍坐於哀公。賜之桃與黍焉，哀公曰：『請。』孔子先食黍而後食桃。左右皆掩口而笑。公曰：『<u>黍者所以雪桃</u>，非爲食之也。』孔子對曰：『丘知之矣。然夫黍者、五穀之長，郊禮宗廟以爲上盛。菓屬有六，而桃爲下，祭祀不用，不登郊廟。丘聞之，君子以賤雪貴，不聞以貴雪賤。今以五穀之長，雪菓之下者，是從上雪下，臣以爲妨於教，害於義，故不敢。』公曰：『善哉！』」

　　《爾雅新義・卷十六・釋魚》「鰹，大鮦」條引《孔子家語》曰：

　　　魯人曰：「柳下惠固可，吾固不可。」

按：此引自《孔子家語・好生》，「固可」，《孔子家語》作「則可」。

〔註155〕見（清）紀昀等編：《四庫全書總目提要》，（臺北：藝文印書館，1969 年 3 月初版四刷），卷 95，子部・儒家類存目一・「孔子家語」條，頁 1874。

4、《孔叢子》七卷，舊題孔鮒撰。

（1）撰者生平

孔鮒（前 262～前 207），字子魚，秦魯人，孔子八世孫。曾受秦始皇封，任魯國文通君，拜少傅。陳勝起兵，仕爲博士、太師，後因言不見用，以眼疾辭退，死於陳下。事蹟具《史記‧孔子世家》。

（2）解題：

《孔叢子》一書記自孔子始，下歷子思、子上、子高、子順、子魚迄東漢孔子二十代孫季彥之言論。該書始見於《隋書‧經籍志‧論語類》，曰：「《孔叢》七卷，陳勝博士孔鮒撰。」〔註 156〕、歷來史志及書志將該書歸屬多有不同，其分類有三：一爲置於「論語類」，如：《舊唐書‧經籍志》〔註 157〕、《新唐書‧藝文志》〔註 158〕；一爲置於「儒家類」，如：《直齋書錄解題》〔註 159〕、《宋史‧藝文志》〔註 160〕、《四庫全書總目提要》〔註 161〕；一爲置於「雜家類」，如：《崇文總目》〔註 162〕、《郡齋讀書志》〔註 163〕。

〔註 156〕見（唐）魏徵撰：《隋書‧經籍志》，（臺北：藝文印書館，1996 年 8 月初版四刷，《二十五史》景印清乾隆武英殿刊本），卷三十二‧志第二十七‧經籍一‧論語類，頁 481。

〔註 157〕見（後晉）劉昫等撰：《舊唐書‧經籍志‧儒家類》，（臺北：藝文印書館，1996 年），卷四十六‧志第二十六‧經籍上‧論語類，頁 955。

〔註 158〕《新唐書‧藝文志‧論語類》錄有：「《孔叢子》七卷」。見（宋）歐陽修等撰：《新唐書》，（臺北：藝文印書館，1996 年），卷五十七‧志第四十七‧藝文一‧論語類，頁 656。

〔註 159〕見（宋）陳振孫：《直齋書錄解題》，（臺北‧臺灣商務印書館，1978 年），卷九‧儒家類‧「孔叢子」條，頁 266。

〔註 160〕《宋史‧藝文志》錄：「《孔叢子》七卷，漢孔鮒撰。朱熹曰：『僞書也。』」見（元）脫脫等修：《宋史》，（臺北：藝文印書館，1996 年 8 月初版四刷，《二十五史》影印清乾隆武英殿刊本），卷二百五，志第一百五十八‧藝文四‧子部‧儒家類，頁 2455。

〔註 161〕見（清）紀昀等編：《四庫全書總目提要》，（臺北：藝文印書館，1969 年 3 月初版四刷），卷九十五，子部‧儒家類存目「孔叢子」條，頁 1875。

〔註 162〕《崇文總目‧雜家類》載：「《孔叢子》三卷」。收錄於（清）永瑢、紀昀纂修：《景印文淵閣四庫全書》，（臺北：臺灣商務印書館，1986 年 3 月），史部‧目錄類‧第 674 冊，卷五，頁 62。

〔註 163〕見（宋）晁公武撰、孫猛校證：《郡齋讀書志校證》，（上海：上海古籍出版社，2011 年 6 月），卷十二‧子類‧雜家類‧「孔叢子」條，頁，頁 512。

　　該書後人疑非孔鮒之作，如宋洪邁以風格與當時不符而置疑曰：「讀其文，略無楚、漢間氣骨，豈非齊、梁以來好事者所作乎？」〔註164〕；朱熹亦認為內容語氣與當時不符，故有「作《孔叢子》底人作文字軟善，西漢文字卻麤大」〔註165〕、「《孔叢子》說話多類東漢人，文其氣軟弱，又全不似西漢文字。」〔註166〕之說；晁公武則以為「《孔叢子》即孔甲《盤盂》而亡六篇，〈連叢〉即孔臧書，而其子孫或續之」〔註167〕；陳振孫則反對晁氏所言，並提出書中記有孔鮒沒後之事，而疑曰：「其書紀鮒之沒，第七卷號《連叢子》者，又記太常臧而下數世，迄於延光三年季彥之卒，則又安得以為鮒撰。」〔註168〕，《四庫全書

〔註164〕見（宋）洪邁：《容齋隨筆》。

〔註165〕見（宋）黎靖德編：《朱子語錄》，（京都：中文出版社，1979 年 2 月），頁 935。

〔註166〕見（宋）黎靖德編：《朱子語錄》，（京都：中文出版社，1979 年 2 月），頁 1344。

〔註167〕（宋）晁公武《郡齋讀書志》「孔叢子」條曰：「右楚孔鮒撰。鮒，字子魚，孔子八世孫也。仕陳勝，為博士，以言不見用，託目疾而退，論集其先仲尼、子思、子上、子高、子順之言及己之行事，名之曰《孔叢子》，凡二十一篇。叢之為言聚也。《邯鄲書目》云：『一名《盤盂》，取事雜也。至漢，孔臧又以其所著賦與書，謂之《連叢》，附於卷末，凡十篇。嘉祐中，宋咸為之注。』按《漢志》無《孔叢子》，而儒家有《孔臧》十篇，雜家有孔甲《盤盂書》二十六篇。其注謂『孔甲，黃帝史。或曰夏帝，疑皆非。』今此書一名《盤盂》，〈獨治篇〉又云鮒或稱孔甲，《連叢》又出孔臧。意者《孔叢子》即《漢志》孔甲《盤盂書》，而亡六篇；《連叢》即《漢志》孔臧書，而其子孫或續之也。《崇文總目》亦錄於雜家，今從之。」見（宋）晁公武撰、孫猛校證：《郡齋讀書志校證》，（上海：上海古籍出版社，2011 年 6 月），頁 512。

〔註168〕（宋）陳振孫《直齋書錄解題儒家類》「孔叢子」條曰：「《孔叢子》七卷，孔氏子孫雜記其先世系言行之書也。《小爾雅》一篇，亦出於此。《中興書目》稱漢孔鮒撰，一名《盤盂》。案《孔光傳》，夫子八世孫鮒，魏相順之子，為陳涉博士，死陳下，則固不得為漢人。而其書紀鮒之沒，第七卷號《連叢子》者，又記太常臧而下數世，迄於延光三年季彥之卒，則又安得以為鮒撰。案《儒林傳》所載為博士者，又曰孔甲，顏注曰：『將名鮒，而字甲也。』今考此書稱子魚名鮒，陳人或謂之子鮒，或稱孔甲，然則顏監未嘗見此書耶？《藝文志》有孔甲《盤盂》二十六篇，本注謂『黃帝史，或曰夏帝孔甲，似皆非也。』其書蓋田蚡所學者，與孔鮒初不相涉也。《中興書目》乃曰『一名《盤盂》』，不知何據？豈以《漢志》所謂孔甲，即陳王博士之孔甲邪？」見（宋）陳振孫：《直齋書錄解題》，（臺北：臺灣商務印書館，1978 年），卷九，頁 266。

總目提要》則認同洪邁、朱熹、陳振孫等人之說法，並認爲該書爲晚出之作，並反駁晁公武之說，曰：

> 晁公武《讀書志》云：「《漢志》無《孔叢子》，儒家有《孔臧》十篇，雜家有孔甲《盤盂書》二十六篇，其〈獨治篇〉，鮒或稱孔甲。意者《孔叢子》即孔甲《盤盂》，〈連叢〉即孔臧書」。案《漢書‧藝文志》顏師古注，謂「孔甲，黃帝之史，」或云夏後孔甲，似皆非。則《孔叢》非《盤盂》。又志於儒家《孔臧》十篇外，詩賦家別出《孔臧賦》二十篇。今《連叢》有賦，則亦非儒家之孔臧。公武未免附會。《朱子語類》謂：「《孔叢子》文氣軟弱，不似西漢文字，蓋其後人集先世遺文而成之者」。陳振孫《書錄解題》亦謂：「按孔光傳，孔子八世孫鮒，魏相順之子，爲陳涉博士，死陳下。則固不得爲漢人。而其書記鮒之沒，則又安得以爲鮒撰？」其說當矣。《隋書‧經籍志‧論語家》有《孔叢》七卷。注曰：「陳勝博士孔鮒撰」。其序錄稱「《孔叢》、《家語》並孔氏所傳仲尼之旨」，則其書出於唐以前。然《家語》出王肅依託，《隋志》既誤以爲眞，則所云《孔叢》出孔氏所傳者，亦未爲確證。朱子所疑，蓋非無見。即如：「〈舜典〉『禋於六宗』何謂也？子曰：『所宗者六，皆潔祀之也。埋少牢於泰昭，所以祭時也。祖迎於坎壇，所以祭寒暑也。主於郊宮，所以祭日也。夜明，所以祭月也。幽禜，所以祭星也。雩禜，所以祭水旱也。』禋于六宗，此之謂也」。其說與僞《孔傳》、僞《家語》並同。是亦晚出之明證也。〔註169〕

近人顧實及羅根澤〔註170〕則以爲該書爲三國王肅所僞作。如：顧實《重考古今僞書考》云：

> 《孔叢子》、《孔子家語》二書並出王肅依託。〔註171〕

而該書之卷數，今本三卷，然歷來史書皆著錄《隋書‧經籍志‧論語類》、《舊

〔註169〕見（清）紀昀等編：《四庫全書總目提要》，（臺北：藝文印書館，1969 年 3 月初版四刷），卷95，子部‧儒家類「孔叢子」條，頁1875。

〔註170〕羅根澤以《漢書‧藝文志》不載、漢人未見引述、文中自稱之語氣、子思之年紀等方面爲證，以爲《孔叢子》爲僞作。見羅根澤：《〈孔叢子〉探源》一文，收錄於《古史辨》，（臺北：藍燈文化事業股份有限公司，1987 年 11 月），第四冊，頁189～191。

〔註171〕見顧實：《重考古今僞書考》，（上海：大東書局，1926 年排印本）。

唐書・經籍志》、《新唐書・藝文志》、《直齋書錄解題》、《郡齋讀書志》、《玉海》、《宋史・藝文志》等皆言七卷，然宋《崇文總目》及《四庫全書總目提要》則作三卷，《四庫全書總目提要》云：「《文獻通考》作七卷。今本三卷，不知何人所并」〔註172〕。

（3）引文舉例

《埤雅・卷十八・釋草・薇》引《孔叢子》曰：

> 孔子曰：「吾於四月見孝子之思祭也。」

按：此引自《孔叢子・記義》，然有所刪節，原文曰：「吾於〈周南〉、〈召南〉見周道之所以盛也。…於〈蓼莪〉見孝子之思養也。於〈四月〉見孝子之思祭也。」

（二）兵家類

1、《六韜》六卷，舊題周姜尚撰。

（1）撰者生平

姜尚，一名望，東海上人。本姓姜氏，因先祖有功於禹而封於呂，後從封姓，故曰呂望，別號飛熊。文王曾曰：「自吾先君太公曰：『當有聖人適周，周以興』。子真是邪？吾太公望子久矣。」〔註173〕故人稱「太公望」、「姜太公」。曾事文王、武王二世，後助武王平商有功，封於齊營丘，為齊國始祖，事蹟見《史記・齊太公世家》。

（2）解題

是書又名《金版六弢》〔註174〕、《周史六弢》〔註175〕、《太公六韜》〔註176〕、

〔註172〕見（清）紀昀等編：《四庫全書總目提要》，（臺北：藝文印書館，1969 年 3 月初版四刷），卷九十五，子部・儒家類「孔叢子」條，頁 1875。

〔註173〕見（漢）司馬遷著，（唐）張守節正義，（唐）司馬貞索隱，（宋）裴駰集解，（日）瀧川龜太郎考證：《史記會注考證》，（臺北・宏業書局，1990 年 10 月），卷三十二〈齊太公世家〉第二，頁 535。

〔註174〕《金版六弢》之名，始見於《莊子・雜篇・徐无鬼》第二十四：「女商曰：『先生獨何以說吾君乎？吾所以說吾君者，橫說之，則以《詩》、《書》、《禮》、《樂》；從說之，則以《金板六弢》，奉事而大有功者，不可為數，而吾君未嘗啓齒。今先生何以說吾君，使吾君說若此乎？』」。《經典釋文》曰：「司馬彪、崔譔云：『金版六弢』

《太公兵法》等。書中分文、武〈文〉、〈武〉、〈虎〉、〈豹〉、〈龍〉、〈犬〉六卷，大抵論述以問答方式闡述用人、用兵及軍事訓練等謀略。《郡齋讀書志・卷十四・兵家類・六韜六卷》云：

> 按《漢書・藝文志》無此書，梁、隋、唐始錄，分〈文〉、〈武〉、〈虎〉、〈豹〉、〈龍〉、〈犬〉六目，兵家權謀之書也。元豐中，以《六韜》、《孫子》、《吳子》、《司馬法》、《黃石公三略》、《尉繚子》、《李衛公問對》頒行武學，號曰七書。〔註177〕

（3）引文舉例

《埤雅・卷一・釋魚・鱮》引《六韜》云：

> 《六韜》曰：「緡隆餌重，則嘉魚食之；緡調餌芳，則庸魚食之。」

按：此處引文與原文有異，《六韜・文師》，云：「緡微餌明，小魚食之；緡調餌香，中魚食之；緡隆餌豐。大魚食之。夫魚食其餌，乃牽於緡；人食其祿，乃服於君。故以餌取魚，魚可殺；以祿取人，人可竭。」〔註178〕

2、《孫子兵法》一卷，舊題周孫武撰。

（1）撰者生平

孫武，字長卿，周齊人。以軍事見長而事於吳王闔廬，曾與伍子胥助

皆周書篇名，本又作《六韜》，謂《太公六韜》：文、武、虎、豹、龍、犬也。」見（晉）郭象注、（唐）陸德明釋文、（唐）成玄英疏、（清）郭慶藩集釋：《莊子集釋》，收錄於《新編諸子集成》，（臺北：世界書局，1991 年 5 月），第三冊，頁 355～356。

〔註175〕《漢書・藝文志》於儒家中載「《周史六弢》六篇。」注云：「惠、襄之間，或曰顯王時，或曰孔子問焉。師古注曰：『即今之《六韜》也，蓋言取天下及軍旅之事。弢字與韜同。』」見（東漢）班固著，（唐）顏師古注，（清）王先謙補注：《漢書補注》，（臺北：藝文印書館，1996 年 8 月），收錄於《二十五史》，第四冊，頁 888。

〔註176〕《隋書・經籍志》兵家類載有「《太公六韜》五卷，」注云「梁六卷。周文王師姜望撰。」見（唐）魏徵撰：《隋書》，（臺北：藝文印書館，1996 年 8 月初版四刷，《二十五史》景印清乾隆武英殿刊本），卷三十四，頁 508。

〔註177〕見（宋）晁公武撰、孫猛校證：《郡齋讀書志校證》，（上海：上海古籍出版社，2011 年 6 月），頁 631。

〔註178〕見《六韜・卷一・文韜・文師》，收錄於《叢書集成初編》，（北京・中華書局，1991 年），第 934 冊，頁 1。

闔廬率軍西敗強楚，成其霸業；後又助夫差治國練兵，南破越國，北破齊國，使夫差得以於黃池會盟諸侯，而名顯天下。事蹟見《史記・孫子吳起列傳》。

（2）解題

《孫子兵法》〔註179〕，又名《孫子》〔註180〕、《吳孫子兵法》〔註181〕，書中共十三篇，曰始計，曰作戰，曰謀攻，曰軍形，曰兵勢，曰虛實，曰軍爭，曰九變，曰行軍，曰地形，曰九地，曰火攻，曰用間，主要論述軍事技法，屬兵家之言，《四庫全書總目提要》譽爲「武書爲百代談兵之祖」。

《史記・孫子吳起列傳》著錄十三篇，《漢書・藝文志》則著錄八十二篇、圖九卷。唐張守節《史記正義》則云「十三篇爲上卷，又有中下二卷。」《隋書・經籍志》著錄二卷，《舊唐書・經籍志》著錄十三卷，《宋史・藝文志》著錄三卷，《郡齋讀書志》〔註182〕、《四庫全書總目提要》著錄一卷。

（3）引文舉例

《埤雅・卷十一・釋蟲・葛》引《孫子兵法》云：

　　《兵法》曰：「歸師勿遏，圍師必闕。」

按：此引自《孫子兵法・卷中・軍爭第七》：「無邀正正之旗，勿擊堂堂之陣，此治變者也；故用兵之法，高陵勿向，背丘勿逆，佯北勿從，銳卒勿攻，

〔註179〕《舊唐書・經籍志》記載「《孫子兵法》十三卷，孫武撰，魏武帝注。」見（後晉）劉昫等撰：《舊唐書》，（臺北：藝文印書館，1996 年），卷四十七，頁 978。

〔註180〕《史記・孫子吳起列傳》：「吳王闔閭稱：『子之十三篇，吾盡觀之矣。』」、「太史公曰：『世俗所稱師旅，皆道孫子十三篇。』」見（漢）司馬遷著，（唐）張守節正義，（唐）司馬貞索隱，（宋）裴駰集解，（日）瀧川龜太郎考證：《史記會注考證》，（臺北：宏業書局，1990 年 10 月），卷六十五，頁 843 及 847。

〔註181〕《漢書・藝文志》記載：「吳孫子兵法八十二篇」。見（東漢）班固著，（唐）顏師古注，（清）王先謙補注：《漢書補注》，（臺北：藝文印書館，1996 年），卷三十・藝文志第十・兵權謀，頁 903。

〔註182〕《郡齋讀書志》云：「右吳孫武撰，魏武帝注。按《漢・藝文志》：八十二篇，今魏武所注，止十三篇。杜牧以爲『武書數十萬言，魏武削其繁剩，筆其精粹，成此書。』」見（宋）晁公武撰、孫猛校證：《郡齋讀書志校證》，（上海：上海古籍出版社，2011 年 6 月），卷十四・兵家類・「魏武注孫子一卷」條，頁 632。

餌兵勿食，歸師勿遏，圍師必闕，窮寇勿迫，此用兵之法也」。〔註183〕

《埤雅・卷十八・釋草・葛》引《孫子兵法》云：

《兵法》曰：「其節短。」

按：此引自《孫子兵法・卷上・兵勢第五》：「激水之疾，至於漂石者，勢也；鷙鳥之疾，至於毀折者，節也。故善戰者，其勢險，其節短。勢如彍弩，節如發機。」〔註184〕

《爾雅新義・卷十六・釋魚》「小者鮂」條引《孫子兵法》云：

《兵法》曰：「不若則能逃之。」

按：此引自《孫子兵法・謀攻》，然此引文疑有所錯置，原文作「用兵之法，十則圍之，五則攻之，倍則分之，敵則能戰之，<u>少則能逃之，不若則能避之。</u>故小敵之堅，」

《爾雅新義・卷十七・釋鳥》「鷺，白鷺」條引《孫子兵法》云：

《兵法》曰：「五十里而爭利，則蹶上將軍。」

按：此引自《孫子兵法・軍爭》。

（三）法家類

1、《管子》，二十四卷，舊題管仲撰。

（1）撰者生平

管仲（前725～前645），名夷吾，字仲，春秋時代齊國潁上人，少時曾與鮑叔游，後管仲事公子糾，鮑叔事小白。前686年，齊襄公逝世，管仲為助公子糾而獲罪於小白，後小白即位為齊桓公，管仲被囚，幸得鮑叔之助而免於難，又因鮑叔之舉薦，受任為卿相，於齊施予積貨通財，富國強兵之策，輔佐桓公得九合諸侯，一匡天下。事蹟具《史記・管晏列傳》《國語・齊語》、《管子》、《左傳》等。

〔註183〕《埤雅》於書中多以「兵法」稱《孫子兵法》，下同。見《孫子兵法・卷中・軍爭第七》，收錄於《叢書集成初編》，（北京・中華書局，1991年），第935冊，頁12。

〔註184〕見《孫子兵法・卷上・兵勢第五》，收錄於《叢書集成初編》，（北京・中華書局，1991年），第935冊，頁7。

（2）解題

　　《管子》一書之作者，歷來多有歧見，或以爲管仲所作，如《史記·管晏列傳》〔註185〕、《隋書·經籍志》〔註186〕、《舊唐書·經籍志》〔註187〕、《新唐書·藝文志》〔註188〕、《宋史·藝文志》〔註189〕、《直齋書錄解題·法家類》。然晉傅玄始對《管子》作者提出其疑義，以爲「《管子》之書過半便是後之好事者所加，乃說管仲死後事。」〔註190〕後如宋蘇轍、葉適、朱熹、黃震、明宋濂、清姚際恆、嚴可均、《四庫全書總目提要》及近代學者胡適、馮友蘭、王叔岷等多提出對該書作者之異議，或以爲後人增益者，如：宋·蘇轍《古史·管晏列傳》曰：

> 至戰國之際，諸子著書，因管子之説而增益之。其廢情任法，遠於
> 仁義者，多申、韓之言，非管子之正也。〔註191〕

〔註185〕《史記·管晏列傳》載：「太史公曰：『吾讀管氏〈牧民〉、〈山高〉、〈乘馬〉、〈輕重〉、〈九府〉，及《晏子春秋》，詳哉其言之也。既見其著書，欲觀其行事，故次其傳。至其書，世多有之。』」見（漢）司馬遷著，（唐）張守節正義，（唐）司馬貞索隱，（宋）裴駰集解，（日）瀧川龜太郎考證：《史記會注考證》，（臺北：宏業書局，1990 年 10 月），卷六十二，頁 831。

〔註186〕《隋書·經籍志》載：「《管子》十九卷」，注曰：「齊相管夷吾撰」。見（唐）魏徵撰：《隋書》，（臺北：藝文印書館，1996 年 8 月初版四刷，《二十五史》景印清乾隆武英殿刊本），卷三十四，志第二十九，經籍三·子·法家類，頁 505。

〔註187〕《舊唐書·經籍志》：「《管子》十八卷」，題爲「管夷吾撰」。見（後晉）劉昫等撰：《舊唐書》，（臺北：藝文印書館，1996 年），卷四十七，經籍志第二十七·經籍下·子錄·法家，頁 975。

〔註188〕《新唐書·藝文志》：「《管子》十九卷」，題名管仲。」見（宋）歐陽修等撰：《新唐書》，（臺北：藝文印書館，1996 年），卷五十九，藝文志第四十九·子錄·法家類，頁 684。

〔註189〕《宋史·藝文志》載：「《管子》二十四卷」列爲法家之首，題名「齊管夷吾撰」。見（元）脫脫等修：《宋史》，（臺北：藝文印書館，1996 年 8 月初版四刷，《二十五史》影印清乾隆武英殿刊本），卷二百五·藝文志第一百五十八·藝文四，頁 2454。

〔註190〕見劉恕：《資治通鑑外紀》所引。收於王雲五主編：《四庫全書珍本》，（臺北：台灣商務印書館），頁 27。

〔註191〕見蘇轍：〈古史（二）·管晏列傳第二〉，收錄於曾棗莊、舒大剛編：《三蘇全書·古史》，（北京，語文出版社，2001 年），史部，第四冊，卷二十五，頁 150。

又如清‧紀昀《四庫全書總目提要》曰：

舊本題管仲撰。……今考其文，大抵後人附會多於仲之本書。其他
姑無論，即仲卒於桓公之前，而篇中處處稱桓公，其不出仲手，已
無疑義矣。書中稱〈經言〉者九篇，稱〈外言〉者八篇，稱〈內言〉
者九篇，稱〈短語〉者十九篇，稱〈區言〉者五篇，稱〈雜篇〉者
十一篇。稱〈管子解〉者五篇，稱〈管子輕重〉者十九篇。意其中
孰為手撰，孰為記其緒言如語錄之類，孰為述其逸事如家傳之類，
孰為推其義旨如箋疏之類，當時必有分別。觀其五篇明題管子解者，
可以類推，必由後人混而一之，致滋疑竇耳。〔註192〕

清‧姚際恆《古今偽書考》則曰：

大抵參入者皆戰國、周末之人，如稷下游談輩；及韓非、李斯輩，
襲商君之法、借管氏以行其說者也。故司馬遷嘗取之以為〈封禪〉
書。〔註193〕

或以為後人所輯錄而成，如：宋‧葉適《習學記言》曰：

《管子》非一人之筆，亦非一時之書，莫知誰所為。以其言毛嬙、
西施、吳王好劍推之，當是春秋末年。又「持滿定傾，不為人客」
等語，亦種蠡所遵用也。〔註194〕

宋‧朱熹則曰：

《管子》之書雜。管子以功業著者，恐未必曾著書。如〈弟子職〉
之為，全似《曲禮》。它篇有似《莊》、《老》。又有說得也卑，直是
小意智處，不應管仲如此之陋。其內政分鄉之制國說，載之卻詳。《管
子》非仲所著。仲當時任齊國之政，事甚多。稍閒時又有三歸之溺，
決不是閒功夫著書底人。著書者是不見用之人也。其書，《老》、《莊》

〔註192〕見（清）紀昀等編：《四庫全書總目提要》，（臺北：藝文印書館，1969 年 3 月初
版四刷），卷一百一‧子部十一‧法家類「管子條」，頁 1978。

〔註193〕見姚際恆：《古今偽書考》，收錄於楊家駱主編：《中國學術名著‧目錄學名著第一
集第四冊‧偽書考五種》，頁 34。

〔註194〕見葉適：《習學記言》，收入王雲五主編：《四庫全書珍本》，（臺北，臺灣商務印書
館）頁 1。

說話亦有之。想只是戰國時人收拾仲當時行事、言語之類著之，並附以它書。〔註195〕

宋‧黃震《黃氏日抄》則以爲：

管子之書不知誰所集，乃龐雜重復，似不出一人之手〔註196〕。

明‧宋濂《諸子辨》則曰：

是書非仲自著也，其中有絕似《曲禮》者，有近似《老》《莊》者，有論伯術而極精微者，或小智自私而其言至卑汙者，疑戰國時人採掇仲之言行，附以他書成之，不然「毛嬙、西施」，「吳王好劍」，「威公之死，五公子之亂」，事皆出仲後，不應豫載之也。〔註197〕

清‧嚴可均《鐵橋漫談》則以爲：

近人編書目者，謂此書多言管子後事，蓋後人附益者多，余不謂然。先秦諸子皆門弟子或賓客或子孫撰定，不必手著。〔註198〕

近人胡適於《中國古代哲學史》曰：

《管子》、《列子》、《晏子春秋》諸書是後人雜湊成的。……《管子》這書，定非管仲所作，乃是後人把戰國末年一些法家的議論，和一些儒家的議論（如〈內業篇〉、如〈弟子職篇〉）和一些道家的議論（如〈白心〉、〈心術〉等篇。）還有許多夾七夾八的話，併作一書；又僞造了一些桓公與管仲問答諸篇、又雜湊了一些紀管仲功業的幾篇；遂附會爲管仲所作。〔註199〕

王叔岷《先秦道法思想講稿》則以爲：

〔註195〕見（宋）朱熹：《朱熹辨僞書語》，收錄於楊家駱主編：《中國學術名著‧目錄學名著第一集第四冊‧僞書考五種》，（臺北：世界書局，1979年8月），「管子」條，頁69。

〔註196〕見（宋）黃震：《黃氏日抄》，（臺北，大化書局，1984年），頁640。

〔註197〕見（明）宋濂：《諸子辨》，收錄於楊家駱主編：《中國學術名著‧目錄學名著第一集第四冊‧僞書考五種》，（臺北：世界書局，1979年8月），「管子」條，頁2。

〔註198〕見（清）嚴可均：《鐵橋漫稿》，收錄於《續修四庫全書》，（上海：上海古籍出版社），集部‧別集類‧第1489冊，頁46～47。

〔註199〕見胡適：《中國哲學史大綱》，（臺北：臺灣商務印書館，1935年），頁16。

孔子以前，蓋無私人著述。《管子》書絕非管仲作。……岷以為《管
子書》乃戰國末年至漢初人編輯增益而成。〔註200〕

或以為稷下文人所作而託名，如：馮友蘭《中國哲學史新編》曰：

《管子》這部書，就是稷下學術中心的一部論文總集。那是從它的
形式推斷的，就其內容說，也可以作出這樣一個推斷。這部書中，
各家各派的論文都有，但中心是黃老之學的論文。這部書是稷下學
術中心的情況的反映。〔註201〕

綜觀諸家所論，則可推論該書應非管子所作。

該書之卷數，歷來亦有所不同，有十八卷者，如《舊唐書‧經籍志》、《崇
文總目‧法家類》；十九卷者，如：《隋書‧經籍志‧法家類》、《新唐書‧藝文
志》、《崇文總目‧法家類》〔註202〕；二十四卷者，如《直齋書錄解題》、《郡齋
讀書志》〔註203〕、《四庫全書總目提要》、《宋書‧藝文志》、《文獻通考‧經籍
考》等。而該書本有三百八十九篇，然至漢代劉向校定為八十六篇〔註204〕，然

〔註200〕見王叔岷：《先秦道法思想講稿》，（臺北，中央研究院中國文哲研究所，1992年），
頁151～152。

〔註201〕見馮友蘭：《中國哲學史新編》，（北京，人民出版社，1964年），第二冊，頁197～198。

〔註202〕《崇文總目》依「天一閣鈔本」及《文獻通考》所載，有十八卷及十九卷二說，《崇
文總目‧卷五‧法家類》曰：「《管子》十八卷，劉向校。」；又曰：「《管子》一十
九卷，唐國子博士尹知章註，按吳兢《書目》凡三十卷，自存十九卷，自〈列勢
解篇〉而上十一卷亡。」收錄於（清）永瑢、紀昀纂修：《景印文淵閣四庫全書》，
（臺北：臺灣商務印書館，1986年3月），第674冊，頁1。

〔註203〕《郡齋讀書志》所錄之卷數，依版本不同而有差異，衢本作「二十四卷」；袁本則
作「十八卷」，袁本之解題曰：「《管子》十八卷，右齊管夷吾撰，書富國之要，述
〈輕重〉、〈九府〉取人之制，劉向校八十一篇，今亡一篇，五十八篇有注解」。衢
本之題解則曰：「《管子》二十四卷，右劉向所定，凡八十六篇，今亡十篇。世稱
齊管仲撰。」見（宋）晁公武撰、孫猛校證：《郡齋讀書志校證》，（上海：上海古
籍出版社，2006年6月），頁491。此取衢本之說。

〔註204〕劉向〈《管子》書錄〉曰：「護左都水使者光祿大夫臣向言：所校讎中《管子》書
三百八十九篇。太中大夫卜圭書二十七篇，臣富參書四十一篇，射聲校尉立書十
一篇，太史書九十六篇，凡中外書五百六十四，已校除複重，四百八十四篇，定
著八十六篇，殺青而書可繕寫也。」收錄於（清）嚴可均校輯：《全上古三代秦漢
三國六朝文‧全漢文》，（北京：中華書局，1999年6月），卷三十七，頁332。

梁、隋時已亡佚十篇，此十篇爲：第二十五篇〈謀失〉、第三十四篇〈正言〉、第五十篇〈封禪〉、第六十篇〈言昭〉、第六十一篇〈脩身〉、第六十二篇〈問霸〉、第六十三篇〈牧民解〉、第七十篇〈問乘馬〉、第八十二篇〈輕重丙〉、第八十六篇〈輕重庚〉，至宋則〈亡言〉篇又亡佚〔註205〕，又〈封禪〉雖本亡佚，今本據《史記‧封禪書》所引而補，故今所存爲七十六篇，即「稱〈經言〉者九篇，稱〈外言〉者八篇，稱〈內言〉者九篇，稱〈短語〉者十九篇，稱〈區言〉者五篇，稱〈雜篇〉者十一篇。稱〈管子解〉者五篇，稱〈管子輕重〉者十九篇」〔註206〕。

　　《管子》書中含有儒、道、墨、法、名、縱橫、陰陽等各家思想，論及經濟、政治、軍事、教育等多問題，故劉向言「凡《管子》書，務富國安民，道約言要，可以曉合經義。」〔註207〕，晁公武則曰「予讀仲書，見其謹政令，通商機，均力役，盡地利，既爲富強，又頗以禮義廉恥化其國俗。」〔註208〕

（3）引文舉例

《埤雅‧卷三‧釋獸‧豹》引《管子》曰：

　　《管子》曰：「上大夫豹飾，列大夫豹幨。」

按：「上」，《管子》作「卿」，此引自《管子‧揆度》，原文爲：「卿大夫豹飾，列大夫豹幨。」

《埤雅‧卷三‧釋獸‧羊》引《管子》曰：

　　《管子》曰：「凡聽商如離群羊，凡聽角如雞登木以鳴，音疾以清。」

按：「雞」，《管子》作「雊」，此引自《管子‧地員》，原文爲：「凡聽商如離群羊，凡聽角如雊登木以鳴，音疾以清。」

〔註205〕見（清）嚴可均：《鐵橋漫稿》，收於《續修四庫全書》，（上海：上海古籍出版社），集部‧別集類，第1489冊，頁46～47。

〔註206〕見（清）紀昀等編：《四庫全書總目提要》，（臺北：藝文印書館，1969年3月初版四刷），卷一百一‧子部八‧法家類「管子條」，頁1978。

〔註207〕見劉向〈《管子》書錄〉收錄於（清）嚴可均校輯：《全上古三代秦漢三國六朝文‧全漢文》，（北京：中華書局，1999年6月），卷三十七，頁332。

〔註208〕見（宋）晁公武撰、孫猛校證：《郡齋讀書志校證》，（上海：上海古籍出版社，2006年6月），卷十一‧子類‧法家類「《管子》」條，頁491。

《埤雅・卷十四・釋木・枌》引《管子》曰：

> 《管子》曰：「桓公之時，而衢之民桑麻不種，繭縷不治，衣多弊，
> 屨多穿。管仲請沐途旁之樹枝，使無尺寸之陰。」

按：此引文陸氏已作修飾，並將後文置於前，此引自《管子・輕重丁》，原文爲：

> 「<u>桓公曰：『五衢之民，衰然多衣弊而屨穿</u>。寡人欲使帛布絲纊之賈賤，爲
> 之有道乎？』<u>管子曰：『請以令沐途旁之樹枝，使無尺寸之陰</u>。』……管子
> 對曰：「途旁之樹，未沐之時，五衢之民，男女相好，往來之市者，罷市，
> 相睹樹下，談語終日不歸。男女當壯，扶輦推輿，相睹樹下，戲笑超距，
> 終日不歸。父兄相睹樹下，論議玄語，終日不歸，是以田不發，五穀不播，
> <u>麻桑不種，繭縷不治</u>，內嚴一家而三不歸，則帛布絲纊之賈安得不貴？」

按：「五衢之民」，明天啓六年丙寅武林郎氏堂策檻刊《五雅》本、四庫本、格
致叢書本、四庫全書薈要本等皆誤作爲「而衢之民」；天運庚辰刊清康熙間
印本、叢書集成五雅本、畢氏校四雅本則作「五衢之民」。

《埤雅・卷十五・釋草・蓬》引《管子》曰：

> 《管子》曰：「無儀法程式，蜚搖而無所定，謂之蜚蓬之問。蜚蓬之
> 問，明主不聽也。

按：此引自《管子・形勢解》。

《埤雅・卷二十・釋天・電》引《管子》曰：

> 《管子》曰：「天冬雷，地冬霆。」

按：此引自《管子・七主七臣》。

（四）術數類

《靈龜經》一卷，史蘇撰。

（1）撰者生平

史蘇，（？～？），生卒年不詳，據《左傳・僖公十五年》[註209]及《國語・

[註209] 《左傳・僖公十五年》載：「初，晉獻公筮嫁伯姬於秦，遇《歸妹》之《睽》。史
蘇占之曰：『不吉。其繇曰：『士刲羊，亦無衁也。女承筐，亦無貺也。西鄰責言，
不可償也。』《歸妹》之《睽》，猶無相也。震之離，亦離之震。『爲雷爲火。爲嬴

晉語》〔註210〕所載可知其爲晉大夫，占卜之吏。

（2）解題

《靈龜經》〔註211〕，又名《龜經》〔註212〕、《五兆龜經》〔註213〕，爲以龜兆論吉凶之書。

（3）引文舉例

《埤雅・卷二・釋魚・龜》引《龜經》云

　　史氏《龜經》曰：「龜生百歲，故居鵲尾之上。」

（五）譜錄類

1、《洛陽牡丹記》，一卷，宋歐陽修撰。

（1）撰者生平

歐陽修（1007～1072），字永叔，宋廬陵人。四歲而孤，由母鄭氏撫育而長。仁宗天聖八年（1030），舉進士，擢甲科第十四名進士，補西京推官，入

　　敗姬，車說其輹，火焚其旗，不利行師，敗于宗丘。歸妹睽孤，寇張之弧，姪其從姑，六年其逋，逃歸其國，而棄其家。明年，其死於高梁之虛。』」杜預注曰：「史蘇，晉卜筮之史」。見（晉）杜預注，（唐）孔穎達疏：《春秋左傳注疏》：（臺北：藝文印書館，1997 年 8 月），收錄於《十三經注疏》第六冊，卷十四，頁 232 ～233。

〔註210〕《國語・卷七・晉語一・史蘇論獻公伐驪戎勝而不吉》載：「獻公卜伐驪戎，史蘇占之，曰：『勝而不吉。』公曰：『何謂也？』對曰：『遇兆，挾以銜骨，齒牙爲猾，戎、夏交捽。交捽，是交勝也，臣故云。且懼有口，攜民，國移心焉。』」見徐元浩撰、王樹民、沈長雲點校：《國語集解》，（北京：中華書局，2002 年），頁 249。

〔註211〕如：《宋史・卷二百〇六・志第一百五十九・藝文五・著龜類》云：「《靈龜經》一卷」、《郡齋讀書志・卷十四・五行類》：「《靈龜經》一卷，右史蘇撰。論龜兆之吉凶。《崇文目》三卷。」、《文獻通考・卷二百二十・經籍考四十七》：「《靈龜經》一卷，晁氏曰：『史蘇撰。論龜兆之吉凶。《崇文目》三卷』」。

〔註212〕如《隋書・經籍志》作「《龜經》二卷，晉掌卜大夫史蘇撰。」見（唐）魏徵撰：《隋書》，（臺北：藝文印書館，1996 年 8 月初版四刷，《二十五史》景印清乾隆武英殿刊本），卷三十四・志第二十九・經籍三・五行類，頁 514。

〔註213〕如《宋史・藝文志》錄「史蘇《五兆龜經》一卷」見（元）脫脫等修：《宋史》，（臺北：藝文印書館，1996 年 8 月初版四刷，《二十五史》影印清乾隆武英殿刊本），卷二百〇六・志第一百五十九・藝文五・五行類，頁 2465。

朝爲館閣校勘。後因言事見黜，屢遭貶謫，左遷知滁州，徙揚州、穎州等地。至和元年（1054）八月，奉詔入京，與宋祁同修《新唐書》，專成〈紀〉、〈志〉、〈表〉，而〈列傳〉則宋祁所撰。嘉祐二年（1057）知禮部貢舉，歷任樞密副使、參知政事、兵部尚書。晚年因屢遭醜詆，而出守亳州、青州、蔡州。神宗熙甯四年（1071），以太子少師致仕，歸於穎州，次年卒，終年六十六。諡曰文忠。歐陽修曾集金石文字編爲《集古錄》，並自撰《五代史記》，另有《易童子問》三卷，《詩本義》十四卷，《居士集》五十卷，《內·外制》、《奏議》、《四六集》又四十餘卷等書。事蹟具《宋史·卷三百一十九·列傳第七十八·歐陽修傳》。

（2）解題

是書又名《牡丹譜》〔註214〕，爲歐陽修於宋仁宗天聖九年三月（1031）至景元年（1034）間任西京留守推官時所作，共一卷三篇。〔註215〕《四庫全書》詳述該書內容，云：

> 《洛陽牡丹記》一卷，宋歐陽修撰。修有《詩本義》，已著錄，是記凡三篇。一曰花品，敘所列凡二十四種。二曰花釋名，述花名之所自來。三曰風俗記，首略敘遊宴及貢花，餘皆接植栽灌之事。〔註216〕

（3）引文舉例

《埤雅·卷十三·釋木·唐棣》引《洛陽牡丹記》曰：

> 〈華品序〉云：「洛陽亦有芍藥、緋桃、瑞蓮、千葉李、紅郁李之類，皆不減它出者，而洛陽人不甚惜，謂之果子花，曰某花，至牡丹則名，直曰花。其意謂天下眞花獨牡丹，其名之著，不假曰牡丹而可

〔註214〕《郡齋讀書誌·農家類》：「《牡丹譜》一卷，右皇朝歐陽修撰。」見（宋）晁公武撰、孫猛校證：《郡齋讀書志校證》，（上海：上海古籍出版社，2006年6月），卷十二·頁540。

〔註215〕《郡齋讀書誌·農家類》載：「《牡丹譜》……修初調洛陽從事，見其俗重牡丹，因著花品，凡三篇。」見（宋）晁公武撰、孫猛校證：《郡齋讀書志校證》，（上海：上海古籍出版社，2006年6月），卷十二·頁540。

〔註216〕見（清）紀昀等編：《四庫全書總目提要》，（臺北：藝文印書館，1969年3月初版四刷），卷一百十五·子部二十五·譜錄類·草木鳥蟲魚之屬·「洛陽牡丹記」條，頁2305。

知也。其愛重之如此。」〔註217〕

按：《埤雅》「芍藥」上脫「黃」字；「至牡丹則名」，「名」上脫「不」字。

《埤雅‧卷十八‧釋草‧芍藥》引《洛陽牡丹記》曰：

〈華釋名〉曰：「牡丹之名，或以氏，或以州，或以地，或以色，或旌其所異者而誌之。姚黃、牛黃、左花、魏花，以姓著；青州、丹州、延州紅，以州著，細葉、粗葉壽安潛溪緋以地著；一撚紅、鶴翎紅、硃砂紅、玉板白、多葉紫、甘草黃以色著；獻來紅、添色紅、九蕊眞珠、鹿胎花、倒暈檀心，蓮花萼、一百五、葉底紫皆志其異者。姚黃者，千葉黃花，出於民姚氏家。此花之出，於今未十年。姚氏居白司馬坡，其地屬河陽。然花不傳河陽，傳洛陽。洛陽亦不甚多，一歲不過數朵。牛黃亦千葉，出於民牛氏家，比姚黃差小。眞宗祀汾陽，還過洛陽，留宴淑景亭，牛氏獻此花，名遂著。甘草黃，單葉，色如甘草。洛人善別花，見其樹知爲某花云。獨姚黃易識，其葉嚼之不腥。魏家花者，千葉肉紅花，出於魏相仁溥家。姓樵者於壽安山中見之，斫以賣魏氏。魏氏池館甚大，傳者云此花實出時，人有欲閱者，人稅十數錢，乃得登舟渡池至花所，魏氏日收十數緡。其後破亡，鬻其園。今普明寺後林池，及其地。寺僧耕之，以植桑麥。花傳民家甚多。人有數其葉者，云至七百葉。錢思公曰：「人謂牡丹花王，今姚黃眞可爲王，而魏花乃後也。」鞓紅者，單葉深紅花，出青州，亦曰青州紅。故張僕射齊賢，有第西京賢相坊，自青州以駝馱其種，遂傳洛中。其色類腰帶鞓，故謂之鞓紅。獻來紅者，大多葉淺，紅花。張僕射罷相居洛陽，人有獻此花者，因曰獻來紅。添色紅者，多葉，花始開而白，經日漸紅，至其落乃類深紅。此造化之尤巧者。鶴翎紅者，多葉花，其末白而本肉紅如鴻鵠羽色。細葉、粗葉壽安者，皆千葉，出壽安縣錦屏山中。細葉者尤佳。倒暈檀心者，多葉紅花。凡花近萼色深，至其末漸淺。此花自外深色，近萼反淺自而深，檀點其心，此尤可愛。一撚紅者，多葉

〔註217〕見（宋）歐陽修撰：《洛陽牡丹記‧花品敘第一》，收錄於《叢書集成新編》，（臺北：新文豐出版社，1986年），第44冊，頁96〜97。

淺紅化，葉杪深紅一點，如人以手指撚之。九蕊眞珠紅者，千葉紅花，葉上有一白點如珠，而葉密，蹙其蕊爲九叢。一百五者，多葉白花。洛花以穀雨爲開候，而此花常至一百五日，開最先。丹州、延州花，皆千葉，紅花，不知其至洛之因。蓮花萼者，多葉紅花，青跌三重如蓮花萼。左花者千葉紫花葉密而齊如截，亦謂之平頭紫。硃砂紅者，多葉紅花，不知其所出。有民門氏子者，善接花以爲生，買地於崇德寺前治花圃，有此花。洛陽豪家尚未有，故其名未甚著。花葉甚鮮，向日視之如猩血。葉底紫者，千葉紫花，其色如墨，亦謂之墨紫。花在叢中旁必生一大枝，引葉覆其上，其開也比它花可延十日之久。噫！造物者亦惜之耶？此花之出，比它花最遠。傳云唐末有中官，爲觀軍容使者，花出其家，亦謂之軍容紫。歲久失意其姓氏矣。玉板白者，單葉白花，葉細長如拍板，其色如玉而深，檀心，洛陽人家亦少有。餘嘗從思公至福嚴院見之，問寺僧而得其名。其後未嘗見也。潛溪緋者，千葉緋花，出於潛溪寺。寺在龍門山後，本唐相李藩別墅。今寺中已無此花，而人家或有之。本是紫花，忽於叢中時出緋者，不過一二朵。明年移在他枝，洛人謂之轉枝花。故其接頭尤難得。鹿胎花者，多葉紫花，有白點如鹿胎之紋，故蘇相禹珪宅今有之。多葉紫不知其所出。初姚黃末出時，牛黃爲第一，牛黃未出時；魏花爲第一；魏花未出時，左花爲第一。左花之前唯有蘇家紅、賀家紅、林家紅之類，皆單葉花，當時爲第一。自多葉、千葉花出後，此花黜矣。今人不復種也。牡丹初不載文字，唯以藥載《本草》，然於花中不爲高第。大抵丹延已西及褒斜道中尤多，與荊棘無異，土人皆取以爲薪。自唐則天已後，洛陽牡丹始盛。然未聞有以名著者。如沈、宋、元、白之流，皆善詠花草，計有若今之異者，彼必形於篇詠，而寂無傳焉。唯劉夢得有詠魚朝恩宅牡丹詩，但云「一叢千萬朵」而已，亦不去其美且異也。謝靈運言永嘉竹間水際多牡丹，今越花不及洛陽甚遠，是洛花自古未有若今之盛也。」〔註218〕

〔註218〕見（宋）歐陽修撰：《洛陽牡丹記・花釋名第二》收錄於《叢書集成新編》，（臺北：新文豐出版公司，1986年），第44冊，頁97。

2、《竹譜》一卷，南朝劉宋戴凱之撰。

（1）撰者生平

戴凱之（？～？），字慶預〔註219〕，南朝劉宋武昌人。生卒年不詳。其人實貧羸，而才章富健〔註220〕，曾任參軍，劉宋太宗明帝泰始年間任南康相。〔註221〕《隋書・經籍志・別集類》錄有《戴凱之集》，六卷，今佚〔註222〕。事蹟附見於《宋書・列傳第四十四・鄧琬傳》。

（2）解題

《竹譜》一書，始載於《隋書・經籍志・卷二・譜系類》，錄曰「《竹譜》一卷」，然不著撰者。《舊唐書・經籍志》、《新唐書・藝文志》則改載入農家，始題撰者之名，曰「戴凱之《竹譜》一卷」，然不著時代。直至宋左圭《百川學海》收入，方題曰「晉武昌戴凱之慶豫撰」。《四庫全書總目提要》則以唐人段公路《北戶錄》曾引其「籜必六十，鞭復亦六年」一條，以爲該書應屬「唐以前書。」〔註223〕。清王謨則認爲《竹譜》是戴凱之任南康相時所作〔註224〕。書

〔註219〕（宋）左圭《百川學海》題其字曰「慶豫。」見（清）紀昀等編：《四庫全書總目提要》，（臺北：藝文印書館，1969年3月初版四刷），卷一百十五・子部二十五・譜錄類・草木鳥蟲魚之屬》「竹譜」條，頁2310。

〔註220〕鍾嶸《詩品・卷中》云：「晉處士郭泰機、晉常侍顧愷之、宋謝世基、宋參軍顧邁、宋參軍戴凱：泰機寒女之制，孤怨宜恨。長康能以二韻答四首之美。世基橫海，顧邁鴻飛。戴凱人實貧羸，而才章富健。觀此五子，文雖不多，氣調警拔，吾許其進，則鮑照、江淹未足逮止。越居中品，僉曰宜哉。」

〔註221〕《宋書・鄧琬傳》載：「時齊王率眾東北征討，而齊王世子爲南康贛令，琬遣使收世子；世子腹心蕭欣祖、桓康等數十人，奉世子長子奔竄草澤，召募得百餘人，攻郡出世子。……琬遣武昌戴凱之爲南康相，與世子率眾攻之，凱之戰敗遁走」。《資治通鑑》記其事於宋明帝泰始二年（466），見（宋）・司馬光：《資治通鑑・卷一百三十一・宋紀十三》「太宗明皇帝泰始二年（丙午）條所載。

〔註222〕見（唐）魏徵：《隋書・經籍志》云「宋……《戴凱之集》，六卷，亡」，（臺北：藝文印書館，1996年8月初版四刷，《二十五史》景印清乾隆武英殿刊本），卷三十五。

〔註223〕見（清）紀昀等編：《四庫全書總目提要》，（臺北：藝文印書館，1969年3月初版四刷），卷一百十五・子部二十五・譜錄類・草木鳥蟲魚之屬》「竹譜」條，頁2310。

〔註224〕見《竹譜・王謨・跋》，收錄於《叢書集成新編》，（臺北：新文豐出版公司，1986年），第44冊，頁8。

中以以四言韻語文爲綱，逐條記述四十三種竹子名稱、形態、生境、產地和用途等，且自爲之注。

（3）引文舉例

《埤雅・卷十五・釋木・竹》引《竹譜》曰：

> 《竹譜》曰：「北方寒冰，至冬地凍。竹根類淺，故不能植。」〔註225〕

按：「北方」，《竹譜》作「北土」。

3、《禽經》一卷，舊題周晉・師曠撰，晉張華注。

（1）撰者生平

師曠（？～？），字子野，春秋時晉國颺地人，於晉悼公、晉平公期間以精音律、善彈琴聞於世〔註226〕。後任晉國大夫，提倡以民爲本之治國法則〔註227〕。事蹟不見錄於史籍。

（2）解題

是書專釋鳥禽之名稱、特性等。該書之作者。漢、隋、唐諸志及宋《崇文

〔註225〕見（劉宋）戴凱之：《竹譜》「根深耐寒，茂彼淇苑」條。見《竹譜・王謨・跋》，收錄於《叢書集成新編》，（臺北：新文豐出版公司，1986年），第44冊，頁7。

〔註226〕如《莊子・齊物論》言師曠「甚知音律」；《淮南子・原道訓》則載「師曠之聰，合八方之調」、《淮南子・氾論訓》則錄「譬猶師曠之施瑟柱也，所推移上下者，無尺寸之度，而靡不中音」。

〔註227〕《左傳・襄公十四年》：「師曠侍於晉侯，晉侯（悼公）曰：『衛人出其君，不亦甚乎？』對曰：『或者其君實甚。良君將賞善而刑淫，養民如子，蓋之如天，容之如地。民奉其君，愛之如父母，仰之如日月，敬之如神明，畏之如雷霆，其可出乎？夫君，神之主而民之望也。若困民之主，匱神乏祀，百姓絕望，社稷無主，將安用之？弗去何爲？天生民而立之君，使司牧之，勿使失性。有君而爲之貳，使師保之，勿使過度。是故天子有公，諸侯有卿，卿置側室，大夫有貳宗，士有朋友，庶人、工、商、皁、隸、牧、圉皆有親暱，以相輔佐也。善則賞之，過則匡之，患則救之，失則革之。自王以下，各有父兄子弟以補察其政。史爲書，瞽爲詩，工誦箴諫，大夫規誨，士傳言，庶人謗，商旅於市，百工獻藝。故《夏書》曰：『遒人以木鐸徇于路，官師相規，工執藝事以諫。』正月孟春，於是乎有之，諫失常也。天之愛民甚矣，豈其使一人肆於民上，以從其淫而棄天地之性？必不然矣。』」。見（晉）杜預注，（唐）孔穎達疏：《春秋左傳注疏》：（臺北：藝文印書館，1997年8月），收錄於《十三經注疏》第六冊，卷三十二，頁562～563。

總目》皆不著錄，至《直齋書錄解題》始列其目〔註228〕，其徵引於書始自陸佃《埤雅》，其稱師曠亦自佃始。然《四庫全書總目提要》以書中之地名、及注中所引之書晚等爲證，以爲是書「觀『雕以周之』諸語，全類《字說》，疑即傳王氏學者所僞作，故陸佃取之。」〔註229〕

（3）引文舉例

《埤雅・卷六・釋鳥・雞》引《禽經》曰：

> 《禽經》曰：「陸鳥曰棲，水鳥曰宿，獨鳥曰止，眾鳥曰集。」

按：此條未見於今本《禽經》，屬佚文。

《埤雅・卷七・釋鳥・鶡》引《禽經》曰：

> 《禽經》曰：「鶡，毅鳥也；鷗，信鳥也。」

按：此文有所刪節，《禽經》原文爲「鶡，毅鳥也。毅不知死。狀類雞，首有冠，性敢於鬥，死猶不置，是不知死也。《左傳》：『鶡冠，武士戴之，象其勇也。』鷗，信鳥也。信不知用。」。〔註230〕

《埤雅・卷八・釋鳥・燕》引《禽經》曰：

> 《禽經》曰：「鳥向啼背棲，燕背飛向宿，背飛，頡頏是也。」

按：此條未見於今本《禽經》，屬佚文。而「天運庚辰刊清康熙間印本」、「叢書集成新編・五雅本」等「鳥向啼」作「鳥向飛」。

〔註228〕按：《四庫全書總目提要》言「舊本題師曠撰。晉張華注……其稱張華注則見於左圭《百川學海》所刻。」見（清）紀昀等編：《四庫全書總目提要》，（臺北：藝文印書館，1969 年 3 月初版四刷），卷一百十五・子部二十五・譜錄類「禽經」條，頁 2313。然左圭《百川學海》書成於宋咸淳九年（1273），而（宋）陳振孫《直齋書錄解題・卷十二・卜筮類》中便曾錄有「《師曠禽經》一卷，稱張華注」，故《四庫全書總目提要》之言似有誤。

〔註229〕見《四庫全書總目提要》云：「考書中鷗鴣一條，稱晉安曰懷南，江右曰逐隱，春秋時安有是地名？其僞不待辨。張華晉人，而注引顧野王《瑞應圖》、任昉《述異記》，乃及見梁代之書，則注之僞亦不待辨。然其中又有僞中之僞」。見（清）紀昀等編：《四庫全書總目提要》，（臺北：藝文印書館，1969 年 3 月初版四刷），卷一百十五・子部二十五・譜錄類・草木鳥蟲魚之屬》「禽經」條，頁 2313。

〔註230〕見師曠撰、（晉）張華注：《禽經》，（臺北：新文豐出版公司，1986 年），收錄於《叢書集成新編》第 44 冊，頁 253。

《埤雅・卷九・釋鳥・鷩雉》引《禽經》曰：

　　《禽經》曰：「霜傅強枝，鳥以武生者，少；雪封枯原，鳥以文死者多。」

按：此條未見於今本《禽經》，屬佚文。

《埤雅・卷九・釋鳥・鸚鵡》引《禽經》曰：

　　《禽經》曰：「鸚鵡摩其背而瘖。鸜鵒剪其舌而語」是也。〔註231〕或曰：「鶴以聲交而孕。鵲以意交而孕。鵁鶄以晴交而孕。鸜鵒以足交而孕。」〔註232〕………《禽經》曰：「冠鳥性勇，帶鳥性仁，纓鳥性樂。」

按：此引文有所刪節，且文多有不同，《禽經》「瘖」作「喑」；「鸜鵒」作「鴝鵒」；「剪」作「剔」；「意交」作「音感」。「鵁鶄以晴交而孕。」「以晴」字上闕「鵁鶄」二字；「鸜鵒以足交而孕」則作「白鷁相眂而孕」。「冠鳥性勇，帶鳥性仁，纓鳥性樂。」一段，則未見於《禽經》，屬佚文。

《埤雅・卷十一・釋蟲・蜮》引《禽經》曰：

　　《禽經》所謂「鵝飛則蜮沉，鵰鳴則蛇結。」

按：此引文未見於《禽經》，屬佚文。

（六）雜家類

1、《人物志》，三卷，三國魏劉劭撰。

（1）撰者生平

　　劉劭（？～？）字孔才，魏廣平邯鄲人也。漢建安年間入仕，為計吏，詣許，歷官太子舍人，遷秘書郎等。魏黃初中官尚書郎、散騎侍郎。明帝時，

〔註231〕《禽經》曰「鸚鵡摩背而喑。鸚鵡出隴西，能言鳥也。人以手撫拭其背，則喑啞矣。」見師曠撰、（晉）張華注：《禽經》，（臺北：新文豐出版公司，1986年），收錄於《叢書集成新編》第44冊，頁254。

〔註232〕《禽經》曰：「鶴以聲交而孕。雄鳴上風，雌承下風，而孕。鵲以音感而孕。鵲，乾鵲也，上下飛鳴則孕。白鷁相眂而孕，雄雌相視而孕。鵁鶄晴交而孕。狀類鳧而足高，相視，而晴不眴轉，孕而生雛。」見師曠撰、（晉）張華注：《禽經》，（臺北：新文豐出版公司，1986年），收錄於《叢書集成新編》第44冊，頁253。

出任陳留太守，後徵拜騎都尉，遷散騎常侍。正始中，執經講學，賜爵關內侯。劉劭曾受詔集五經群書，以類相從，作類書《皇覽》，又曾與庾嶷、荀詵等定科令，作〈新律〉十八篇，又以爲宜制禮作樂，以移風俗，著〈樂論〉十四篇，制定《新律》。事蹟具《三國志卷二十一・魏書二十一・王衛二劉傳・劉劭傳》。

（2）解題

該書於《隋書・卷三十四・志第二十九・經籍三子・名家類》、《舊唐書・卷五十一・志第二十七・經籍下》、《新唐書・卷六十五・志第四十九・藝文三・名家類》、《崇文總目・子部・名家類》、《郡齋讀書志・卷第十一・名家類》、《直齋書錄解題・卷十・名家類》、《四庫全書總目提要・子部・雜家類》等皆錄「《人物志》三卷」，惟《宋史・卷二〇五卷・志第一百五十八・藝文四・名家類》錄「《人物志》二卷」。全書共三卷十二篇，卷上：〈自序〉說明創作動機；〈九徵〉說明透過外觀之徵象可觀察人物材質；〈體別〉說明每種人之個性及特徵；〈流業〉敘述不同專才有不同之職務分類；〈材理〉乃從辯論觀察能力；卷中：〈材能〉說明不同的人才所擔任任務有別；〈利害〉研究人才受用與否之差異與利弊；〈接識〉說明各個人才，擁有權力後之社會效應；〈英雄〉以項羽劉邦說明英雄之定義；〈八觀〉爲教導品評人物之法；卷下：〈七謬〉說明誤識人之原因；〈效難〉說明人才不受用之原因；〈釋爭〉詮釋禍害之源。該書呈現魏晉時期人物品鑒之標準，其創作動機，劉劭曾言：

> 夫聖賢之所美，莫美乎聰明，聰明之所貴，莫貴乎知人，知人誠智，
> 則眾材得其序而庶績之業興矣。……由此論之，聖人興德，孰不勞
> 聰明於求人，獲安逸于任使者哉！……以敢依聖訓，志序人物，庶
> 以補綴遺忘。〔註233〕

《四庫全書總目提要》亦云：

> 劭書凡十二篇，首尾完具。晁公武《讀書志》作十六篇，疑傳寫之
> 誤。其書主於論辨人才，以外見之符，驗內藏之器，分別流品，研
> 析疑似，故《隋志》以下皆著錄於名家。然所言究悉物情，而精核

〔註233〕見劉劭：〈人物志・序〉收錄於（清）嚴可均校輯：《全上古三代秦漢三國六朝文・全三國文》，（北京：中華書局，1999年6月），卷三十二，頁1233。

近理。視尹文之説兼陳黃、老、申、韓，公孫龍之説惟析堅白同異者，迴乎不同。蓋其學雖近乎名家，其理則弗乖於儒者也。〔註234〕

（3）引文舉例

《埤雅‧卷十七‧釋草‧木槿》引《人物志》曰：

> 《人物志》曰：「草之精秀者爲英，獸之將群者爲雄」張良是英，韓信是雄。

按：此引自《人物志‧英雄》，「將群」，《人物志》作「特群」；且文句有所刪節及改寫，原文爲：「夫草之精秀者爲英，獸之特群者爲雄；故人之文武茂異，取名於此。……然後可以爲英：張良是也。氣力過人，勇能行之，智足斷事，乃可以爲雄：韓信是也。」

2、《鬼谷子》，三卷，周楚鬼谷子撰。

（1）撰者生平

鬼谷子（？～？），戰國楚人〔註235〕，一說姓王名詡〔註236〕，戰國時隱居穎川陽城之鬼谷，因此自號鬼谷子。〔註237〕蘇秦、張儀等曾師事之〔註238〕，事

〔註234〕見（清）紀昀等編：《四庫全書總目提要》，（（臺北：藝文印書館，1969 年 3 月初版四刷），子部‧雜家類「人物志」條。卷 117，頁 2347。

按：《四庫全書總目提要》此處所言「晁公武《讀書志》作十六篇，疑傳寫之誤。」有誤，余嘉錫認爲修《四庫全書總目提要》時未考原本，而僅轉引《文獻通考》卷二百二十所錄《讀書志》之説使然。見余嘉錫著：《四庫提要辨證‧卷十四‧子部五‧雜家類》「人物志」條，（昆明，雲南人民出版社，2004 年 11 月），頁 706～707。

〔註235〕（唐）長孫無忌撰：《鬼谷子‧序》曰：「鬼谷子，楚人也，周世隱於鬼谷」。見《鬼谷子》，（臺北：世界書局，1996 年 5 月），頁 1。

〔註236〕《寧波府志》云：「鬼谷子姓王名詡，西周時人。」然後人多不認同，如：《郡齋讀書志》曰「陸龜蒙詩謂鬼谷先生名詡，不詳所從出」，見（宋）晁公武撰、孫猛校證：《郡齋讀書志校證》，（上海：上海古籍出版社，2006 年 6 月），卷十一‧縱橫家「鬼谷子」條，頁 530。宋濂《諸子辨》中則認爲「鬼谷子，無姓名、里居，戰國時隱居穎川陽城之鬼谷，故以爲號，或曰王詡（或曰王翊）者，妄也。」收錄於楊家駱主編：《中國學術名著‧目錄學名著第一集第四冊‧僞書考五種》，（臺北：世界書局，1979 年 8 月），「鬼谷子」條，頁 14。

〔註237〕見（宋）晁公武撰、孫猛校證：《郡齋讀書志校證》，（上海：上海古籍出版社，2006 年 6 月），卷十一‧縱橫家「鬼谷子」條，頁 530。

蹟史料並專篇記載，僅散見於《史記‧蘇秦列傳》中。

（2）解題

《鬼谷子》，一名《玄微子》、《揣闔策》，今本《鬼谷子》分上、中、下三卷，共有十五篇：上卷爲〈揣闔〉第一、〈反應〉第二、〈內揵〉第三、〈抵巇〉第四；中卷包含〈飛箝〉第五、〈忤合〉第六、〈揣篇〉第七、〈摩篇〉第八、〈權篇〉第九、〈謀篇〉第十、〈決篇〉第十一、〈符言〉第十二、〈轉丸〉第十三、〈胠篋〉第十四，其中第十三、十四篇今佚，僅存篇名。下卷則有〈本經陰符七術〉、〈持樞〉、〈中經〉三篇。上卷及中卷以闡述縱橫家之術爲主，言權謀及辯遊說；下卷則論修養心性之具體法則。

此書未見錄於《漢書‧藝文志》，自《隋書‧經籍志》始有著錄，曰：「《鬼谷子》三卷」注曰：「皇甫謐注。鬼谷子，周世隱於鬼谷」又載：「《鬼谷子》三卷」注：「樂壹注。」〔註239〕。然後世多以爲此書出於僞作，如：柳宗元〈辨鬼谷子〉首疑其僞，曰：

> 元冀好讀古書，然甚賢《鬼谷子》，爲其《指要》幾千言。《鬼谷子》要爲無取。漢時劉向、班固錄書，無《鬼谷子》。《鬼谷子》後出，而險盩峭薄，恐其妄言亂世難信，學者宜其不道。而世之言縱橫者，時葆其書。尤者，晚乃益出《七術》，怪謬異甚，不可考校。其言益奇而道益陿，使人狂狙失守，而易於陷墜。幸矣人之葆之者少！今

〔註238〕《史記》、《中興書目》、《郡齋讀書志》等皆有相似之說，如《史記‧卷六十九‧列傳第九‧蘇秦列傳》中說：「蘇秦者，東周洛陽人也。東事師於齊，而習之於鬼谷先生。」見（漢）司馬遷撰，（唐）張守節正義，（唐）司馬貞索隱，（宋）裴駰集解，（日）瀧川龜太郎考證：《史記會注考證》，（臺北，宏業書局，1990 年 10 月），頁 874。《玉海》引《中興書目》曰：「周時高士，無鄉裡族姓名字，以其所隱自號鬼谷先生。蘇秦張儀事之」；《郡齋讀書志‧卷十一‧縱橫家》「鬼谷子」條曰：「《鬼谷子》三卷，右鬼谷先生撰。按《史記》，戰國時隱居潁川陽城之鬼谷，因以自號。長於養性治身，蘇秦、張儀師之。」見（宋）晁公武撰、孫猛校證：《郡齋讀書志校證》，（上海：上海古籍出版社，2006 年 6 月），卷十一‧縱橫家「鬼谷子」條，頁 530。

〔註239〕見（唐）魏徵撰：《隋書‧經籍志》，（臺北：藝文印書館，1996 年 8 月初版四刷，《二十五史》景印清乾隆武英殿刊本），卷三十四‧志第二十九‧經籍三‧子類‧縱橫家，頁 506。

元子又文之以《指要》，嗚呼！其爲好術也過矣。〔註240〕

其後，對於該書之眞僞有二說：一爲託名之作；一爲古有其書，今本乃別名行之。

主託名之說者，又有蘇秦、東漢人及六朝人不同之見解。主蘇秦作而託名者，如：司馬貞及張守節之說〔註241〕；胡應麟則認爲該書乃東漢人匯集蘇秦及張儀之作而託名，或皇甫謐所僞作而託名鬼谷子〔註242〕；而姚際恆《古今僞書考》及《四庫全書總目提要》則以爲該書爲六朝人所僞作而託名，《古今僞書考》曰：

> 《漢志》無。《隋志》始有，列於縱橫家，《唐志》以爲蘇秦之書。
> 案：《史蘇秦傳》云：「東事師於齊，而習之于鬼谷先生。」索隱曰：
> 「樂壹註《鬼谷子》書云：『秦欲神祕其道故假名鬼谷。』」然則其
> 人本無考，況其書乎！是六朝所託無疑。〔註243〕

《四庫全書總提要》則曰：

> 案《鬼谷子》，《漢志》不著錄。《隋志》縱橫家有《鬼谷子》三卷，
> 注曰「周世隱於鬼谷。」《玉海》引《中興書目》曰，「周時高士，
> 無鄉裡族姓名字，以其所隱，自號鬼谷先生。蘇秦、張儀事之，授
> 以〈捭闔〉至〈符言〉等十有二篇，及〈轉丸〉〈本經〉、〈持樞〉〈中

〔註240〕見（唐）柳宗元〈辯鬼谷子〉，收錄於《柳河東集・議辯》，（臺北：河洛圖書出版社，1974 年 12 月），卷四，頁 70。

〔註241〕《史記・蘇秦傳》：「東師事於齊，而習之於鬼谷先生」下，司馬貞《史記索隱》曰：「樂壹注《鬼谷子》云：「蘇秦欲神祕其道，故假名鬼谷。」；張守節《史記正義》曰：《七錄》有《蘇秦書》，樂壹注云：「秦欲神祕其道，故假名鬼谷。」見（漢）司馬遷撰，（唐）張守節正義，（唐）司馬貞索隱，（宋）裴駰集解，（日）瀧川龜太郎考證：《史記會注考證》，（臺北，宏業書局，1990 年 10 月），頁 874。

〔註242〕胡應麟《四部正譌》曰：「《鬼谷子》，《漢志》絕無其書，文體亦不類戰國，晉皇甫謐序傳之。《漢志》縱橫家有蘇秦三十一篇，張儀十篇；《隋・經籍志》已亡。蓋東漢人本二書之言，會萃附益爲此；或即謐手所成而託名鬼谷，若子虛亡是云耳。」收錄於楊家駱主編：《中國學術名著・目錄學名著第一集第四冊・僞書考五種》，（臺北：世界書局，1979 年 8 月），頁 23。

〔註243〕見姚際恆《古今僞書考》，收錄於楊家駱主編：《中國學術名著・目錄學名著第一集第四冊・僞書考五種》，（臺北：世界書局，1979 年 8 月），「鬼谷子」條，頁 18。

經〉等篇。」因《隋志》之說也。《唐志》卷數相同，而注曰蘇秦。
張守節《史記正義》曰：「鬼谷，在雒州陽城縣北五裏。《七錄》有
蘇秦書，樂壹注云『秦欲神秘其道，故假名鬼谷』。此又《唐志》之
所本也。胡應麟《筆叢》則謂《隋志》有蘇秦三十一篇，張儀十篇，
必東漢人本二書之言，薈稡爲此，而托於鬼谷，若子盧亡是之屬。
其言頗爲近理，然亦終無確證。《隋志》稱皇甫謐注，則爲魏、晉以
來書，固無疑耳。〔註244〕

主「古有其書，今本乃別名行之」者，則見於顧實《重考古今僞書考》，其以爲
《鬼谷子》爲《蘇子》一書之部分內容，《蘇子》爲總名，《鬼谷子》爲別目，
曰：

> 《漢書·杜周傳》注服虔曰「抵音紙，陒音義，謂罪敗而復採彈之，
> 蘇秦書有此法。」顏師古曰：「陒與戲同，音戲，亦險也。《鬼谷子》
> 有〈抵戲篇〉也。」據此，則《鬼谷子》十四篇本當在《漢志》之
> 《蘇子》三十一篇中，蓋《蘇子》爲總名，而《鬼谷子》其別目也。
> 〈秦策〉記蘇秦得太公《陰符》之謀，符而誦之，簡練已爲揣摩，
> 期年揣摩成。《鬼谷子》正有〈揣摩篇〉、〈陰符篇〉，明是蘇秦自道
> 其所得，而爲重要之部分，故後世《蘇子》書亡，而《鬼谷子》猶
> 以別行而存也。〔註245〕

該書之價值，歷來毀譽參半，對《鬼谷子》譏詆者，如：柳宗元、宋濂等。柳
宗元〈辨鬼谷子〉言：

> 《鬼谷子》後出，而險盭峭薄。恐其妄言亂世，難信，學者宜其不
> 道。

宋濂〈鬼谷子辨〉則言：

> 是皆小夫蛇鼠之智，家用之則家亡，國用之則國僨，天下用之則失
> 天下。學士大夫宜唾去不道。

〔註244〕見（清）紀昀等編：《四庫全書總目提要》，（臺北：藝文印書館，1969 年 3 月初
　　　　版四刷），卷 117，子部·雜家類「鬼谷子」條，頁 2344。
〔註245〕見顧實：《重考古今僞書考》，（上海·大東書局，1926 年），卷三·子類「鬼谷子」
　　　　條。

讚許者，如：宋高似孫《鬼谷子略》云：

> 《鬼谷子》書，其智謀，其術數，其變譎，其辭談，蓋出於戰國諸
> 人之表。……鬼谷之術，往往有得於闔辟翕張之外，神而明之，益
> 至於自放潰裂而不可禦。予嘗觀諸〈陰符〉矣，窮天之用，賊人之
> 私，而陰謀詭祕，有金匱韜略所不可該者。而鬼谷盡得而泄之，其
> 亦一代之雄乎」。

《四庫全書總提要》則提出中肯之說，曰：

> 高似孫《子略》稱其一闔一闢，爲《易》之神。一翕一張，爲老氏
> 之術。出於戰國諸人之表，誠爲過當。宋濂《潛溪集》詆爲蛇鼠之
> 智，又謂其文淺近，不類戰國時人，又抑之太甚。柳宗元辨《鬼谷
> 子》，以爲言益奇而道益隘，差得其眞。蓋其術雖不足道，其文之奇
> 變詭偉，要非後世所能爲也。

（3）引文舉例

《埤雅・卷三・釋獸・熊》引《鬼谷子》曰：

> 《鬼谷子》曰：「分威法伏熊」。

按：此引自《鬼谷子・本經陰符七術》。

《埤雅・卷十・釋蟲・螣蛇》引《鬼谷子》曰：

> 《鬼谷子》曰：「分威法伏熊，實意法螣蛇。」

按：此引自《鬼谷子・本經陰符七術》，然此兩句前後錯置，原文作：「實意法
螣蛇，分威法伏熊。」

3、《鶡冠子》三卷，舊題鶡冠子撰。

（1）撰者生平

鶡冠子（？～？），楚人，居深山，以鶡鳥羽爲冠，故以此爲稱。

（2）解題：

該書之創作動機，宋高似孫以爲鶡冠子爲「不得其時、不得其位、不得其
志」而著書，曰：

> 春秋戰國間，人才之偉且多，有不可勝言者，不得其時，不得其位，

不得其志，退而藏之山谷林莽之間，無所泄其謀慮智勇，大抵見之
論者。然其經營馳騁天下之志，未始一日忘，而其志亦可窺見其萬
一者矣。是以功名之念有以怵其心，利害之機有以蕩其慮，而特立
獨行之操不足以盡洗見聞之陋也。是其爲書不出於黃老，則雜於刑
名，是蓋非一鶡冠子而已也。〔註246〕

《漢書‧藝文志》著錄該書作一篇，注云：「楚人，居深山，以鶡爲冠。」〔註
247〕然《隋書‧經籍志‧子‧道家類》〔註248〕、《舊唐書‧經籍志‧子錄‧道家
類》〔註249〕、《新唐書‧藝文志‧道家類》〔註250〕及《宋史‧藝文志》〔註251〕、
《崇文總目》〔註252〕等皆載三卷。而韓愈於〈讀鶡冠子〉則曰「《鶡冠子》十
有九篇」〔註253〕，然《四庫書目》則稱《鶡冠子》三十六篇，晁公武則曰所見
有八卷五十一篇〔註254〕，該書卷篇自漢至宋遽增，故足見其有僞。然早自唐之

〔註246〕見（宋）高似孫：《子略》，（臺北：新文豐出版公司，1986年），收錄於《叢書集
　　　　成新編》第1冊，卷三，頁486。

〔註247〕《漢書‧藝文志》：「《鶡冠子》一篇。」注云：「楚人，居深山，以鶡爲冠。」見
　　　　（東漢）班固著，（唐）顏師古注，（清）王先謙補注：《漢書補注》，（臺北：藝文
　　　　印書館，1996年），卷三十‧藝文志第十，頁891。

〔註248〕《隋書‧經籍志》載：「《鶡冠子》三卷楚之隱人。」見（唐）魏徵撰：《隋書》，（臺
　　　　北：藝文印書館，1996年8月初版四刷，《二十五史》景印清乾隆武英殿刊本），
　　　　卷三十四‧志第二十九‧經籍三‧子部‧道家類，頁504。

〔註249〕《舊唐書‧經籍志》載：「《鶡冠子》三卷，鶡冠子撰。」見（後晉）劉昫等撰：《舊
　　　　唐書‧經籍志‧儒家類》，（臺北：藝文印書館，1996年），卷四十七‧志第二十
　　　　七‧經籍下，頁974。

〔註250〕《新唐書‧藝文志》載：「《鶡冠子》三卷」。見（宋）歐陽修等撰：《新唐書》：（臺
　　　　北：藝文印書館，1996年），卷五十九‧志第四十九‧藝文三‧道家類，頁679。

〔註251〕《宋史‧卷二百○五‧志第一百五十八‧藝文四‧道家類》：「《鶡冠子》三卷」。

〔註252〕（宋）王堯臣《崇文總目》錄：「《鶡冠子》三卷，今書十五篇」。收錄於（清）永
　　　　瑢、紀昀纂修：《景印文淵閣四庫全書》，（臺北：臺灣商務印書館，1986年3月），
　　　　第674冊，卷五，頁60。

〔註253〕見（唐）韓愈：《韓昌黎全集‧卷十一‧讀鶡冠子》，（臺北：新興書局，1967年9
　　　　月），頁208。

〔註254〕《郡齋讀書志》曰：「按《四庫書目》：《鶡冠子》三十六篇，與愈合，已非《漢志》
　　　　之舊。今書乃八卷，前三卷十三篇，與今所傳《墨子》書同。中三卷十九篇，愈

際，柳宗元即曾疑其僞者，其曰：

> 余讀賈誼〈鵩賦〉，嘉其辭，而學者以爲盡出《鶡冠子》。余往來京
> 師，求《鶡冠子》，無所見。至長沙，始得其書。讀之，盡鄙淺言也，
> 唯誼所引用爲美，餘無可者。吾意好事者僞爲其書，反用〈鵩賦〉
> 以文飾之，非誼有所取之，決也。太史公〈伯夷列傳〉稱賈子曰：「貪
> 夫殉財，烈士殉名，夸者死權。」不稱《鶡冠子》。遷號爲博極群書，
> 假令當時有其書，遷豈不見耶？假令眞有《鶡冠子》書，亦必不取
> 〈鵩賦〉以充入之者。何以知其然耶？曰：「不類。」〔註255〕

後晁公武、陳振孫、王應麟等人皆贊同僞作之說，晁公武曰：

> 按《四庫書目》：《鶡冠子》三十六篇，與愈合，已非《漢志》之舊。
> 今書乃八卷，前三卷十三篇，與今所傳《墨子》書同。中三卷十九
> 篇，愈所稱兩篇皆在，宗元非之者，篇名〈世兵〉，亦在。後兩卷有
> 十九篇，多稱引漢以後事，皆後人雜亂附益之。今削去前、後五卷，
> 止存十九篇，庶得其眞。其辭雜黃老刑名，意皆鄙淺，宗元之評蓋
> 不誣。〔註256〕

陳振孫則曰：

> 今書十九篇，韓吏部稱十有六篇，故陸謂非其全也。韓公頗道其書，
> 至柳柳州則曰盡鄙淺言也，好事者僞爲其書，反用〈鵩賦〉以文飾
> 之。其好惡不同如此。自今考之，柳說爲長。〔註257〕

王應麟曰：

所稱兩篇皆在，宗元非之者，篇名〈世兵〉，亦在。後兩卷有十九篇，」見（宋）
晁公武撰、孫猛校證：《郡齋讀書志校證》，（上海：上海古籍出版社，2006 年 6
月），卷十一・道家類「鶡冠子」條，頁 483～484。

〔註255〕見（唐）柳宗元〈辯鶡冠子〉，收錄於《柳河東集・卷四・議辯》，（臺北：河洛圖
書出版社，1974 年 12 月），頁 72。

〔註256〕見（宋）晁公武撰、孫猛校證：《郡齋讀書志校證》，（上海：上海古籍出版，2006
年 6 月），卷十一・道家類「鶡冠子」條，頁頁 483～484。

〔註257〕見（宋）陳振孫：《直齋書錄解題》，（臺北：臺灣商務印書館，1978 年），卷九・
道家類「鶡冠子」條，頁 280。

《鶡冠子‧博選》篇用《戰國策》郭隗之言，〈王鈇〉篇用〈齊語〉管子之言，不但用賈生〈服賦〉而已。柳子之辯，其知言哉。〔註258〕

另有認爲該書爲部分僞作者，如明宋濂、胡應麟、《四庫全書總目提要》等。宋濂曰：

其書述三十變通古今治亂之道，而〈王鈇篇〉所載，楚制爲詳。立言雖過乎嚴，要亦有激而云也。周氏譏其以處士妄論王政，固不可哉！第其書晦澀，而後人又雜以鄙淺言，讀者往往厭之，不復詳究其義。所謂「天用四時，地用五行，天子執一以守中央」，此亦黃老家之至言。使其人遇時，其成功必如韓愈所云。〔註259〕

胡應麟則曰：

《鶡冠子》，《漢藝文志》有二：一道家，一兵家。兵家，任宏所錄，班氏省之；則今所傳蓋僞託道家者爾。然道家所列《鶡冠子》僅一篇，而唐韓愈所讀有十九篇，宋《四庫書目》乃三十六篇，晁氏《讀書志》則稱八卷，與《漢志》俱不合，而唐宋又自相矛盾。……《鶡冠》則戰國有其書，而後人據《漢志》補之。……蓋賈誼〈鵩賦〉所云，初非出《鶡冠子》，後世僞《鶡冠》者剿誼賦中語以文飾其陋。唐人不能辨，以《鶡冠》在誼前，遂指爲誼所引。河東之說極得之。昌黎嚴於二氏而恕於百家，凡子書若荀卿、揚雄皆極襃美，猶之可也。甚而墨翟之邪，鶡冠之璞，亦標顯其所長，蓋其衷寬然長者。若抉邪摘僞，判別妄眞，子厚之裁鑒良不可誣，所論《國語》、《列禦寇》、《晏嬰》、《鬼谷》、《鶡冠》皆洞見肝膈，厥有功斯文亦不細矣。……陸佃解《鶡冠》謂「此書雜黃老、刑名，而要其宿，時若散亂無家者；然奇言奧旨，～亦往往而有也，」此論甚公而覈。蓋此書本道家，流入於刑名，固無足怪；而〈近迭〉、〈世兵〉、〈天權〉、〈兵政〉等篇，始終皆論兵語，考《七略》兵家有《鶡冠子》，雖班

〔註258〕見（宋）王應麟：《困學紀聞》，收錄於《清代學術筆記叢刊》，（北京：學苑出版社，2005年9月），第一冊，卷十，頁236。

〔註259〕見（明）宋濂：《諸子辨》，收錄於收錄於楊家駱主編：《中國學術名著‧目錄學名著第一集第四冊‧僞書考五種》，（臺北：世界書局，1979年8月），頁8。

氏省之，而漢世尚傳。後人混而爲一，又雜以五行家，故駁然無統。陸氏不詳考《藝文志》，因云爾爾。……〈藝文志〉兵家有〈龐煖〉三篇，《鶡冠子‧兵政》稱龐煖問，而〈世賢〉、〈武靈〉等篇直稱煖語。豈煖學於鶡冠，而此二篇自是煖書後人因鶡冠與煖問答，因取以附之與？〔註260〕

《四庫全書總目提要》則曰：

劉勰《文心雕龍》稱：「鶡冠綿綿，亟發深言」。《韓愈集》有《讀鶡冠子》一首，稱其〈博選篇〉四稽五至之說，〈學問篇〉一壺千金之語，且謂其施於國家，功德豈少。《柳宗元集》有〈鶡冠子辨〉一首，乃詆爲言盡鄙淺，謂其〈世兵篇〉多同〈鵩賦〉，據司馬遷所引賈生二語，以決其僞。然古人著書，往往偶用舊文，古人引證，亦往往偶隨所見。如「穀神不死」四語，今見《老子》中，而《列子》乃稱爲黃帝書。「克己復禮」一語，今在《論語》中，《左傳》乃謂仲尼稱〈志〉有之。「元者善之長也」八句，今在〈文言傳〉中，《左傳》乃記爲穆薑語。司馬遷惟稱賈生，蓋亦此類，未可以單文孤證，遽斷其僞。惟《漢志》作一篇，而《隋志》以下皆作三卷，或後來有所附益，則未可知耳。其說雖雜刑名，而大旨本原於道德，其文亦博辯宏肆。自六朝至唐，劉勰最號知文，而韓愈最號知道，二子稱之，宗元乃以爲鄙淺，過矣。〔註261〕

該書雖爲僞作，然劉勰《文心雕龍》稱「鶡冠綿綿，亟發深言」。韓愈則稱其「〈博選篇〉四稽、五至之說，〈學問篇〉一壺千金之語，且謂其施於國家，功德豈少。」〔註262〕且該書兼論有道家與兵家之說〔註263〕，故有其價值。今本所見之《鶡冠

〔註260〕見（明）胡應臨：《四部正譌》收錄於收錄於楊家駱主編：《中國學術名著‧目錄學名著第一集第四冊‧僞書考五種》，（臺北：世界書局，1979年8月），頁23～25。

〔註261〕見（清）紀昀等編：《四庫全書總目提要》，（臺北：藝文印書館，1969年3月初版四刷），子部‧雜家類「鶡冠子」條，卷117，頁2343。

〔註262〕見（清）紀昀等編：《四庫全書總目提要》，（臺北：藝文印書館，1969年3月初版四刷），子部‧雜家類「鶡冠子」條，卷117，頁2343。

〔註263〕該書於《漢書》見錄於二處，一爲《漢書‧卷三十‧藝文志第十‧道家》曰：「《鶡冠子》一篇。楚人，居深山，以鶡爲冠。」；一爲《漢書‧卷三十‧藝文志第十‧

子》爲宋陸佃所注之校本，陸佃〈鶡冠子・序〉曰：

> 陸子曰：「鶡冠子楚人也，居於探山，以鶡爲冠，號曰鶡冠子，其道踏駁，著書初本黃老，而末流迪於刑名。傳曰：申韓屬名實，切事情其極慘繳少恩，而原於道德之意，蓋學之弊有如此者也。故曰孔墨之後，儒分爲八，墨離爲三。嗚呼可不愼哉，此書雖雜黃老刑名而要其宿，二時若散亂而無家者，然其奇言奧旨奉亦每每而有也。自〈博選篇〉至〈武靈王問〉，凡十有九篇，而退之讀此，云十有六篇者，非全書也。今其書雖具在然文字脫繆，不可考者多矣。語曰：「書三寫魚成魯，帝成虎」，豈虛言哉。餘竊閔之故爲釋其可知者而其不可考者輒疑焉，以俟博洽君子。

其篇目爲〈博選〉、〈著希〉、〈夜行〉、〈天則〉、〈環流〉、〈道端〉、〈近迭〉、〈度萬〉、〈王鈇〉、〈泰鴻〉、〈泰錄〉、〈世兵〉、〈備知〉、〈兵政〉、〈學問〉、〈世賢〉、〈天權〉、〈能天〉、〈武靈王〉。

（3）引文舉例

《埤雅・卷十一・釋蟲・蚊》引《鶡冠子》曰：

> 《鶡冠子》曰：「一蚋噆膚，不寐至旦，半糠入目，四方弗治。」

按：此引自《鶡冠子・天權》，而「噆」，《鶡冠子》作「蠿」。

《埤雅・卷十六・釋草・壺》引《鶡冠》曰：

> 《鶡冠子》曰：「賤生於無所用，中流失船，一壺千金。」

按：此引自《鶡冠子・學問》，而「流」，《鶡冠子》作「河」。

《埤雅・卷二十・釋天・雷》引《鶡冠子》曰：

> 《鶡冠子》曰：「一葉蔽明，不見大山，兩豆塞耳，不聞雷霆。」

按：此引自《鶡冠子・天則》，然「明」，《鶡冠子》作「目」；「大」，《鶡冠子》

兵謀略》曰：「右兵權謀十三家，二百五十九篇。」注云：「省伊尹、太公、《管子》、《孫卿子》、《鶡冠子》、《蘇子》、蒯通、陸賈，淮南王，二百五十九種，出《司馬法》，入禮也。」見（東漢）班固著，（唐）顏師古注，（清）王先謙補注：《漢書補注》，（臺北：藝文印書館，1996 年 8 月初版四刷，《二十五史》景印清乾隆武英殿刊本），頁 891 及 903。

作「太」。

《埤雅・卷二十・釋天・斗》引《鶡冠子》曰：

> 《鶡冠子》曰：「斗運於上，事立於下，斗指一方，四塞俱成。」

按：此引自《鶡冠子・環流》，然「斗」字下脫「柄」字，原文爲「斗柄運於上，事立於下，斗柄指一方，四塞俱成。」另「四塞」二字，「天運庚辰刊清康熙間印本」、「清康熙庚辰常熟顧椷刻如月樓刊本」作「四方」。

《爾雅新義・卷四・釋言》「將，資也」條引《鶡冠子》曰

> 《鶡冠子》曰：「不提生于不器。」

按：此引自《鶡冠子・學問》，「不器」，《鶡冠子》作「弗器」。

4、《慎子》，一卷，周慎到撰。

（1）撰者生平

慎到（前 395 年～前 315 年），周趙國人。齊襄王時仕於齊，與騶衍、淳于髡、田駢、接予、環淵等爲「稷下先生」，並曾任楚襄王傅。〔註264〕齊湣王時去齊至韓任大夫。〔註265〕《史記・孟子荀卿列傳第十四》云：

> 自騶衍與齊之稷下先生，如淳於髡、慎到、環淵、接子、田駢、騶奭之徒，各著書言治亂之事。……慎到，趙人。……學黃老道德之術，因發明序其指意。故慎到著十二論。〔註266〕

〔註264〕見《戰國策・卷十五・楚二》載：「楚襄王爲太子之時，質於齊。懷王薨，太子辭於齊王而歸。齊王隘之：『予我東地五百里，乃歸子。子不予我，不得歸。』太子曰：『臣有傅，請追而問傅。』傅慎子曰：『獻之地，所於爲身也。愛地不送死父，不義。臣故曰，獻之便。』太子入，致命齊王曰：『敬獻地五百里。』齊王歸楚太子。」見（漢）劉向編，（漢）高誘注：《戰國策》：（臺北：臺灣中華書局，1974年），頁2～3。按：《史記・楚世家》與《漢書・古今人表》未見有楚襄王之名，僅見楚頃襄王，故此應脫「頃」字。

〔註265〕《通志・氏族略》引東漢應劭《風俗通・姓氏》之說以爲慎到曾任韓大夫。

〔註266〕另《史記・田敬仲完世家第十六》亦載相似之說，云：「宣王喜文學游說之士，自如騶衍、淳于髡、田駢、接子、慎到、環淵之徒七十六人，皆賜列第，爲上大夫，不治而議論。是以齊稷下學士復盛，且數百千人。」見（漢）司馬遷著，（唐）張守節正義，（唐）司馬貞索隱，（宋）裴駰集解，（日）瀧川龜太郎考證：《史記會注考證》，（臺北：宏業書局，1990年10月），頁720。

事蹟具《史記·孟子荀卿列傳》。

（2）解題

是書之內容，《四庫全書總目提要》曰：

> 《慎子》之學近乎釋氏，然《漢志》列之於法家。今考其書，大旨
> 欲因物理之當然，各定一法而守之。不求於法之外，亦不寬於法之
> 中，則上下相安，可以清淨而治。然法所不行，勢必刑以齊之。道
> 德之爲刑名，此其轉關。所以申、韓多稱之也。

《史記·孟子荀卿列傳》稱慎到著十二論，《漢書·藝文志·法家類》則著錄《慎子》四十二篇，〔註267〕《隋書·經籍志》〔註268〕、《舊唐書·經籍志》、《新唐書·藝文志》〔註269〕著錄十卷。宋以降，如《宋史·藝文志》、《直齋書錄解題·法家類》及《崇文總目·法家類》、《四庫全書總目提要》皆著錄爲一卷。篇幅部分，宋代有二說：一爲《崇文總目·法家類》所著錄之三十七篇〔註270〕，一爲陳振孫《直齋書錄解題·卷十·法家類》〔註271〕、《通志·藝文略》〔註272〕、

〔註267〕《漢書·藝文志》載：「《慎子》四十二篇。」見（東漢）班固著，（唐）顏師古注，（清）王先謙補注：《漢書補注》，（臺北：藝文印書館，1996年8月初版四刷，《二十五史》景印清乾隆武英殿刊本），卷三十，頁894。

〔註268〕《隋書·經籍志》載「《慎子》十卷，戰國時處士慎到撰。」見（唐）魏徵撰：《隋書》，（臺北：藝文印書館，1996年8月初版四刷，《二十五史》景印清乾隆武英殿刊本），卷三十四·志第二十九·經籍三子·法家類，頁505。

〔註269〕《舊唐書·卷四十六·志第二十七·經籍下》、《新唐書·卷六十五·志第四十九·藝文三·法家類》皆著錄「《慎子》十卷，慎到撰，滕輔注。」

〔註270〕《崇文總目·卷五·法家類》著錄「《慎子》一卷，慎到撰，原釋，三十七篇。」收錄於（清）永瑢、紀昀纂修：《景印文淵閣四庫全書》，（臺北：臺灣商務印書館，1986年3月），第674冊，頁60。

〔註271〕《直齋書錄解題·卷十·法家類》載：「《慎子》一卷，趙人慎到撰。《漢志》四十二篇，先於申韓稱之。《唐志》十卷，滕輔注。今麻沙刻本纔五篇，固非全書也。案莊周、荀卿書皆稱田駢、慎到。到，趙人；駢，齊人，見於《史記》列傳。今《中興館閣書目》乃曰瀏陽人。瀏陽在今潭州，吳時始置縣，與趙南北了不相涉，蓋據書坊所稱，不知何謂也。《崇文總目》言三十七篇。」見（宋）陳振孫：《直齋書錄解題》，（臺北：臺灣商務印書館，1978年），頁383。

〔註272〕（宋）鄭樵《通志·藝文略》言「《慎子》舊有十卷四十二篇，今亡九卷三十七篇。」

王應麟《漢書・藝文志考證》〔註 273〕所言五篇。《四庫全書總目提要》以爲五篇者爲後人輯錄，言：

> 《書錄解題》則稱麻沙刻本凡五篇，已非全書。此本雖亦分五篇，而文多刪削，又非陳振孫之所見，蓋明人捃拾殘剩，重爲編次。觀孝子不生慈父之家，忠臣不生聖君之下二句，前後兩見，知爲雜錄而成，失除重複矣。〔註274〕

近人梁啓超亦有相似之見解，言：

> 其書代有散佚，今所存者，〈威德〉、〈因循〉、〈民雜〉、〈德立〉、〈君人〉凡五篇，《書錄解題》稱麻沙本五篇，殆即此本也，其文簡短，似是後人掇輯所成。〔註275〕

今傳世者爲一卷七篇本，爲清代錢熙祚將宋所流行之五篇，益以《群書治要》所輯出之〈知忠〉、〈君臣〉二篇，合爲七篇，刻入《守山閣叢書》。〔註276〕

（3）引文舉例

《埤雅・卷十・釋蟲・螣蛇》引《慎子》曰：

> 《慎子》曰：「騰蛇遊霧，飛龍乘雲。雲罷霧除，與蚯蚓同，失其所

〔註273〕（宋）王應麟：《漢書・藝文志考證》則言「今三十七篇亡，有〈威德〉、〈因循〉、〈民雜〉、〈德立〉、〈君人〉五篇，滕輔注。」

〔註274〕見（清）紀昀等編：《四庫全書總目提要》，（臺北：藝文印書館，1969 年 3 月初版四刷），卷一百一十七，子部二十七・雜家類「慎子」條，頁 2342。

〔註275〕見《漢書・藝文志・諸子略考釋》，收錄於《梁啓超學術論叢・通論類（二）》，（臺北：南嶽出版社，1978 年 3 月），頁 1293。

〔註276〕（清）錢熙祚《慎子・跋》云：「《史記》稱慎到著十二論・徐廣註云『今《慎子》劉向所定，有四十一篇』。按：《漢志》本四十二篇，徐註一字，誤也。《通志・藝文略》『《慎子》舊有十卷，四十二篇，今亡九卷三十七篇。』是宋本已與今同。《群書治要》有《慎子》七篇，今所存五篇具在，用以相校，知今本又經後人刪節，非其原書。今以《治要》爲主，更據唐宋類書所引，隨文補正，其無篇名者，別附於後，雖不能復還舊觀，而古人所引，搜羅略備矣。舊本後有逸文，不知何人所輯，內有數條，云出《文獻通考》，今檢之不可得，且鄭漁仲所見，已止五篇，安得《通考》中尚有逸文？尋其文句，蓋雜取《鶡子》、《墨子》、《韓非子》、《戰國策》諸書，以流傳既久，姑過而存之。」見（周）慎到撰、（清）錢熙祚校：《慎子》，收錄於《新編諸子集成》，（臺北：世界書局，1991 年 5 月），第五冊，頁 15。

乘也。」〔註277〕

按：「除」，《慎子》作「霽」，「失其」上則脫「則」字。

5、《尸子》二十篇，周魯・尸佼撰。

（1）撰者生平

尸佼（前390～前330），戰國楚國〔註278〕人。秦相商鞅曾師事之，謀事畫計，立法理民，多聽於尸佼。後商鞅死，佼畏罪而逃入蜀。事蹟具《史記・孟子荀卿列傳》司馬貞《索隱》、裴駰《集解》等。

（2）解題

《尸子》一書，亡佚甚早，《漢書・藝文志・雜家類》雖著錄曰二十卷，然據《隋書・經籍志・雜家類》載：「《尸子》二十卷，目一卷。梁十九卷。秦相衛鞅上客尸佼撰。其九篇亡，魏黃初中續。」〔註279〕，可知於三國時已有多篇亡佚，後人續補，此後《舊唐書・經籍志》、《新唐書・藝文志》亦作二十卷。然至宋後，除鄭樵《通志・藝文略》著錄二十卷外，書志如《直齋書錄解題》《文獻通考》等則未見錄，足見其本於宋已多不傳，僅王應麟《漢志考證》〔註280〕、《宋

〔註277〕見（周）慎到撰、（清）錢熙祚校：《慎子・威德》，收錄於《新編諸子集成》，（臺北：世界書局，1991年5月），第五冊，頁1。

〔註278〕尸佼之里籍有楚、晉及魯三種不同說法：（1）、主楚者，如《史記・孟子荀卿列傳》曰：「楚有尸子」。（2）、司馬貞《索隱》裴駰《集解》則稱其爲晉人。裴駰《集解》曰：「劉向《別錄》曰：『楚有尸子，疑謂其在蜀』。今按《尸子》書，晉人也，名佼，秦相衛鞅客也。衛鞅商君謀事畫計，立法理民，未嘗不與佼規之也。商君被刑，佼恐並誅，乃亡逃入蜀。自爲造此二十篇書，凡六萬餘言。卒，因葬蜀。」司馬貞《索隱》亦曰：「按尸子名佼，音絞，晉人，事具《別錄》。」見（漢）司馬遷撰，（日）瀧川龜太郎考證：《史記會注考證》，（臺北，宏業書局，1990年10月），頁923。（3）、《漢書・藝文志》則稱其爲魯人。《漢書・藝文志》曰：「《尸子》二十篇。」注：「名佼，魯人，秦相商君師之。鞅死，佼逃入蜀」見（東漢）班固著，（唐）顏師古注，（清）王先謙補注：《漢書補注》，（臺北：藝文印書館，1996年8月初版四刷，《二十五史》景印清乾隆武英殿刊本），頁897。

〔註279〕見（唐）魏徵撰：《隋書・經籍志》，（臺北：藝文印書館，1996年8月初版四刷，《二十五史》景印清乾隆武英殿刊本），卷三十二・志第二十七・經籍志・雜家類，頁506。

〔註280〕見（宋）王應麟《玉海》曰：「《尸子》，《漢志》雜家二十卷，名佼，魯人，魯人，

史·藝文志》〔註281〕言一卷，今所見者爲後世所輯錄之本，《群書治要·卷三十六》則存有十三篇。

該書歷來褒貶不一，劉向〈孫卿書錄〉以爲尸子著書，「非先王之法」、「不循孔氏之術」。〔註282〕、劉勰《文心雕龍·諸子》則以爲「《尸子》兼總雜術，數通而文鈍」，呂思勉《經子解題》則曰：「此書雖闕佚特甚，然確爲先秦古籍，殊爲可寶。」〔註283〕

（3）引文舉例

《埤雅·卷一·釋魚·鮪》引《尸子》曰：

> 《尸子》曰：「龍門，魚之難也；太行，牛之難也。」

《埤雅·卷八·釋鳥·鶩》引《尸子》曰：

> 《尸子》曰：「野鴨爲鳬，家鴨爲鶩。」

《埤雅·卷八·釋鳥·鷃》引《尸子》曰：

> 《尸子》曰：「堯鷃居。」

《埤雅·卷十四·釋木·梓》引《尸子》曰：

> 《尸子》曰：「荊有長松文梓。」

《爾雅新義·卷八·釋天》「春爲青陽，夏爲朱明，秋爲白藏，冬爲玄英，四氣和謂之玉燭」引《尸子》曰：

> 《尸子》曰：「其風春爲發生」

秦相商君師之。《隋志》二十卷，目一錄。秦相衛鞅上客尸佼撰。其九篇亡，魏黃初中續。劉向《別錄》曰：『楚有尸子，疑謂其在蜀』。今案：《尸子》書，晉人造二十篇，凡六萬餘言。《（中興）書目》儒家一卷，《李淑書目》所存者四卷，今止存二篇，合爲一卷。《後漢書》注一篇，言九州險阻，水泉所起十九篇，陳道德仁義之紀。」見《玉海》卷五十三「尸子」條。

〔註281〕《宋史·藝文志》錄「《尸子》一卷」。見（元）脫脫等修：《宋史》，（臺北：藝文印書館，1996 年 8 月初版四刷，《二十五史》影印清乾隆武英殿刊本），卷二百五，藝文志第一百五十八，藝文四·子部·儒家類，頁 2445。

〔註282〕見劉向〈孫卿書錄〉云：「楚有尸子、長盧子、芋子皆著書，然非先王之法也，皆不循孔氏之術。」收錄於（清）嚴可均校輯：《全上古三代秦漢三國六朝文·全漢文》，（北京：中華書局，1999 年 6 月），卷三十七，頁 333。

〔註283〕見呂思勉：《經子解題》，（香港·三聯書店，2001 年），頁 157。

按：此引自《尸子・仁義篇》。

6、《呂氏春秋》，二十六卷，戰國・呂不韋撰。

（1）撰者生平

呂不韋（前 290～前 235），衛國濮陽人。因往來販賤賣貴而家累千金。於趙邯鄲賈而識質於趙之秦諸庶孽孫子楚，呂氏以爲「奇貨可居」，故貨賂華陽夫人求立子楚爲安國君嗣適，秦昭王五十年（前 257），助子楚歸秦。秦昭王五十六年（前 251）秦昭襄王薨，安國君立爲王，是爲秦孝文王，子楚爲太子。秦孝文王立一年而卒，太子子楚代立，是爲莊襄王，以呂不韋爲丞相，封文信侯，食河南雒陽十萬戶。莊襄王即位三年，薨，太子政立爲王，尊呂不韋爲相國，號稱「仲父」。後呂不韋、嫪毐與太后私通，秦王知其事，嫪毐伏誅，呂不韋免相國職，流放河南，歲餘，呂不韋飲酖而死。事蹟具《史記・卷八十五・呂不韋列傳第二十五》。

（2）解題

該書或稱《呂覽》，共分〈紀〉、〈覽〉、〈論〉三部：紀部以四季十二月分爲十二篇，每紀又附四篇文章，計有六十篇，益以第十二卷末所附〈十二紀〉之總論〈序意〉一篇，故所統子目六十一；覽部分八覽，每覽八篇，然第一覽〈有始覽〉闕一篇，故所統子目六十三；〈論〉部分六論，每論六篇，所統子目三十六，凡一百六十篇，二十餘萬言。書中多錄各家之說，故歷來皆被列爲雜家之作，《史記》曾詳述該書之內容、編纂動機等，如《史記・呂不韋列傳》曰：

> 當是時，魏有信陵君，楚有春申君，趙有平原君，齊有孟嘗君，皆下士喜賓客以相傾。呂不韋以秦之彊，羞不如，亦招致士，厚遇之，至食客三千人。是時諸侯多辯士，如荀卿之徒，著書布天下。呂不韋乃使其客人人著所聞，集論以爲〈八覽〉、〈六論〉、〈十二紀〉，二十餘萬言。以爲備天地萬物古今之事，號曰《呂氏春秋》。布咸陽市門，懸千金其上，延諸侯遊士賓客有能增損一字者予千金。〔註284〕

又《史記・十二諸侯年表》曰：

〔註284〕見（漢）司馬遷著，（唐）張守節正義，（唐）司馬貞索隱，（宋）裴駰集解，（日）瀧川龜太郎考證：《史記會注考證》，（臺北：宏業書局，1990 年 10 月），卷八十五〈呂不韋列傳第〉，頁 995。

呂不韋者，秦莊襄王相，亦上觀尚古，刪拾春秋，集六國時事，以
爲〈八覽〉、〈六論〉、〈十二紀〉爲《呂氏春秋》。〔註285〕

（3）引文舉例

《埤雅・卷一・釋魚・鮒》引《呂氏春秋》曰：

> 《呂子》曰：「魚之美者，洞庭之鮒。」

按：「鮒」，《呂氏春秋》作「鱄」；此引自《呂氏春秋・孝行覽》，原文爲：「魚
之美者：洞庭之鱄」。〔註286〕

《埤雅・卷四・釋獸・猴》引《呂氏春秋》曰：

> 《呂子》曰：「狗似玃，玃似母猴，母猴似人。」

按：此引自見《呂氏春秋・愼行論》。〔註287〕

《埤雅・卷十三・釋木・柚》引《呂氏春秋》曰：

> 《呂氏春秋》曰：「果之美者，有雲夢之柚。」

按：此引文有所刪節，文引自《呂氏春秋・孝行覽》，原文爲：「果之美者：沙
棠之實；常山之北，投淵之上，有百果焉，群帝所食；箕山之東，青島之
所，有甘櫨焉；江浦之橘；云夢之柚。」〔註288〕

《埤雅・卷十四・釋木・桂》引《呂氏春秋》曰：

> 《呂氏春秋》云：「桂枝之下無雜木。」

按：《呂氏春秋》未見此文，然見於《夢溪筆談・卷四・辯證二》所徵引，曰：
《楊文公談苑》記江南後主患清暑閣前草生，徐鍇令以桂屑布磚縫中，宿

〔註285〕見（漢）司馬遷著，（唐）張守節正義，（唐）司馬貞索隱，（宋）裴駰集解，（日）
瀧川龜太郎考證：《史記會注考證》，（臺北：宏業書局，1990 年 10 月），卷十四
〈十二諸侯年表〉，頁 228。

〔註286〕見（漢）高誘注、（清）畢沅校：《呂氏春秋・卷十四・孝行覽》，收錄於《新編諸
子集成》，（臺北：世界書局，1991 年 5 月），第七冊，頁 141。

〔註287〕見（漢）高誘注、（清）畢沅校：《呂氏春秋・卷二十二・愼行論・求人》，收錄於
《新編諸子集成》，（臺北：世界書局，1991 年 5 月），第七冊，頁 294。

〔註288〕見（漢）高誘注、（清）畢沅校：《呂氏春秋・卷十四・孝行覽》，收錄於《新編諸
子集成》，（臺北：世界書局，1991 年 5 月），第七冊，頁 143。

草盡死。謂「《呂氏春秋》云『桂枝之下無雜木。』蓋桂枝味辛螫故也。然桂之殺草木，自是其性，不爲辛螫也。《雷公炮炙論》云：『以桂爲丁，以釘木中，其木即死。』一丁至微，未必能螫大木，自其性相制耳。」由此可知，陸氏乃引《夢溪筆談》之說。

《爾雅新義・卷四・釋言》「局，分也」引《呂氏春秋》曰：

> 其分則有局矣，故曰：「楚人亡弓，孔子聞之，曰：『忘其楚可矣。』老子聞之，曰：『忘其人而可矣。』」

按：此見於《呂氏春秋・孟春紀・貴公》，然「亡弓」，《呂氏春秋》作「遺弓」，「忘」作「去」，且此處有所刪節，原文爲：「<u>荊人有遺弓者</u>，而不肯索，曰：『荊人遺之，荊人得之，又何索焉？』<u>孔子聞之，曰：『去其荊而可矣。』</u><u>老聃聞之，曰：『去其人而可矣。』」</u>

7、《風俗通》，十卷，東漢・應劭撰。

（1）撰者生平

應劭（？～？），字仲遠，東漢汝南人。靈帝時嘗舉孝廉，辟車騎將軍何苗掾，中平六年（189）拜泰山太守。初平二年（191），曾率文武破黃巾賊三十萬眾，郡內得以保安。興平元年（194），奉曹操命迎曹嵩未果，使徐州牧陶謙得以殺之於郡界。應劭畏曹操誅而棄郡，奔投冀州牧袁紹，建安二年（197），詔拜爲袁紹軍謀校尉。曾著《漢官儀》、《禮儀故事》，以立朝廷制度，百官典式；著《中漢輯序》，以論當時行事；撰《風俗通》，以辯物類名號，識時俗嫌疑，又集解《漢書》，皆傳於時。後卒於鄴。事蹟具《後漢書・卷四十八・楊李翟應霍爰徐列傳第三十八・應劭傳》。

（2）解題

該書歷來之書志、史籍，多題爲《風俗通義》，如《隋書・經籍志》、《舊唐書・經籍志》、《新唐書・藝文志》、《郡齋讀書志・雜家類》、《直齋書錄解題・雜家類》、《宋史・藝文志》、《四庫全書總目提要・雜家類》等，其自序言：「謂之《風俗通義》，言通於流俗之過謬，而事該之於義理也」〔註289〕。而稱《風

〔註289〕見〈風俗通義序〉，（漢）應劭撰，王利器校注：《風俗通義校注》，（臺北：漢京文化事業有限公司，2004 年 3 月），頁 4。

俗通》之名者，如華嶠《漢後書》、范曄《後漢書》、劉昭注《續漢書》，裴松之注《三國志》、馬總《意林》等皆稱《風俗通》，近人王利器以爲「劭自以通爲言，而六朝承之也。……爲後代通書之初祖」〔註290〕。《四庫全書總目提要》則以爲稱《風俗通》「或流俗省文」而史家因襲之故〔註291〕。

　　書中多考證名物制度、風俗、傳聞，亦對風俗、奇聞有所駁正。范曄謂此書「以辯物類名號，識時俗嫌疑，文雖不典，後世服其洽聞」〔註292〕，其詮釋方式及成就，《四庫全書總目提要》曰：

> 各卷皆有總題，題各有散目，總題後略陳大意，而散目先詳其事，以謹案云云辨證得失……其書因事立論，文辭清辨，可資博洽，大致如王充《論衡》，而敍述簡明則勝充書之冗漫。〔註293〕

原書三十卷，今僅存十篇，析爲十卷，分別爲：卷一〈皇霸〉、卷二〈正失〉、卷三〈愆禮〉、卷四〈過譽〉、卷五〈十反〉、卷六〈聲音〉、卷七〈窮通〉、卷八〈祀典〉、卷九〈怪神〉、卷十〈山澤〉。該書之卷數，歷來有十、三十、三十一卷、三十二等數說，如：《隋書·經籍志》著錄「《風俗通義》三十一卷」，注云

〔註290〕王利器言：「案：華嶠、范曄俱稱《風俗通》，劉昭補注《續漢書》，裴松之注《三國志》，亦稱《風俗通》，補注且於〈五行志〉卷五引《風俗通》曰：『劭故往觀之，何在其有人也？……劭又通之曰云云。』又引《風俗通》曰：『光和四年四月，南宮中黃門寺有一男子長九尺云云。』臣昭注曰：『檢觀前通，各有未直。』然則是劭自以通爲言，而六朝承之也。洪邁嘗據此書謂漢儒訓釋，有通之名，其說是矣而未盡也，應氏此書實已具三通之雛形，而爲後代《通書》之初祖，固非《白虎通》諸書之所可同日而語也。」見（漢）應劭撰，王利器校注：《風俗通義校注·敍例》，（臺北：漢京文化事業有限公司，2004 年 3 月），（上海，中華書局，1981），頁 2。

〔註291〕見（清）紀昀等編：《四庫全書總目提要》，（臺北：藝文印書館，1969 年 3 月初版四刷），卷一百二十·子部三十·雜家類四·雜說「風俗通義」條，頁 2395～2396。

〔註292〕（南朝宋）范曄《後漢書集解》，（臺北：藝文印書館，1996 年 8 月初版四刷，《二十五史》景印清乾隆武英殿刊本），卷四十八·〈楊李翟應霍爰徐列傳第三十八·應劭傳〉，頁 580。

〔註293〕見（清）紀昀等編：《四庫全書總目提要》，（臺北：藝文印書館，1969 年 3 月初版四刷），卷一百二十·子部三十·雜家類四·雜說「風俗通義」條，頁 2395～2396。

「《錄》一卷，應劭撰，梁三十卷」〔註294〕，而《舊唐書·經籍志》、《新唐書·藝文志》亦題三十卷。唐馬總《意林》則著錄「《風俗通》三十一卷」〔註295〕；藤原佐世《日本國見在書目》則載有「《風俗通》三十二卷」〔註296〕。然自宋以降，則多題爲十卷，如：《郡齋讀書志》、《直齋書錄解題》、《宋史·藝文志》、《四庫全書總目提要》皆作十卷，與今本同。今據蘇頌〈校《風俗通義》題序〉所載，可知北宋之前應爲三十卷，至宋則多散佚，僅存十卷，〈校《風俗通義》題序〉云：

> 臣所校定《風俗通義》，崇文先闕本，臣以私本因官書校定，凡十卷，謹次第錄。謹案：范曄《後漢書》：「應劭字仲遠，汝南南頓人，歷太山太守，後爲軍謀校尉，卒於鄴。撰《風俗通》，以辨物類名號，釋時俗嫌疑，文雖不典，後世服其洽聞。」然傳不記其篇卷，惟《梁錄》載《風俗通義》三十卷，《隋書·經籍志》云三十二卷、錄一卷，《唐志》亦云三十卷，而臣某所傳才十卷，初疑闕其下篇，歷代諸儒著書引據最多，而無若庾仲容《子鈔》、馬總《意林》，載之略備，今以其書校之，乃篇次不倫。然《子鈔》但著卷第凡三十一，而不記篇名；《意林》則存篇名而無卷第。今校其文意，粗可見者：獨〈皇霸〉一篇，同爲第一；其〈正失〉第二，《子鈔》云第六；〈愆禮〉三，《子鈔》云第八；〈過譽〉四，《子鈔》云第七；〈十反〉五，《子鈔》云第九；〈聲音〉六，《子鈔》云十三；〈窮通〉七，《子鈔》云十五；〈祀典〉八，《子鈔》云二十；〈神怪〉九，《子鈔》云三十一；〈山澤〉十，《子鈔》云二十四。又《意林》以〈祀典〉爲〈儀禮〉。其餘篇名可見者：曰〈心政〉，曰〈古制〉，曰〈陰教〉，曰〈辨惑〉，曰〈折當〉，曰〈恕度〉，曰〈嘉號〉，曰〈徽稱〉，曰〈情遇〉，曰〈姓氏〉，曰〈諱篇〉，曰〈釋忌〉，曰〈輯事〉，曰〈服妖〉，曰〈喪祭〉，

〔註294〕見（唐）魏徵撰：《隋書》，（臺北：藝文印書館，1996 年 8 月初版四刷，《二十五史》景印清乾隆武英殿刊本），卷三十四·志第二十九·經籍三子·雜家類，頁 506。

〔註295〕見（唐）馬總：《意林》卷四，「風俗通」條。收錄於《續修四庫全書》，（上海：上海古籍出版社，2006 年 6 月），子部·雜家類，第 1188 冊，頁 157。

〔註296〕見藤原佐世：《日本國見在書目錄》收錄於《叢書集成新編》，（臺北：新文豐出版公司，1986 年），第 1 冊，頁 377。

曰〈宮室〉，曰〈市井〉，曰〈數紀〉，曰〈新秦〉，曰〈獄法〉，其書
並亡，而第八並篇名亦亡。……庾、馬所載篇第未必當然，故不復
更改，謹以黃紙繕寫，藏之館閣。〔註297〕

（3）引文舉例

《埤雅・卷十五・釋草・藻》引《風俗通》曰：

> 《風俗通》曰：「殿堂宮室，象東井形，刻作荷菱，荷菱，水草也，
> 所以厭火」。

按：此引文未見於今本《風俗通》，爲佚文。

《埤雅・卷十六・釋草・瓠》引《風俗通》曰：

> 《風俗通》曰：「八月秋穫，可以殺瓠，取其色澤而堅」，《類從》以
> 爲「瓠死燒穰，瓜亡煮漆」，即此是也。

按：此引文未見於今本《風俗通》，爲佚文。

《埤雅・卷十九・釋天・風》引《風俗通》曰：

> 《風俗通》曰：「猛風曰颲。涼風曰瀏。微風曰飋。小風曰颩」

按：此引文未見於今本《風俗通》，爲佚文。

《埤雅・卷二十・釋天・月》引《風俗通》曰：

> 《風俗通》曰：「吳牛望月而喘」言使之苦於日，是故見月而喘。

按：此引文未見於今本《風俗通》，爲佚文。

8、《論衡》，三十卷，東漢王充撰。

（1）撰者生平

王充（27～97），字仲任，東漢會稽上虞人。少曾於太學師事班彪，學成歸
故里，屏居教授。後爲郡功曹，以數諫爭不合求去。又曾受董勤之辟，入爲從
事、治中，章和二年，自免返家居。因友人謝夷吾上書之薦，肅宗特詔公車徵，
病不行。永元中，病卒於家。著有《譏俗節義》、《政務》、《論衡》、《養性》等
書。今僅存《論衡》。事蹟具《後漢書・卷七十九・列傳第三十九・王充傳》、《論

〔註297〕見（宋）蘇頌《風俗通義》題序〉一文，收錄於（宋）蘇頌著、王同策等點校：《蘇
　　　魏公文集》下，（北京：中華書局，2004年5月），下冊，卷六十六，頁1006。

衡·自紀》。

（2）解題

是書乃王充有鑒於當時天人感應之說的妄誕，且眾書失實，多虛妄之言，故撰文以反對「空爲」、「妄爲」之作，企望文章能「文具情顯」、具「勸善懲惡」功用，達「疾虛妄」、「歸實誠」之目的。其著書之動機，《後漢書·王充傳》云：

> 充好論說，始若詭異，終有實理。以爲俗儒守文，多失其眞，乃閉門潛思，絕慶弔之禮，戶牖牆壁，各著刀筆，著《論衡》八十五篇，釋物類同異，正時俗嫌疑。〔註298〕

《四庫全書總目提要·雜家類》曰：

> 其書凡八十五篇，而第四十四〈招致篇〉有錄無書，實八十四篇。考其〈自紀〉曰：「書雖文重，所論百種。案古太公望，近董仲舒，傳作書篇百有餘，吾書亦才出百而云太多」。然則原書實百餘篇。此本目錄八十五篇，已非其舊矣。充書大旨詳於〈自紀〉一篇，蓋內傷時命之坎坷，外疾世俗之虛僞，故發憤著書，其言多激。〔註299〕

劉盼遂《論衡集解·自序》則曰：

> 敍曰：東漢世祖，應讖中興，芳風所煽，庶草斯偃，虛妄顯於眞，實誠亂於僞，世人不悟，是非不定，紫朱雜廁，瓦玉集糅。會稽大儒王充蒿目當時，惻怛發心，肇造《論衡》八十五篇，意在褒是抑非，實事忌妄，誠以當時眾書並失實，虛妄之言勝眞美也。虛妄之語不除，則華文不見息，華文放流，則實事不見用。《論衡》乃所以銓輕重之言，立眞僞之平，非苟調文飾，空爲奇偉之觀也。其本皆起人間有非，故盡思極心，以譏世俗，明辨然否，冀悟迷惑之心，使知虛實之分。虛實之分定，而後華僞之文滅，華僞之文滅，則純誠之化日孳。九虛，三增所以使俗務實誠；〈論死〉、〈訂鬼〉、〈死僞〉，所以使俗薄喪葬；至若〈齊世〉、〈宣漢〉、〈恢國〉、〈驗符〉、〈盛褒〉、

〔註298〕見（南朝宋）范曄《後漢書集解》，（臺北：藝文印書館，1996 年 8 月初版四刷，《二十五史》景印清乾隆武英殿刊本），卷四十九·列傳第三十九·〈王充傳〉。

〔註299〕見（清）紀昀等編：《四庫全書總目提要》，（臺北：藝文印書館，1969 年 3 月初版四刷），卷一百二十·子部三十·雜家類「論衡」條，頁 2395。

〈須頌〉之言，無誹謗之辭；凡《論衡》之所由作，與其文章之鴻
美，則〈對作〉、〈自紀〉二章固亦呇哉其言之矣！〔註300〕

另該書之卷數，歷來之書志、史籍，如《舊唐書‧經籍志》、《新唐書‧藝文志》、《郡齋讀書志‧雜家類》、《直齋書錄解題‧雜家類》、《崇文總目‧雜家類》、《宋史‧藝文志》、《四庫全書總目提要‧雜家類》等皆著錄三十卷，然《隋書‧經籍志‧雜家類》則著錄二十九卷，余嘉錫《四庫提要辯證》則就〈自紀〉之文義觀之，以爲該作「乃統敘平生之著述，不獨未《論衡》而作」，故《隋書‧經籍志‧雜家類》「疑除其〈自紀〉一卷不數」，而得二十九之數。〔註301〕

（3）引文舉例

《埤雅‧卷四‧釋獸‧貍》引《論衡》曰：

> 《論衡》曰：「小盜貍步鼠竊」。

按：此引自《論衡‧卷十一‧答佞第三十三》，此文有所刪節，原文爲：「<u>小盜難覺</u>，大盜易知也。攻城襲邑，剽劫虜掠，發則事覺，道路皆知盜也。穿鑿垣墻，<u>貍步鼠竊</u>，莫知謂誰。」

《埤雅‧卷四‧釋獸‧猨》引《論衡》曰：

> 《論衡》曰：「鹿制於犬，猨猴服於鼠」。

按：此引自《論衡‧卷三‧物勢第十四》，原文爲「鹿之角，足以觸犬，獼猴之手，足以博鼠，然而<u>鹿制於犬，獼猴服於鼠</u>，角爪不利也」。然「猨」，《論衡》原作「獼」字，因陸氏以爲「猨，猴屬」故將「猨猴」、「獼猴」視爲相同，故改字以趨附其義。

《埤雅‧卷十一‧釋蟲‧蜘蛛》引《論衡》曰：

> 《論衡》曰：「蜘蛛之結絲以網飛蟲也，人之用計，安能過之？」

按：此引自《論衡‧卷十三‧別通第三十八》，然「結絲」，《論衡》作「經絲」；「網」，《論衡》作「罔」；「用計」，《論衡》作「用作」。原文爲：「<u>觀夫蜘蛛之經絲以罔飛蟲也，人之用作，安能過之？</u>」

〔註300〕見（漢）王充撰，劉盼遂集解：《論衡集解》，（臺北：世界書局，1975 年 6 月），頁 1。

〔註301〕見余嘉錫著：《四庫提要辯證‧卷十五‧子部六‧雜家類》「論衡」條，（昆明，雲南人民出版社，2004 年 11 月），頁 764。

《埤雅・卷十一・釋蟲・寒蜩》引《論衡》曰：

《論衡》曰：「蟬生於復育也，開背而出。」

按：此引文見《論衡・卷三・奇怪第十五》，然「蟬生於復育」，《論衡》作「蟬之生復育也」；「開」，《論衡》作「闓」。原文爲：「彼《詩》言『不坼不副』，言其不感動母體，可也；言其母背而出，妄也。夫蟬之生復育也，闓背而出。天之生聖子，與復育同道乎？」

《埤雅・卷十四・釋木・桐》引《論衡》曰：

《論衡》曰：「楓桐速長，故其皮肌不能堅。」

按：此引自《論衡・卷十・狀留第四十》，然有所刪節。原文爲：「楓桐之樹，生而速長，故其皮肌不能堅剛。」

《埤雅・卷十六・釋草・韭》引《論衡》曰：

《論衡》曰：「地性生草，山性生木。故地種葵韭，山種棗栗，名曰美園茂林也。」

按：此引自《論衡・卷十二・量知第三十五》，然「如」，《論衡》作「故」；「山種」《論衡》作「山樹」。原文爲：「地性生草，山性生木。如地種葵韭，山樹棗栗，名曰美園茂林也。」

《埤雅・卷十九・釋天・雲》引《論衡》曰：

《論衡》曰：「大山雨天下，小山雨一國。」

按：此引自《論衡・卷十一・說日第三十二》，原文作：「太山雨天下，小山雨一國」。〔註302〕然「大山」，《論衡》作「太山」；故「大」應作「太」，形近而誤。

9、《劉子》三卷，北齊劉晝撰。

（1）撰者生平

劉晝（514～565），字孔昭，北齊渤海阜城人。少孤貧好學，曾師從李寶鼎習《三禮》，又就馬敬德習《服氏春秋》，後舉秀才屢試不第，十年不得，撰〈高

〔註302〕《論衡・卷十五・明雩第四十五》則有作「泰山雨天下，小山雨國邑」之文。收錄於《新編諸子集成》，（臺北：世界書局，1991年5月），第七冊，頁150。

才不遇傳〉紓憤，冀州刺史酈伯偉見之，始舉畫。齊河南王孝瑜聞畫名，召與其促席對飲。孝昭帝即位，曾上書直言，然不受採錄，後將其所上之書，編爲《帝道》。河清中，又著《金箱璧言》，以指機政不良。畫因容止舒緩，舉動不倫，由是竟無仕，卒於家。事蹟具《北史·卷八十一·列傳第六十九·儒林上·劉畫傳》。

（2）解題

該書又稱《劉子新論》〔註303〕、《劉子新編》〔註304〕、《劉畫新論》〔註305〕、《流子》〔註306〕、《新論》〔註307〕等，言修心治身之道。該書之卷數說法有三、五、十之說：主十卷者，如《舊唐書·卷四十七·志第二十七·經籍下·雜家類》、《新唐書·卷六十五·志第四十九·藝文三·雜家類》皆作「《劉子》十卷，劉勰。」；主五卷者，如《直齋書錄解題》卷十所言「《劉子》五卷」。主三卷者，如《宋史·藝文志·雜家類》、《郡齋讀書志·雜家類》、《崇文總目·卷三》載「《劉子》三卷」。然就其內容觀之，「大抵篇數皆同，止分卷有異爾」。

至於作者之說歷來歧說甚多，莫衷一是，計有：（一）漢劉歆；（二）梁劉孝標〔註308〕（三）齊、梁間無名氏〔註309〕；（四）梁劉勰〔註310〕；（五）北齊劉

〔註303〕如（清）姚際恆《古今僞書考》、瞿鏞《鐵琴銅劍樓藏書目錄》、黃丕烈《蕘圃藏書題識》等。

〔註304〕如（清）季振宜《季滄葦書目》。

〔註305〕如（清）錢謙益《降雲樓書目》、張心澂《僞書通考·子部·雜家》等。

〔註306〕如王重民《敦煌古籍敍錄》「雜抄伯三六三六」條云：「卷中『九流』一條，目下注云『事在《流子》第五十五章』，然依其家數，錄《新編九流篇》原文於次，唐人稱《劉子》爲《流子》，余在二七二一與三六四九兩卷中並見之。雖未得其解，而此卷又引作《流子》，唐人固有此稱也。」收錄於嚴靈峰編：《書目類編》，（臺北：成文出版社，1978 年）第 82 冊，頁 36796。

〔註307〕題名爲《新論》者，始於程榮《漢魏叢書》，其於如（清）盧文弨《羣書拾補·新論校序》、周中孚《鄭堂讀書記》亦見此稱。

〔註308〕《四庫全書總目提要》「劉子」條引（唐）袁孝政《劉子注·序》云：「時人莫知，謂爲劉勰，劉歆，劉孝標作。」見（清）紀昀等編：《四庫全書總目提要》，（臺北：藝文印書館，1969 年 3 月初版四刷），卷 117，子部·雜家類一，頁 2349。

〔註309〕（明）胡應麟《四部正譌》以爲劉畫、劉勰，劉歆，劉孝標、袁孝政等人之說皆誤。見《四部正譌》收錄於楊家駱主編：《中國學術名著·目錄學名著第一集第四冊·僞書考五種》，頁 28～29。

〔註310〕稱劉勰者，如《舊唐書·經籍志·丙部·雜家類》、《新唐書·藝文志·丙部·雜

畫〔註311〕；（六）唐袁孝政〔註312〕；（七）唐貞觀以後人〔註313〕；（八）不注作者〔註314〕。然劉歆、劉孝標、齊梁間無名氏、劉勰、袁孝政、唐貞觀以後人等說，前人則皆有所論斷、駁斥，如：《四庫全書總目提要》云：

> 案《劉子》十卷，《隋志》不著錄。《唐志》作梁劉勰撰。陳振孫《書錄解題》、晁公武《讀書志》俱據唐播州錄事參軍袁孝政序，作北齊劉晝撰。《宋史・藝文志》亦作劉晝。自明以來，刊本不載孝政注，亦不載其序。惟陳氏載其序，略曰：「晝傷己不遇，天下陵遲，播遷江表，故作此書。時人莫知，謂爲劉勰、劉歆、劉孝標作」云云。不知所據何書，故陳氏以爲終不知晝爲何代人。案梁通事舍人劉勰，史惟稱其撰《文心雕龍》五十篇，不云更有別書。且《文心雕龍・樂府篇》稱，塗山歌於僕人，始爲南音。有娀謠乎飛燕，始爲北聲。夏甲歎於東陽，東音以發。殷整思於西河，西音以興。此書辨樂篇稱，夏甲作破斧之歌，始爲東音，與勰說合。其稱殷辛作靡靡之樂，始爲北音，則與勰說迥異，必不出於一人。

> 又史稱勰長於佛理，嘗定定林寺經藏，後出家，改名慧地。此書末篇乃歸心道教，與勰志趣迥殊。《白雲霽道藏目錄》亦收之《太玄部・無字號》中，其非奉佛者明甚。近本仍刻劉勰，殊爲失考。劉孝標之說，《南史》、《梁書》、俱無明文，未足爲據。劉歆之說，則激通

家類》、《通志・藝文略・諸子類・儒術》、張心澂《僞書通考・子部・雜家》等。

〔註311〕 稱劉晝者，首見（唐）袁孝政《劉子注・序》：「晝傷己不遇，天下陵遲，播遷江表，故作此書。」後（宋）陳振孫《直齋書錄解題・卷十・雜家類》、晁公武《郡齋讀書志・卷十二・雜家類》。《宋史・卷二○五・藝文志・子部・雜家類》、明宋濂《諸子辨》、（清）於敏中《天祿琳瑯書目續編・卷五》亦稱劉晝撰。

〔註312〕 （清）《四庫全書總目提要》「劉子」條云：「或袁孝政采掇諸子之言，自爲此書而自注之。」見（清）紀昀等編：《四庫全書總目提要》，（臺北：藝文印書館，1969年3月初版四刷），卷117，子部・雜家類一，頁2349。

〔註313〕 （清）《四庫全書總目提要》「劉子」條云：「觀其書末九流一篇，所指得失，皆與《隋書・經籍志・子部》所論相同。使《隋志》襲用其說，不應反不錄其書。使其剽襲《隋志》，則貞觀以後人作矣。」見（清）紀昀等編：《四庫全書總目提要》，（臺北：藝文印書館，1969年3月初版四刷），卷117，子部・雜家類一，頁2349。

〔註314〕 《隋書・經籍志・子部・雜家類》、《崇文總目》不著作者。

篇稱班超憤而習武，卒建西域之績，其說可不攻而破矣。惟北齊劉
畫字孔昭，渤海阜城人，名見《北史・儒林傳》。然未嘗播遷江表，
與孝政之序不符。傳稱畫孤貧受學，恣意披覽，晝夜不息。舉秀才
不第，乃恨不學屬文，方複綴輯詞藻，言甚古拙，與此書之縟麗輕
蒨亦不合。又稱求秀才十年不得，乃發憤撰高才不遇傳。孝昭時出
詣晉陽上書，言亦切直而多非世要，終不見收，乃編錄所上之書為
《帝道》。河清中又著《金箱壁言》，以指機政之不良，亦不云有此
書。豈孝政所指，又別一劉畫歟？觀其書末九流一篇，所指得失，
皆與《隋書・經籍志・子部》所論相同。使《隋志》襲用其說，不
應反不錄其書。使其剽襲《隋志》，則貞觀以後人作矣。或袁孝政采
掇諸子之言，自為此書而自注之。又恍惚其著書之人，使後世莫可
究詰，亦未可知也。然劉勰之名，今既確知其非，自當刊正。劉畫
之名則介在疑似之間，難以確斷。姑仍晁氏、陳氏二家之目，題畫
之名，而附著其牴牾如右。〔註315〕

而《劉子》作者為劉勰抑或劉畫，李隆獻先生曾撰〈《劉子》作者問題再探〉一
文，將歷來之舊說作一整理、分析，輔以史籍及《劉子》本書之內容，就「寫
作年歲與著作目的」、「內容思想」、「文風與用典」、「不遇之感」、「〈妄瑕〉、〈正
賞〉二篇」等比較，而得「《劉子》的作者當為劉畫孔昭」之說〔註316〕，今則
多持劉畫所撰之說。

（3）引文舉例

《埤雅・卷四・釋獸・貘》引《劉子》曰：

《劉子》曰：「飛鼺甘煙，走貘美鐵，所居隔絕，嗜好不同，未足怪
也。」

〔註315〕見《四庫全書總目提要・卷一百十七・子部二十七・雜家類一》「劉子」條，見（清）
紀昀等編：《四庫全書總目提要》，（臺北：藝文印書館，1969 年 3 月初版四刷），
卷 117，子部・雜家類一「劉子」條，頁 2348～2349。另如（明）胡應麟《四部
正譌》、余嘉錫《四庫提要辨證・卷十五・子部六・雜家類》「劉子」條亦有論述。

〔註316〕見李隆獻：〈《劉子》作者問題再探〉（《臺大中文學報》，2 期，1988 年 11 月），頁
305～340，此作者本其說。

按：此引文未見於《劉子》一書，疑陸氏之誤寫。

10、《長短經》九卷，唐趙蕤撰。

（1）撰者生平

趙蕤（？～？），字太賓，又字雲卿，號東岩子，唐梓州鹽亭人，漢儒趙賓之後。其博學鈐韜，長於經世、數術〔註317〕，夫婦俱有節操〔註318〕，開元中召之，不赴〔註319〕。其生平未見錄於史籍之中。

（2）解題

該書又名《反經》、《長短要術》，《四庫全書總目提要》釋名曰：

> 又稱爲《反經》，與正經《資治通鑑》相對。……《唐書・藝文志》亦載：「蕤字太賓，梓州人，開元中召之不赴」。與光憲所紀略同，惟書名作《長短要術》爲少異，蓋一書二名也。……劉向序《戰國策》，稱或題曰「長短」。此書辨析事勢，其源蓋出於縱橫家，故以長短爲名。〔註320〕

其內容則雜採各家之說，論「王伯經權之要，成於開元四年」，篇中註文頗詳，多引古書。趙蕤於〈自序〉言：

〔註317〕（唐）蘇頲〈薦西蜀人才疏〉云：「趙蕤術數，李白文章。」見錄於（明）楊慎：《升庵詩話・卷二・太白懷鄉句》：「〈淮南臥病懷寄蜀中趙征君蕤〉詩云：『國門遙天外，鄉路遠山隔。朝憶相如台，夜夢子雲宅。』皆寓懷鄉之意。趙蕤，梓州人，字雲卿，精於數學，李白齊名。蘇頲〈薦西蜀人才疏〉云：『趙蕤術數，李白文章。』宋人注李詩遺其事，並附見焉。〈圖經〉云：『蕤，漢儒趙賓之後，鹽亭人，屢徵不就，所著有《長短經》。』」。

〔註318〕見（宋）孫光憲《《北夢瑣言》卷五云：「趙蕤者，梓州鹽亭人也。博學鈐韜，長於經世，夫婦俱有節操，不受交辟，撰《長短經》十卷，王霸之道，見行於世。」收錄於（清）永瑢、紀昀纂修：《景印文淵閣四庫全書》，（臺北：臺灣商務印書館，1986年3月），第1036冊，頁36。

〔註319〕《新唐書・藝文志・子錄・雜家類》》載：「趙蕤，《長短要術》十卷。字太賓，梓州人。開元中，召之不赴。」見（宋）歐陽修等撰：《新唐書》：（臺北：藝文印書館，1996年），卷59，頁686。

〔註320〕見（清）紀昀等編：《四庫全書總目提要》，（臺北：藝文印書館，1969年3月初版四刷），卷一百十七・子部二十七・雜家類一「長短經」條，頁2350。

夫霸者，駁道也，蓋白黑雜合，不純用德焉。期於有成，不問所以；論於大體，不守小節。雖稱仁引義不及三王，扶顛定傾，其歸一揆。恐儒者溺於所聞，不知王霸殊略，故敍以長短術，以經論通變者，並立題目總六十有三篇，合爲十卷，名曰《長短經》。大旨在乎宵固根蒂，革易時弊，興亡治亂。〔註321〕

然就今本內容觀之，第一卷〈文上〉八篇；第二卷四篇，無題；第三卷〈文下〉四篇；第四卷〈霸紀上〉一篇；第五卷〈霸紀中〉一篇，論七雄之事；第六卷一篇，無題，論三國之事；第七卷〈權議〉二篇；第八卷〈雜說〉十九篇；第九卷〈兵權〉二十四篇，第十卷〈陰謀〉今闕，今止九卷，內容則實六十四篇，《四庫全書總目提要》「疑蓘序或傳寫之訛也」，言：

王士禎《居易錄》記徐乾學嘗得宋槧於臨清，此本前有「傳是樓」一印，又有「健菴收藏圖書」一印，後有乾學名印。每卷之末，皆題「杭州淨戒院新印」七字，猶南宋舊刻。蓋卽士禎所言之本，然僅存九卷。末有洪武丁巳沈新民跋，稱其第十卷載陰謀家本闕，今存者六十四篇云云。案此跋全勦用晁公武之言，疑書賈僞託。是佚其一卷，而反多一篇，與蓘序六十三篇之數不合。然勘驗所存，實爲篇六十有四，<u>疑蓘序或傳寫之訛也</u>。〔註322〕

（3）引文舉例

《埤雅‧卷六‧釋鳥‧鵲》引《長短經》曰：

其在相法有之，曰：「鳥行蹌蹌，性行弗良。」

按：「弗」字，《長短經》作「不」。此文見於《長短經‧卷一‧文上‧察相第六》：「耳輪厚大，鼻準圓實，乳頭端淨，頦頤深廣厚大者，忠信謹厚人也」。注：「夫蛇行者，含毒人也，不可與之共事。鳥行蹌蹌，性行不良，

〔註321〕見趙蓘撰《長短經‧序》，收錄於周斌：《《長短經》校疏與研究》，（成都：巴蜀書社，2003 年 4 月），頁 8。

〔註322〕《四庫全書總目提要》以篇目之上下推論：第二卷當脫「文中」二字。第六卷一篇，當脫「霸紀下」三字，且據。見（清）紀昀等編：《四庫全書總目提要》，（臺北：藝文印書館，1969 年 3 月初版四刷），卷一百十七‧子部二十七‧雜家類一「長短經」條，頁 2350。

似鳥鵲行也。」

11、《古今注》，三卷，晉崔豹撰。

（1）撰者生平

崔豹（？～？），字正熊，一作正雄〔註323〕。晉燕國人。曾任尚書左丞、尚書左兵中郎等職〔註324〕，惠帝時官至太傅丞〔註325〕。

（2）解題

是書取古今事物加以考釋，凡八類：〈輿服一〉、〈都邑二〉〈音樂三〉、〈鳥獸四〉、〈魚蟲五〉、〈草木六〉、〈雜注七〉、〈問答釋義八〉。該書之卷數，則有一、三、五卷之說。《隋書·卷三十四·志第二十九·經籍三·雜家類》、《新唐書·卷六十五·志第四十九·藝文三·雜家類》、《直齋書錄解題·卷十·雜家類》、《宋史·卷二〇五·志第一百五十八·藝文四·雜家類》、《四庫全書總目提要》等皆錄「崔豹《古今注》三卷」；《新唐書·卷六十四·志第四十八·藝文二·儀注類》則載「崔豹《古今注》一卷」；而《舊唐書·卷四十七·志第二十七·經籍下·雜家類》則錄：「《古今注》五卷，崔豹撰。」《四庫全書總目提要》以

〔註323〕余嘉錫《四庫提要辨證·卷十五·子部六·雜家類》「古今注」條則曰：「近時洛陽出土晉辟雍行禮碑，題名有典行王鄉飲酒禮博士漁陽崔豹正雄。諸書以豹爲燕國人，而碑稱漁陽者，《晉書·宣五王傳》云：『清惠亭侯蔑，以文帝子機爲嗣，泰始元年封燕王，咸寧初，以漁陽郡益其國。』碑立於咸寧四年，漁陽蓋尚未屬燕，故稱其本郡爾。豹字正熊，碑作正雄，同音通用」。見余嘉錫著：《四庫提要辨證》，（昆明，雲南人民出版社，2004年11月），頁734。另《四庫全書總目提要》「古今注」條曰「考劉孝標《世說註》，載豹字正能，晉惠帝時官至太傅。馬縞稱爲正熊，二字相近，蓋有一誤。」今查（宋）劉義慶撰，（梁）劉孝標注《世說新語·言語第二》所言：「崔正熊詣都郡。都郡將姓陳，問正熊：『君去崔杼幾世？』答曰：『民去崔杼，如明府之去陳恆。』」劉孝標注曰：「《晉百官名》：『崔豹，字正熊，燕國人，惠帝時官至太傅丞』」。皆未見載「正能」二字，《四庫全書總目提要》之說似有誤。

〔註324〕《冊府元龜·卷六〇五·學校部·註釋第一》錄：「崔豹爲尚書左丞集，《論語》集義八卷。」、「崔豹字正熊，爲尚書左兵中郎注《論語》十卷。」見《冊府元龜》，（臺北：臺灣中華書局，1981年8月），卷六〇五，頁7262及7267。

〔註325〕（宋）劉義慶撰，（梁）劉孝標注：《世說新語·言語第二》：「崔正熊詣都郡。都郡將姓陳，問正熊：『君去崔杼幾世？』答曰：『民去崔杼，如明府之去陳恆。』」劉孝標注曰：「《晉百官名》：『崔豹，字正熊，燕國人，惠帝時官至太傅丞』」。

爲該書爲僞作，云：

> 《古今註》三卷、附《中華古今註》三卷，《古今註》三卷，舊本題
> 晉崔豹撰。《中華古今註》三卷，舊本題後唐太學博士馬縞撰。豹書
> 無序跋。縞書前有自序，稱「昔崔豹《古今註》博識雖廣，殆有闕
> 文，洎乎黃初，莫之聞見。今添其註，以釋其義。」然今互勘二書，
> 自宋、齊以後事二十九條外，其魏、晉以前之事，豹書惟草木一類
> 及「鳥獸類吐綬鳥一名功曹」七字爲縞書所無，縞書惟服飾一類及
> 開卷宮室一條、封部兵陳二條、馬𩢥犬二條爲豹書所闕，其餘所載，
> 並皆相同，不過次序稍有後先，字句偶有加減，縞所謂增註釋義，
> 絕無其事。又縞書中卷云：「棒，崔正熊註『車輻也』」。使全襲豹語，
> 不應此條獨著豹名。考《太平禦覽》所引書名，有豹書而無縞書，《文
> 獻通考‧雜家類》又只有縞書而無豹書，知豹書久亡，縞書晚出，
> 後人摭其中魏以前事贗爲豹作。又檢校《永樂大典》所載《蘇鶚演
> 義》與二書相同者十之五六，則不特豹書出於依託，即縞書亦不免
> 於剿襲。特以相傳既久，姑存以備一家耳。〔註326〕

今人余嘉錫於《四庫提要辨證》中則多反駁《四庫全書總目提要》之說。如：《四
庫全書總目提要》提崔豹書摘錄自馬縞書之說法，余氏則舉唐諸書，如：《北堂
書鈔》、《藝文類聚》、《文選李善注》、《後漢書注》、《初學記》、《唐六典注》、《史
記正義》、《通典》、《一切經音義》、《北戶錄》、《說文繫傳》及徵引甚多唐代文
獻之《太平御覽》、《廣韻》等書所引《古今注》與今本比對，發現見在者多，
亡佚者少，且上述諸書多有先於馬縞者，安有前人引後世著作之理？故以爲今
本非出自馬縞，而爲崔豹原書，且應早在唐前便有之。〔註327〕

再者，《四庫全書總目提要》言「《文獻通考‧雜家類》又只有縞書而無豹
書，知豹書久亡。」餘氏則舉該書自隋唐至南宋，歷見於《隋書‧經籍志》、《舊
唐書‧經籍志》、《新唐書‧藝文志》、《宋史‧藝文志》、《崇文總目》、尤袤《遂

〔註326〕見（清）紀昀等編：《四庫全書總目提要》，（臺北：藝文印書館，1969 年 3 月初
　　　　版四刷），卷118，頁 2356～2357。

〔註327〕見《四庫提要辨證‧卷十五‧子部六‧雜家類》「古今注」條，（昆明，雲南人民
　　　　出版社，2004 年 11 月），頁 727～729。

初唐書目》、《直齋書錄解題》、《郡齋讀書志》、《附志》諸書目，且周南《山房集》、趙希弁《讀書附志》所著錄之篇名次第〔註328〕與今本同，論斷《四庫全書總目提要》所言爲誤。

（3）引文舉例

《埤雅・卷一・釋魚・鱣》引《古今注》曰：

> 《古今注》：「鯉之大者爲鮪，鱣之大者爲鱓。」

按：「爲」，《古今注》作「曰」，此引自《古今注・卷上・魚蟲第五》，原文爲「鯉之大者曰鱣，鱣之大者曰鮪。」〔註329〕

《埤雅・卷二・釋魚・蝸》引《古今注》曰：

> 崔豹《古今注》曰：「蝸牛，陵螺也，形如蜿蝓，殼如小螺，熱則自縣於葉下。野人爲圓舍如蝸牛之殼，故曰『蝸舍』，亦曰『蝸牛之舍』。」

按：「爲圓舍」，《古今注》作「結圓舍」，此引自《古今注・卷上・魚蟲第五》，原文爲：「蝸牛，陵螺也。形如蜿蝓，殼如小螺，熱則自懸於葉下。野人結圓舍如蝸牛之殼，故曰蝸舍，亦曰蝸牛之舍也。」〔註330〕

《埤雅・卷三・釋獸・豹》引《古今注》曰：

> 《古今注》曰：「豹尾車，周製也，所以象君子豹變。」

按：此引自《古今注・卷上・輿服第一》。〔註331〕

〔註328〕周南《山房集》卷五作「五卷，崔豹撰，輿服、都邑、音樂、鳥獸、蟲魚、草木、雜注、問答釋義凡八篇」收錄於（清）永瑢、紀昀纂修：《景印文淵閣四庫全書》，（臺北：臺灣商務印書館，1986年3月），第1169冊，頁54。趙希弁《讀書附志・卷上・類書類》亦云：「《古今註》三卷，右晉太傅丞崔豹正熊所註也。一輿服，二都邑，三音樂，四鳥獸，五蟲魚，六草木，七雜注，八問答釋義。」見《昭德先生讀書志》卷五上，收錄於《叢書集成續編》，（臺北：新文豐出版公司，1989年），第1冊，頁157。

〔註329〕《古今注・卷中・魚蟲第五》，收錄於《叢書集成新編》，（臺北：新文豐出版公司，1986年），第11冊，頁97。

〔註330〕《古今注・卷中・魚蟲第五》，收錄於《叢書集成新編》，（臺北：新文豐出版公司，1986年），第11冊，頁97。

〔註331〕《古今注・卷上・輿服第一》，收錄於《叢書集成新編》，（臺北：新文豐出版公司，1986年），第11冊，頁93。

《埤雅・卷七・釋鳥・鴛鴦》引《古今注》曰：

> 《古今注》曰：「鴛鴦，鳧類也。雄雌未嘗相離，人得其一，一思而
> 死，故謂之『匹鳥』。」

按：此引文有刪節，「鳧類」上闕「水鳥」；「死」字上闕「而」；「雄雌」，《古今注》作「雌雄」；「匹鳥」，《古今注》作「雅鳥」；此引自《古今注・卷中・鳥獸第四》，原文爲「鴛鴦，水鳥，鳧類也。雌雄未嘗相離，人得其一，則一思而至死，故曰雅鳥。」〔註332〕。

《埤雅・卷十・釋蟲・莎雞》引《古今注》曰：

> 《古今注》曰：「莎雞一名絡緯，謂其鳴如紡緯也；促織一名投機，
> 謂其聲如急織也。」

按：此引自《古今注・卷中・魚蟲第五》，原文爲「莎鷄，一名促織，一名絡緯，一名蟋蚿。促織謂鳴聲如急織，絡緯謂其鳴聲如紡績也。促織一曰促機，一名紡緯。」〔註333〕《埤雅》多作調整，且「投機」，《古今注》作「促機」。

12、《意林》五卷，唐馬總撰。

（1）撰者生平

馬總（？～823），字會元〔註334〕，唐扶風人。貞元中，姚南仲鎮滑臺，辟爲從事。後姚南仲遭罷，而坐貶泉州別駕。元和初，遷虔州刺史。元和四年（809），兼禦史中丞，充嶺南都護、本管經略使。八年（813），轉桂州刺史、桂管經略觀察使，入爲刑部侍郎。尋任檢校工部尚書、蔡州刺史、兼御史大夫，充淮西節度使。十三年（817），轉許州刺史、忠武軍節度、陳許澂等州觀察處置等使。後改任華州刺史、潼關防禦、鎮國軍等使。十四年（818），遷檢校刑部尚書、

〔註332〕《古今注・卷中・鳥獸第四》，收錄於《叢書集成新編》，（臺北：新文豐出版公司，1986年），第11冊，頁96。

〔註333〕《古今注・卷中・魚蟲第五》，收錄於《叢書集成新編》，（臺北：新文豐出版公司，1986年），第11冊，頁97。

〔註334〕按：馬總之字另有「元會」之說，此見於《意林・戴叔倫序》載：「大理評事扶風馬總元會，家有子史，幼而集錄，探其旨趣，意必有歸。遂增損庚書，詳擇前體，裁成三軸，目曰《意林》。」收錄於《續修四庫全書》，（上海：上海古籍出版社，2006年6月），第1188冊，頁2。

鄆州刺史、天平軍節度、鄆曹濮等州觀察等使，長慶二年（822）加檢校尚書左僕射。入爲戶部尚書。長慶三年（823）卒，贈右僕射〔註 335〕。事蹟具《舊唐書・卷一百五十七・列傳第一百七・馬總傳》。

（2）解題

《意林》一書乃馬總據梁庾仲容《子抄》所錄周秦以降，一百七家諸子雜鈔、雜記之作，輯爲《意林》。就其內容而言，「所採諸子，今多不傳者，惟賴此僅存其槩。其傳於今者，如老、莊、管、列諸家，亦多與今本不同」，故頗具文獻價值，〔註 336〕而該書應完成於貞元二年未爲宦之前〔註 337〕。《新唐書・卷五十九・藝文志・雜家類》錄爲一卷〔註 338〕，《宋史・卷二百五・志第一百五十八・藝文四・雜家類》則載三卷。而《意林・戴叔倫序》云「裁成三軸」，《意林・柳伯存序》則云「存爲六卷」。〔註 339〕《四庫全書總目提要》則載五

〔註335〕《直齋書錄解題・卷十・雜家類》言馬總曾任「唐大理評事」，然唐史書皆未見載，故《四庫全書總目提要》云：「陳振孫《書錄解題》稱總仕至大理評事，則考之未審矣。」

〔註336〕如 1、《直齋書錄解題・卷十・雜家類》：「《意林》三卷，唐大理評事扶風馬總會元撰。以庾《鈔》增損裁擇爲此書。」；2、《郡齋讀書志・卷十二・雜家類》：「《意林》三卷，右唐馬總會元撰。初，梁穎川庾仲容取諸家書、術數雜說凡一百七家，抄其要語，爲三十卷，總以其繁略失中，增損成三軸。」；3、《四庫全書總目提要》：「《意林》五卷。唐馬總編。……初，梁庾仲容取周秦以來諸家雜記，凡一百七家，摘其要語爲三十卷，名曰《子鈔》。總以其繁略失中，復增損以成此書。宋高似孫《子略》稱仲容《子鈔》每家或取數句，或一二百言。馬總《意林》一遵庾目，多者十餘句，少者一二言，比《子鈔》更爲取之嚴、錄之精。今觀所採諸子，今多不傳者，惟賴此僅存其槩。其傳於今者，如老、莊、管、列諸家，亦多與今本不同，不特《孟子》之文如《容齋隨筆》所云也。前有戴叔倫、楊伯存兩序。」

按：《郡齋讀書志・卷十二・雜家類》所言「前有戴叔倫、楊伯存兩序」，「楊」當作「柳」。今本《意林》及《全唐文・卷三七二》皆收有柳幷之序，載「貞元丁卯歲夏之晦，文廢暎河東柳伯存重述」。

〔註337〕按：據《意林・戴叔倫序》云，其序成於「貞元二年五月二十一日」，則該書當成於此前。

〔註338〕按：《新唐書・藝文志・雜家類》載：「馬總《意林》一卷。」見（宋）歐陽修等撰：《新唐書》：（臺北：藝文印書館，1996 年），卷卷五十九，頁 686。

〔註339〕《意林・柳伯存序》云：「因庾仲容之《抄》略存爲六卷，題曰《意林》。」收錄於《續修四庫全書》，（上海：上海古籍出版社，2006 年 6 月），第 1188 冊，頁 2～3。

卷，云：

> 《意林》五卷。……今世所行有二本，一爲範氏天一閣寫本，多所
> 佚脫。是以禦題詩有「太元以下竟亡之」句。此本爲江蘇巡撫所續
> 進，乃明嘉靖己醜廖自顯所刻，較範氏本少戴柳二序，而首尾特完
> 整。然考《子鈔》原目，凡一百七家，此本止七十一家。洪氏載總
> 所引書，尚有《蔣子》、《譙子》、《鍾子》、張儼《默記》、《裴氏新書》、
> 《袁淮正書》、《袁子正論》、《蘇子》、張顯《析言》、《於子》、《顧子》、
> 《諸葛子》、《陳子要言》、《符子》諸書，此本不載。又《通考》稱
> 今本《相鶴經》自《意林》鈔出，而《永樂大典》有《風俗通‧姓
> 氏篇》，題曰出馬總《意林》，此本亦竝無之。合記卷帙，當已失其
> 半，併非總之原本矣。然殘璋斷璧，益可寶貴也。〔註340〕

（3）引文舉例

《埤雅‧卷六‧釋鳥‧鵲》引《意林》曰：

> 《意林》曰：「書三寫，魚成魯，帝成虎」

按：此見於《意林‧卷四‧抱朴子四十卷》：「諺曰：『書三寫，魚成魯，帝成
　　虎。」亦如神符，今用少驗。』」

《埤雅‧卷十六‧釋草‧瓜》引《意林》曰：

> 墨子曰：「甘瓜苦蒂，天下物無全美也。」

按：此二句《墨子》原書闕，此見於《意林‧卷一‧墨子十六卷》所引，然陸
　　氏於此未註明出處。

13、《炙轂子》，五卷，唐王叡撰。

（1）撰者生平

王叡（？～？），唐蜀中新繁縣人。自號炙轂子，《神仙感遇傳‧進士王叡》
記其人及其事蹟，云：

> 進士王叡，漁經獵史之士也。孜孜矻矻，窮古人之所未窮，得先儒
> 之所未得，著《炙轂子》三十卷，六經得失、史冊差謬，未有不針

〔註340〕見（清）紀昀等編：《四庫全書總目提要》，（臺北：藝文印書館，1969 年 3 月初
　　　　版四刷），卷一百二十三‧子部三十三‧雜家類七「意林」條，頁 2458。

其膏而藥其肓矣。所有二種之篇、釋喻之說，則古人高識洞鑒之士，有所不逮焉。嗜酒自娛，不拘於俗。酣暢之外，必切磋義府，研覈詞樞，亦猶劉闡之詁誚古人矣。然其咀吸風露，呼嚼嵐霞，因亦成疹，積年苦冷，而莫能愈。游燕中，道逢櫻杖樅笠者，鶴貌高古，異諸其儕，名曰希道。笑謂之曰：「少年有三惑之累耶？何苦瘠若斯？」辭以不然。道曰：「疾可愈也，予雖釋件，有鑪鼎之功，何疾不除也。」叡委質以師之，齋于漳水之濱，三日，而授其訣曰：……。乃隱晦自處，佯狂混時，年八十，殂于彭山道中，識者瘞之。無幾，又在成都市，常寓止樂溫縣。時摯獸結尾，為害尤甚。叡醉宿草莽，露身林野，無所憚焉，斯亦蟬蛻得道之流也。〔註341〕

事蹟見杜光庭撰《神仙感遇記》。

（2）解題

《炙轂子》〔註342〕又名《炙轂子雜錄》〔註343〕、《炙轂子雜錄注解》〔註344〕、《炙轂雜錄》〔註345〕。《郡齋讀書志》云：

> 《二儀實錄》、《古今注》載事物之始，《樂府題解》載樂府所由來。叡輯纂數家之言，正誤補遺，削冗併歸一篇。〔註346〕

〔註341〕（唐）杜光庭：《神仙感遇記》卷一，（《正統道藏》第 38 冊，台北：新文豐出版社，1988 年），卷 112～113 上。並見錄於（宋）張君房：《雲笈七籤·卷一百十二·紀傳部·傳十》，收錄於（清）永瑢、紀昀纂修：《景印文淵閣四庫全書》，（臺北：臺灣商務印書館，1986 年 3 月），子部十四·道家類，第 1061 冊，「神仙感遇傳上·進士王叡」條，頁 285。

〔註342〕《直齋書錄解題·雜家類》、《玉海》、《宋史·別集類》作「《炙轂子》三卷。」

〔註343〕《宋史·小說類》著錄「《炙轂子雜錄》，五卷」。見（元）脫脫等修：《宋史》，（臺北：藝文印書館，1996 年 8 月初版四刷，《二十五史》影印清乾隆武英殿刊本），卷 206，頁 2459。

〔註344〕《新唐書·卷五十九·志第四十九·藝文三·小說家類》、《郡齋讀書志·卷十二·子類·雜家類》、《通考·雜家類》皆載：「《炙轂子雜錄注解》五卷王叡。」

〔註345〕《崇文總目·卷五·小說類》作「《炙轂雜錄》，五卷」收錄於（清）永瑢、紀昀纂修：《景印文淵閣四庫全書》，（臺北：臺灣商務印書館，1986 年 3 月），第 674 冊，頁 65。

〔註346〕見（宋）晁公武撰、孫猛校證：《郡齋讀書志校證》，（上海：上海古籍出版社，2006 年 6 月），卷十二·子類·雜家類，頁 519。

此書今已亡佚，僅見於《說郛》、《類說》等書所徵引處。

（3）引文舉例

《埤雅・卷四・釋獸・蝟》引《炙轂子》：

> 《炙轂子》曰：「刺端分兩岐者曰蝟，如刺針者曰蚧。蝟狀似鼠，性
> 極獰鈍，物少犯近，則毛刺攢起如矢」。

14、《物類相感志》十卷，舊題蘇軾撰，僧贊寧編次。

（1）撰者生平

蘇軾（1037～1101），字子瞻，宋眉州眉山，嘉佑二年（1057）進士，官端明殿學士兼翰林院侍讀學士、禮部尚書。神宗熙寧五年（1072 年）不服王安石新政，遂請外，歷任杭州通判、知密州、徐州、湖州等職。元豐二年（1079），因臺詩案入獄，翌年貶黃州。哲宗即位，還朝任禮部郎中、中書舍人、翰林學士，元祐四年（1089）拜龍圖閣學士，官至禮部尚書。紹聖元年（1094）因元祐黨禍遭貶惠州、儋州。建中靖國元年（1101），卒於常州。事蹟具《宋史・卷三百三十八・列傳第九十七・蘇軾傳》。

贊寧（919～996），吳興德清人。後唐天成年間從釋於杭州之祥符寺，時人謂之「律虎」。吳越武肅王錢鏐時任監壇、兩浙僧統，賜號明義宗文。太平興國三年（978）。太宗聞其名。召對滋福殿。延問彌日。改賜通惠。太平興國初，奉詔編修《大宋僧史略》3 卷，充右街副僧錄。太平興國七年（982），詔修《大宋高僧傳》三十卷、《三教聖賢事跡》一百卷。初補左街講經首座，知西京教門事。真宗咸平初，充右街僧錄。又著《內典集》一百五十卷、《外學集》四十九卷。贊寧有文學且博覽強記，善於辭辯，時人皆服之〔註 347〕，王禹偁亦作文集序美

〔註 347〕（宋）歐陽脩《六一居士詩話》錄其軼事，云：「吳僧贊寧，國初為僧錄。頗讀儒書，博覽強記，亦自能撰述，而辭辯縱橫，人莫能屈。時有安鴻漸者，文詞雋敏，尤好嘲詠。嘗街行遇贊寧與數僧相隨，鴻漸指而嘲曰：『鄭都官不愛之徒，時時作隊。』贊寧應聲答曰：『秦始皇未坑之輩，往往成群。』時皆善其捷對。鴻漸所道，乃鄭谷詩云：『愛僧不愛紫衣僧』也」。收錄於王雲五主編：《叢書集成簡編》，（臺北：臺灣商務印書館，1966 年），第 125 冊，頁 2。另（宋）江少虞《皇朝類苑》，云：「僧贊寧，有文學，洞古博物，著書數百卷。王元之、徐騎省，疑則就質焉，二公皆拜之」。見（宋）江少虞《皇朝類苑》，（臺北：文海出版社，1981 年 6 月），卷五九，頁 1429。

其文。至道二年（996）示寂〔註348〕。葬龍井塢焉。諡曰圓明大師。事蹟具《大正新脩大藏經・第四十九冊・佛祖歷代通載・卷十八・贊寧傳》、《西湖高僧事略》。

（2）解題

是書「以物類相感爲名，自應載琥珀拾芥磁石引針之屬，而分天、地、人、鬼、鳥、獸、草、木、竹、蟲、魚、寶器十二門隸事，全似類書，」〔註349〕。該書之作者舊題作蘇軾，贊寧編次，然《四庫全書總目提要》以爲「舊本題東坡先生撰，然蘇軾不聞有此書。又題僧贊寧編次。……又贊寧爲宋初人，軾爲熙寧、元祐間人，豈有軾著此書而贊寧編次之理？其爲不通坊賈僞撰售欺，審矣。」〔註350〕輔以贊寧所言「愚著《物類相感志》」之語〔註351〕，故《郡齋讀書志》〔註352〕、《直齋書錄解題》、《文獻通考》、《宋史》〔註353〕、《古夫於亭雜

〔註348〕其卒年有二說：《佛祖歷代通載・卷十八・贊寧傳》載「至道二年（996）示寂」；《釋氏稽古略・卷四》載「咸平二年（999）」；《釋氏疑年錄・卷六》則錄「咸平四年（1001）」。此本《佛祖歷代通載・卷十八・贊寧傳》之說。

〔註349〕《四庫全書總目題要》錄：「《物類相感志》・十八卷。舊本題東坡先生撰，然蘇軾不聞有此書。又題僧贊寧編次。按晁公武《讀書志》及鄭樵《通志・藝文略》皆載《物類相感志》十卷，僧贊寧撰。是書分十八卷，既不相符。又贊寧爲宋初人，軾爲熙寧、元祐間人，豈有軾著此書而贊寧編次之理？其爲不通坊賈僞撰售欺審矣。且書以物類相感爲名，自應載琥珀拾芥磁石引針之屬，而分天、地、人、鬼、鳥、獸、草、木、竹、蟲、魚、寶器十二門隸事，全似類書，名實乖舛，尤徵其妄也。」見（清）紀昀等編：《四庫全書總目提要》，（臺北：藝文印書館，1969 年 3 月初版四刷），卷一百三十・子部四十・雜家類存目七・「《物類相感志》十八卷」條，頁 2579。

〔註350〕見（清）紀昀等編：《四庫全書總目提要》，（臺北：藝文印書館，1969 年 3 月初版四刷），卷一百三十・子部四十・雜家類存目七「《物類相感志》十八卷」條，頁 2579。

〔註351〕（宋）贊寧：《筍譜》云「愚著《物類相感志》，常寄書問天目舊友，問山中所出」。，收錄於《叢書集成新編》，（臺北：新文豐出版公司，1986 年），第 44 冊，頁 32。

〔註352〕（宋）晁公武：《郡齋讀書誌・》：「《物類相感誌》，十卷。右皇朝僧贊寧撰。采經籍傳記物類相感者誌之。分天、地、人、物四門。贊寧，吳人，以博物稱於世。柳如京、徐騎省與之遊，或就質疑事。楊文公、歐陽文忠公亦皆知其名。」見（宋）晁公武撰、孫猛校證：《郡齋讀書志校證》，（上海：上海古籍出版社，2006 年 6月），卷十二・雜家類「《物類相感誌》十卷」條，頁 525。

〔註353〕見《宋史・藝文志》錄：「釋贊寧《物類相感志》五卷。」（元）脫脫等修：《宋史》，（臺北：藝文印書館，1996 年 8 月初版四刷，《二十五史》影印清乾隆武英殿刊本），卷二百〇六・志第一百五十九・藝文五・小說類，頁 2460。

錄》〔註354〕等書皆作釋贊寧著之說，應爲可信。

另該書之卷數，有一卷、五卷、十卷、十八卷之歧說：主一卷者，如《直齋書錄解題・卷十・雜家類》、《四庫全書總目題要・雜家類存目七》著錄「《物類相感志》一卷」；主五卷者，如《宋書・藝文志・卷五・小說家類》題作五卷；主十卷者，如《宋書・藝文志・卷四・雜家類》、《通志・藝文略・卷六・雜家類》題十卷；主十八卷者，如《四庫全書總目題要・卷一百三十・雜家類存目七》錄「《物類相感志》十八卷」。〔註355〕周中孚《鄭堂讀書記補逸》以爲十卷爲全帙，一卷本爲刪節本。〔註356〕而《四庫全書總目提要》則曰「疑十八卷之本即因此本而衍之也」。〔註357〕

（3）引文舉例

《埤雅・卷八・釋鳥・鶩》引《物類相感志》曰：

> 《物類相感志》曰：「雞，鶩伏也。鶩不散遷，而又乘匹不妬，故或謂之匹。」

《埤雅・卷九・釋鳥・脊令》引《物類相感志》曰：

> 《物類相感志》曰：「俗呼雪姑，其色蒼白似雪，鳴則天當大雪，極爲驗矣。」

《埤雅・卷十三・釋木・穀》引《物類相感志》曰：

〔註354〕見（清）王士禎：《古夫於亭雜錄・卷三》：「《蜀中十志》以《物類相感志》十八卷爲東坡著，謬甚，不知何據。按此書是宋初僧贊寧著。」收錄於（清）永瑢、紀昀纂修：《景印文淵閣四庫全書》，（臺北：臺灣商務印書館，1986年3月），子部・雜家類，第870冊，頁629。

〔註355〕按：《四庫全書總目題要・卷一百三十・雜家類存目七》錄有二本《物類相感志》，一爲一卷，一爲十八卷。

〔註356〕見（清）周中孚《鄭堂讀書記補逸》：「晁氏諸家所載著乃其全帙，故有十卷，此本即陳氏所載著者，乃節錄本，故止一卷。」收錄於《宋元明清書目題跋叢刊》第十五，清代卷第九冊，（北京：中華書局，2006年6月），卷二十六，517。

〔註357〕《四庫全書總目提要・子部四十・雜家類存目七》「《物類相感志》一卷」條，載：「《物類相感志》・一卷。舊本題宋蘇軾撰。凡分身體、衣服、飲食、器用、藥品、疾病、文房、果子、蔬菜、花竹、禽魚、雜著十二門，共四百四十八條，皆療治及禁忌之事。疑十八卷之本即因此本而衍之也。」見（清）紀昀等編：《四庫全書總目提要》，（臺北：藝文印書館，1969年3月初版四刷），卷一百三十，頁2579。

橙亦橘屬，若柚而香，《物類相感志》曰：「葉有兩刻缺者」是也。

《埤雅‧卷十六‧釋草‧瓝》引《物類相感志》曰：

> 今俗蓄瓝之家不燒穰，種瓜之家不焚漆。《物類相感志》曰：「牛踏
> 蔓上則苦。」

15、《淮南子》，二十一卷，漢劉安撰。

（1）撰者生平

劉安，（前 179～前 12），西漢沛郡豐人，孝文八年（前 172），受封爲阜陵侯，孝文十六年（（前 164），文帝立厲王三子淮南故地，三分之：阜陵侯安爲淮南王，安陽侯勃爲衡山王，陽周侯賜爲廬江王。劉安以行陰德拊循百姓，有盛譽，故招致遊士多往歸附，依者有數千人於門下。西漢元狩元年（前 122），門客伍被自詣吏，具告與淮南王謀反事，劉安知其事敗自刎亡。事蹟具《史記‧卷一百一十八‧淮南衡山列傳第五十八》、《漢書‧卷四十四‧淮南衡山濟北王傳第十四》。

（2）解題

《淮南子》，一名《淮南鴻烈》、《劉安子》，劉向校定撰具，名之《淮南》。該書爲淮南王劉安率門客所著之作，其內容以道爲依歸，並雜採各家之說。《漢書‧卷三十‧藝文志第十‧雜家類》云：「《淮南內》二十一篇，王安。《淮南外》三十三篇。」〔註358〕今傳世僅見內篇：〈原道〉、〈俶真〉、〈天文〉、〈墬形〉、〈時則〉、〈覽冥〉、〈精神〉、〈本經〉、〈主術〉、〈繆稱〉、〈齊俗〉、〈道應〉、〈氾論〉、〈詮言〉、〈兵略〉、〈說山〉、〈說林〉、〈人間〉、〈脩務〉、〈泰族〉、〈要略〉等。至於注者有高誘及許愼二說〔註359〕。《隋書‧經籍志》、《舊唐書‧經籍志》、《新

〔註358〕 《漢書‧藝文志‧雜家類》云：「《淮南內》二十一篇。王安。《淮南外》三十三篇。」
顏師古注曰：「《內篇》論道，《外篇》雜說」。見（東漢）班固著，（唐）顏師古注，
（清）王先謙補注：《漢書補注》，（臺北：藝文印書館，1996 年 8 月初版四刷，《二
十五史》景印清乾隆武英殿刊本），頁 897。

〔註359〕 《隋書‧經籍志》錄「《淮南子》二十一卷，漢淮南王劉安撰，許愼注。《淮南子》
二十一卷，高誘注。」見（唐）魏徵撰：《隋書》，（臺北：藝文印書館，1996 年 8
月初版四刷，《二十五史》景印清乾隆武英殿刊本），頁 506；《舊唐書‧經籍志》
云「《淮南子注解》二十一卷，高誘撰」《新唐書‧藝文志》錄「許愼注《淮南子》

唐書‧藝文志》、《崇文總目‧雜家類》、《宋史‧藝文志》等皆錄許慎及高誘二家注。《直齋書錄解題‧卷十》及《郡齋讀書誌‧卷十二》則云「許慎注」〔註360〕；《四庫全書總目提要》則云「高誘注」〔註361〕。而今本《淮南子》注則爲後人將許注雜以高注互補而成。〔註362〕

二十一卷，《淮南王》劉安。高誘注《淮南子》二十一卷。」；《崇文總目‧卷五‧雜家類》錄「《淮南子》二十一卷，許慎注；《淮南子》二十一卷，高誘注」收錄於（清）永瑢、紀昀纂修：《景印文淵閣四庫全書》，（臺北：臺灣商務印書館，1986年3月），第674冊，頁62；《宋史‧藝文志》錄「許慎注《淮南子》二十一卷，高誘注《淮南子》十三卷」。

〔註360〕《直齋書錄解題》云：「《淮南鴻烈解》二十一卷，漢淮南王安與賓客撰。後漢太尉許慎叔重注。案《唐志》又有高誘注。今本既題許慎記上，而詳序文則是高誘，不可曉也。序言自誘之少，從同縣盧君，受其句讀。盧君者，植也。與之同縣，則誘乃涿郡人。又言建安十年辟司空掾，徐東郡濮陽令，十七年遷監河東。則誘乃漢末人，其出處略可見。」見（宋）陳振孫：《直齋書錄解題》，（臺北：臺灣商務印書館，1978年），卷十，頁292；《郡齋讀書誌》則錄「《淮南子》二十一卷，右漢劉安撰。淮南屬王長子也。襲封，招致儒士賓客講論道德，總統仁義，著內書二十一篇，號曰《鴻烈》。鴻，大也；烈，明也。以爲大明道之言也。避父諱，以『長』爲『修』。後漢許慎注。慎自名注曰『記上』。」見（宋）晁公武撰、孫猛校證：《郡齋讀書志校證》，（上海：上海古籍出版社，2006年6月），卷十二，頁509。

〔註361〕《四庫全書總目提要》：「《淮南子》二十一卷，內府藏本。漢淮南王劉安撰，高誘注。……《隋志》、《唐志》、《宋志》皆許氏、高氏二註並列。陸德明《莊子釋文》引《淮南子》註稱許慎，李善《文選》註、殷敬順《列子釋文》引《淮南子》註，或稱高誘，或稱許慎，是原有二註之明證。後慎註散佚，傳刻者誤以誘註題慎名也。觀書中稱景古影字，而慎《說文》無影字，其不出於慎審矣。」見（清）紀昀等編：《四庫全書總目提要》，（臺北：藝文印書館，1969年3月初版四刷），卷117，頁2346。

〔註362〕清勞格《讀書雜識‧卷二》云：「今《道藏》本題許慎記與陳氏所見本正同，據蘇序，高注篇名皆有因以題篇之語，訂正今本，知高注僅存十三篇，其〈繆稱〉、〈齊俗〉、〈道應〉、〈詮言〉、〈兵略〉、〈人間〉、〈泰族〉、〈要略〉八篇注皆無是句，又注方簡約，與高注頗殊，與諸書所引許注相合，當是許注無疑。較晁本少〈原道〉、〈俶眞〉、〈天文〉、〈時則〉、〈覽冥〉、〈精神〉、〈本經〉、〈主術〉、〈記論〉、〈說山〉、〈說林〉十一篇，多〈人間〉、〈泰族〉、〈要略〉三篇。高注十三篇。《宋史》亦作十三卷，僅據見存殘本而言耳。又蘇頌校本於高注所缺卷，但載本書，許注仍不敘錄，今本以許注補高本之缺者，蓋別是一本也。」收錄於《續修四庫全書》，（上

（3）引文舉例

《埤雅・卷一・釋魚・鮒》引《淮南子》曰：

《淮南子》曰：「月虛而魚腦減。」

按：此語見引於《淮南子・卷三・天文》。

《埤雅・卷二・釋魚・龜》引《淮南子》曰：

傳曰：「上有叢蓍，下有伏龜」則龜筮之必相爲用，非特人故抑天理
也。

按：此見於《淮南子・卷十六・說山》。

《埤雅・卷二・釋魚・蟹》引《淮南子》曰：

《淮南子》曰：「漆見蟹而不乾，此類之不推者也。」

按：此見於《淮南子・卷十六・說山》。

《埤雅・卷二・釋魚・蟾蜍》引《淮南子》曰：

蝦蟆一名蟾蜍，蓋蝦蟆背有黑點，身小，能跳接白蟲，善鳴，與蟾
蜍不類，故《淮南子》以爲「釋大道而任小數，無以異於使蟹捕鼠，
蟾蜍捕蚤，不足以禁姦塞邪。」

按：此見於《淮南子・卷一・原道》。

《埤雅・卷二・釋魚・蚌》引《淮南子》曰：

《淮南子》所謂「日至而麋鹿解。月死而螺蚌膲」

按：此見於《淮南子・卷三・天文》。「螺蚌」原文作「蠃蛖」，且此引文《埤雅》
有所刪節，原文作「日至而麋鹿解。月者，陰之宗也，是以月虛而魚腦減，
月死而蠃蛖膲。」

《埤雅・卷二・釋魚・嘉魚》引《淮南子》曰：

《淮南子》曰：「罩者抑之，罾者舉之，爲之雖異，得魚一也。」

海：上海古籍出版社，2006 年 6 月），子部・雜家類，第 1163 冊，頁 206～207。

余嘉錫《四庫提要辨證・卷十四》亦云：「《直齋書錄》所載之許注二十一卷，不
云有所殘缺，蓋已用兩本互補。」見余嘉錫：《四庫提要辨證》上冊，（昆明：雲
南人民出版社，2004 年 11 月），卷十四，頁 703。

按：此見於《淮南子・卷十七・說林》，然「罾者」作「罣者」；「爲之」下無「雖」
　　字，原文爲「罩者抑之，罣者舉之；爲之異，得魚一也。」

　　《埤雅・卷四・釋獸・貓》引《淮南子》曰：

　　　　《淮南子》曰：「伊尹之興土功也，修脛者使之蹠鍤，強脊者使之負
　　　　土，眇者使之准，傴者使之塗。」

按：此見於《淮南子・齊俗》。

　　《埤雅・卷六・釋鳥・鵲》引《淮南子》曰：

　　　　《淮南子》曰：「太陰所建，蟄蟲首穴而處，鵲巢鄉而爲戶。」又曰：
　　　　「蟄蟲、鵲巢，皆向天一」。

按：「太陰所建，……」見於《淮南子・卷三・天文》；「蟄蟲、鵲巢，皆向天一」
　　則見於《淮南子・卷十三・氾論》。

　　《埤雅・卷十・釋蟲・蛞蜍》引《淮南子》曰：

　　　　《淮南子》曰：「周鼎著倕，使銜其指，以明大巧之不可爲」。

按：此見於《淮南子・卷八・本經》〔註363〕。

　　《爾雅新義・卷二・釋詁》「閔、逐、疚、痗、瘥、痱、癙、瘵、瘼、癠、
病也。」條引《淮南子》曰：

　　　　《淮南子》曰：「狸頭已瘺。」瘺，瘡也。

按：此引自《淮南子・說山》，然此引文有所刪併，原文作：「<u>狸頭愈鼠，雞頭</u>
　　<u>已瘺</u>。」

　　《爾雅新義・卷十三・釋草》「萿，麋舌」條引《淮南子》曰：

　　　　《淮南子》曰：「齒堅於舌，而先之敝。」

按：此引自《淮南子・原道》。

　　《爾雅新義・卷十六・釋鳥》「鷑鳩，鵧鷑」條引《淮南子》曰：

〔註363〕此語亦見於《淮南子・道應》，然有若干差異，如「銜」作「齕」，「以明」上有「先
　　　　王」二字。其原文爲：「夫言有宗，事有本。失其宗本，技能雖多，不若其寡也。
　　　　故周鼎著倕而使齕其指，先王以見大巧之不可也。」收錄於《新編諸子集成》，（臺
　　　　北：世界書局，1991年5月），第七冊，卷十二，頁208。

《淮南子》曰：「鳥力勝日，而服於雛禮」

按：此引自《淮南子·說林》。

（七）類書類

1、《三教珠英》，一千三百一十三卷，唐張昌宗等編。

（1）撰者生平

唐張昌宗等撰。張昌宗（？～705），唐定州義豐人。通天二年（697），武后臨朝，經太平公主引薦，與兄易之具侍於宮。因承辟陽之寵，故時拜雲麾將軍，行左千牛中郎將；信宿，加銀青光祿大夫，俄加左散騎常侍。每有宴集，則武后常詔張氏兄弟飲博嘲謔為樂，以此聲名狼籍，武后為美張昌宗之醜聲，乃令張昌宗率同文學之士李嶠、閻朝隱，徐彥伯、張說、宋之問、崔湜、富嘉謨等二十六人〔註364〕，分門撰集《三教珠英》於內。書成，加昌宗司僕卿，封鄴國公，後武后春秋高，張昌宗兄弟專政，神龍元年（705）正月，武后病篤，是月二十日，崔玄暐、張柬之等人率兵誅張氏兄弟於迎仙院。《全唐詩》卷八〇錄存其詩三首。事蹟附見於《舊唐書·卷七八·張行成傳》、《新唐書·卷一〇四·張行成傳》。

（2）解題

武后於聖曆初（698）以《禦覽》及《文思博要》諸書多未周詳為由，令張昌宗召李嶠、閻朝隱、等人同撰。長安元年（701）十一月十二日書成，以張昌宗領銜上之。全書共一千三百卷，目錄十三卷〔註365〕，是書乃集舊典及佛、道二教之事典，故以「三教」名之。開成初（836）改名《海內珠英》。《新唐書·藝文志·類書類》曰：

《三教珠英》一千三百卷，目十三卷，張昌宗、李嶠、崔湜、閻朝

〔註364〕《郡齋讀書志》則有四十七人之說，其言：「《珠英學士集》五卷，右唐武後朝，詔武三思等修《三教珠英》一千三百卷，預修書者凡四十七人。」見（宋）晁公武撰、孫猛校證：《郡齋讀書志校證》，（上海：上海古籍出版社，2006年6月），卷二十，「《珠英學士集》五卷」條，頁1059。

〔註365〕見《舊唐書·經籍志》載：「《三教珠英》并目一千三百一十三卷，張昌宗等撰。」見（後晉）劉昫等撰：《舊唐書》，（臺北：藝文印書館，1996年），卷四十七·志第二十七·經籍下·類事類，頁980。

隱、徐彥伯、張說、沈佺期、宋之問、富嘉謨、喬侃、員半千、薛
曜等撰。開成初改爲《海内珠英》，武后所改字並復舊。〔註366〕

《郡齋讀書志》卷十四則曰：

> 《三教珠英》三卷。右唐張昌宗等撰。按《唐志》一千三百卷，今
> 所存者止此。〔註367〕

由是可知宋時仍存三卷，然今已亡佚。

（3）引文舉例

《埤雅·卷十·釋蟲·蚰蜒》引《三教珠英》云：

> 《三教珠英》曰：「蝸蚰見蛇，能以氣禁之。」蓋土勝水，故蚰蜒搏
> 蛇。

《埤雅·卷十·釋蟲·蟦蠐》引《三教珠英》云：

> 《三教珠英》曰：「蒿成蟦蠐」。

（八）小說家類

1、《博物志》十卷，舊題晉張華撰。

（1）撰者生平

張華（232～300），字茂先。西晉范陽方城人。少貧而好學，曾因孤貧而以
牧羊爲業。魏末，以〈鷦鷯賦〉自寄而聞於世，爲郡守鮮於嗣薦爲太常博士、
遷著作郎、長史兼中書郎等職。入晉，拜黃門侍郎，封關内侯，數歲，拜中書
令，後加散騎常侍。武帝時，因力主伐吳有功，進封爲廣武縣侯。惠帝時拜右
光祿大夫、侍中、中書監、司空等職，後爲司馬倫所害而遭誅。《隋書·經籍志》
載《張華集》十卷，今佚。事蹟見《晉書·列傳第六·張華傳》。

（2）解題

《博物志》一書多著錄山川名物、異聞譎怪、神仙方術等事，故《郡齋讀

〔註366〕見（宋）歐陽修等撰：《新唐書》：（臺北：藝文印書館，1996 年），卷五十九·藝
文志第四十九·藝文三·類書類，頁 693。

〔註367〕見（宋）晁公武撰、孫猛校證：《郡齋讀書志校證》，（上海：上海古籍出版社，2006
年 6 月），卷十四，頁 655。

書志・小說類》曰該書：「載歷代四方奇物異事。」〔註368〕晉王嘉則於《拾遺記》中曾言該書成書過程，曰：

> 華好觀秘異圖緯之部，捃采天下遺逸，自書契之始，考驗神怪及世間閭裡所說，造《博物志》四百卷，奏於武帝。帝詔詰問：「卿才綜萬代，博識無倫，然記事采言，亦多浮妄，⋯⋯可更芟翦浮疑，分為十卷」〔註369〕。

《隋書・志第二十九・經籍三・雜家類》、《舊唐書・經籍志・小說家類》、《新唐書・藝文志・小說家類》、《宋史・藝文志・雜家類》、《直齋書錄解題・雜家類》〔註370〕等皆載張華撰《博物志》十卷。然清姚際恆《古今偽書考》以為「此書淺猥無足觀，決非華作」，《四庫全書總目提要・卷一四二・子部五十二・小說家類三》則以舊籍所引內容與今所見之本所錄內容多有不合，而以為今本非舊本，曰：

> 或原書散佚，好事者掇取諸書所引《博物志》，而雜采他小說以足之。故證以《藝文類聚》、《太平御覽》所引，亦往往相符。其餘為他書所未引者，則大抵剽剟《大戴禮》、《春秋繁露》、《孔子家語》、《本草經》、《山海經》、《拾遺記》、《搜神記》、《異苑》、《西京雜記》、《漢武內傳》、《列子》諸書，餖飣成帙，不盡華之原文也。〔註371〕

（3）引文舉例

《埤雅・卷三・釋獸・麇》引《博物志》曰：

> 《博物志》曰：「麋掘澤草而食，其場成泥，名曰麋暖。民隨此暖種稻，不耕而穫其收百倍。」〔註372〕

〔註368〕見（宋）晁公武撰、孫猛校證：《郡齋讀書志校證》，（上海：上海古籍出版社，2006年6月），卷十三・小說類「博物志」條，頁543。

〔註369〕見（清）紀昀等編：《四庫全書總目提要》，（臺北：藝文印書館，1969年3月初版四刷），卷一四二・子部五十二・小說家類三「博物志」條，頁2805。

〔註370〕見（宋）陳振孫：《直齋書錄解題》，（臺北：臺灣商務印書館，1978年），卷十，雜家類，「博物志十卷」條，頁294。

〔註371〕見（清）紀昀等編：《四庫全書總目提要》，（臺北：藝文印書館，1969年3月初版四刷），卷一四二・子部五十二・小說家類三「博物志」條，頁2805。

〔註372〕此屬佚文，未見於《博物志》，然見諸於諸書所徵引處有三，於此羅列之：

　　1、《後漢書・郡國志第二十一・郡國三・徐州》：「東陽：故屬臨淮。有長洲澤，

按：此文未見於《博物志》，僅見於《後漢書》及《太平禦覽》等書徵引。且「麋暖」當作「麋畯」，「暖」當作「畯」。

《埤雅・卷三・釋獸・豹》引《博物志》曰：

《博物志》曰：「豹死守窟」〔註373〕。

按：此文未見於《博物志》，僅見於《北堂書鈔》所徵引。

《埤雅・卷六・釋鳥・鵲》引《博物志》曰：

《博物志》云：「鵲背太歲。」〔註374〕

按：「背」字上脫「窠」字。

《埤雅・卷六・釋鳥・鴈》引《博物志》曰：

《博物志》曰：「鴻毛爲囊，可以渡江不漏」〔註375〕。

按：此文未見於《博物志》，見諸於《意林・卷六》所徵引，而「鴻毛爲囊，可以渡江不漏」作「取鴻毛縑囊貯之，可以渡江不溺。」

吳王濞太倉在此」，劉昭注「有長洲澤」處云：「縣多麋，《博物記》曰：『十千爲羣，掘食草根其處泥，名曰麋畯。民人隨此畯種稻，不耕而穫其收百倍。』」見（南朝宋）范曄撰，（唐）章懷太子賢注，（梁）劉昭補志，（清）王先謙集解：《後漢書集解》，（臺北：藝文印書館，1996 年 8 月初版四刷，《二十五史》景印清乾隆武英殿刊本），頁 1263。

2、《太平御覽・卷八百三十九・稻》引《博物志》：「海陵縣扶江接海，多麋獸，千百爲羣，掘食草根，其處成泥，名麋畯。民人隨此畯種稻，不耕而穫，其收百倍。」

3、《本草注》卷五十：「南方麋千百爲羣，食澤草踐處泥，名曰麋畯。人困耕穫之，其鹿所息處謂之鹿場也。」

〔註373〕見《北堂書鈔・第一百五十七・地部一・窟篇十二》：「豹窟，《博物志》云：『豹死守窟』。」收錄於《續修四庫全書》，（上海：上海古籍出版社，2006 年 6 月），子部・類書類，第 1213 冊，頁 124。

〔註374〕《博物志・物性》云：「鵲巢門戶背太歲，得非才智也。」，收錄於《百子全書》第十六冊，（臺北：古今文化出版社，1963 年），卷四，頁 9953。

〔註375〕（唐）馬總：《意林・卷六》「淮南萬畢術一卷」條錄：「取鴻毛縑囊貯之，可以渡江不溺。」。收錄於《續修四庫全書》，（上海：上海古籍出版社，2006 年 6 月），第 1188 冊，頁 90。

《埤雅・卷七・釋鳥・孔雀》引《博物志》曰：

> 《博物志》曰：「孔雀尾多變色，或紅或黃。喻如雲霞，其色無定，
> 人拍其尾則舞。尾有金翠，五年而後成。始生三年，金翠尚小，初
> 春乃生，三四月後復凋，與花萼俱衰榮。雌者不冠，尾短，無金翠。
> 人採其尾以飾扇拂，生取則金翠之色不減。南人取其尾者，握刀蔽
> 於叢竹潛隱之處，伺過，急斬其尾。若不即斷，回首一顧，金翠無
> 復光彩。性頗妒忌，自矜其尾，雖馴養已久，遇婦人、童子服錦綵
> 者，必逐而啄之。每欲山棲，先擇置尾之地，故欲生捕者候雨甚，
> 往擒之，尾霑而重，不能高翔，人雖至，且愛其尾，不復騫揚也」
> 〔註376〕。

按：此文未見於《博物志》，僅見於《埤雅》所徵引。

2、《山海經》十八卷，舊題夏禹及益作，郭璞注。

（1）撰者生平

舊或題夏禹及益所記，如西漢劉歆〈校上山海經表〉曰：

> 侍中奉車都尉光祿大夫臣秀頒校祕書言校祕書太常屬臣望所校《山
> 海經》凡三十二篇，今定為一十八篇，已定。《山海經》者，出於唐
> 虞之際……禹別九州，任土作貢；而益等類物善惡，著《山海經》
> 〔註377〕。

《吳越春秋》、《論衡》、《顏氏家訓》、《郡齋讀書志》等皆本此說，然《漢書・
藝文志》則不著撰者，宋・尤袤《山海經・跋》則以為：

> 《山海經》夏禹為之，非也……為先秦書。〔註378〕

《四庫全書總目》亦曰：

〔註376〕見《埤雅・卷七・釋鳥・孔雀》。收錄於（清）永瑢、紀昀纂修《景印文淵閣四庫
全書》，（臺北：臺灣商務印書館，1986 年 3 月），第二二二冊，頁 118。

〔註377〕劉歆〈上《山海經》表〉，收錄於（清）嚴可均校輯：《全上古三代秦漢三國六朝
文・全漢文》，（北京：中華書局，1999 年 6 月），卷 40，頁 347。

〔註378〕見張心澂：《偽書通考・史部・地理》，（臺北・宏業書局，1975 年 6 月），「山海
經」條，頁 574。

觀書中載夏後啓、周文王及秦、漢長沙、象郡、餘暨、下雋諸地名，
斷不作於三代以上，殆周、秦間人所述，而後來好異者又附益之歟？
〔註379〕

故《山海經》之作者爲夏禹之說應不可信，當爲先秦間之作。〔註380〕今所傳之
本則爲晉郭璞所注之書。

郭璞（276～324），字景純，東晉河東聞喜縣人。博學多才，好古文，富文
采，《晉書·郭璞傳》稱「詞賦爲中興之冠」，又精於陰陽、蔔筮之術。西晉末，
時局紊亂，舉家避禍東南，歷任宣城、丹陽參軍。元帝時重其才氣，以爲著作
佐郎，遷尚書郎，後將軍王敦任爲記室參軍，王敦欲舉兵，令郭璞筮之，因卦
筮違王敦之意而遭誅，後追賜「弘農太守」。事蹟見《晉書·卷七十二·列傳第
四十二·郭璞傳》。

（2）解題

《山海經》書中述山水，並參以神怪，爲地理博物志及小說之最古者。全
書十八卷，分：「山經」五卷、「海經」八卷、「大荒經」四卷、「海內經」一卷，
載古之邦國、山川河道及風土物產等，亦錄古之動物誤、植物、神話等。而其
卷數歷來有十三、十八、二十三、三十二等不同之說，如：主十三卷者，如：《漢
書·藝文志·數術略·形法家》著：「《山海經》十三篇。」；主十八卷者，如：
劉歆〈校上《山海經》表〉「所校《山海經》凡三十二篇，今定爲一十八篇」，《舊
唐書·經籍志·地理類》著：「《山海經》十八卷。」，《郡齋讀書志·地理類》、
《直齋書錄解題·地理類》、《四庫全書總目·子部·小說家類》亦有相同之說；
主二十三卷者，如：《晉書·郭璞傳》及《新唐書·藝文志·地理類》著：「《山
海經》二十三卷」。就卷帙之異，《四庫全書總目》曾曰：

《隋》、《唐》二志皆云二十三卷，今本乃少五卷，疑後人幷其卷帙，
以就劉秀奏中一十八篇之數，非關佚也。隋、唐志又有郭璞《山海

〔註379〕見（清）紀昀等編：《四庫全書總目提要》，（臺北：藝文印書館，1969 年 3 月初
版四刷），卷一百四十二·子部五十二·「山海經」條，頁 2785。

〔註380〕《山海經》之作者另有其他見解，如：（1）衞聚賢則以爲《山海經》之作者或爲
墨子之徒，（2）日人小川琢治以爲「其在東周都洛陽時所成」（3）袁珂則以爲《山
海經》是楚人所作，始於戰國，成於漢初。見張心澂：《僞書通考·史部·地理》
「山海經」條，（臺北·宏業書局，1975 年 6 月），頁 578～586。

經圖贊》二卷，今其贊猶載璞集中，其圖則《宋志》已不著錄，知久佚矣。舊本所載劉秀奏中，稱其書凡十八篇，與《漢志》稱十三篇者不合。《七略》即秀所定，不應自相牴牾，疑其贋托。然璞序已引其文，相傳既久，今仍並錄焉。〔註381〕

清郝懿行《山海經箋疏·敘》則以爲：

《山海經》古本三十二篇，劉子駿校定爲一十八篇，即郭景純所傳是也。今考〈南山經〉三篇，〈西山經〉四篇，〈北山經〉三篇，〈東山經〉四篇，〈中山經〉十二篇，並〈海外經〉四篇，〈海內經〉四篇，除〈大荒經〉已下不數，已得三十四篇，則與古經三十二篇之目不符也。《隋書·經籍志》：「《山海經》二十三卷」，《舊唐書》「十八卷，又《圖讚》二卷，《音》二卷，竝郭璞撰」；此則十八卷，又加四卷，才二十二卷，復與〈經籍志〉二十三卷之目不符也。《漢書·藝文志》：「《山海經》十三篇」，在形法家，不言有十八篇。所謂十八篇者，〈南山經〉至〈中山經〉本二十六篇合爲〈五臧山經〉五篇，加〈海外經〉已下八篇，及〈大荒經〉已下五篇爲十八篇也。所謂十三篇者，去〈荒經〉已下五篇，正得十三篇也。古本此五篇皆在外，與經別行，爲釋經之外篇。及郭作傳，據劉氏定本，復爲十八篇，即又與〈藝文志〉十三篇之目不符也。〔註382〕

（3）引文舉例

《埤雅·卷三·釋獸·羊》引《山海經》曰：

《山海經》曰：「縣以吉玉」，縣，山祭也，肆師立大祀用玉帛牲牷，而今此山川更言玉者，則以祈祭故也。

按：此引自《山海經·卷五·山經第五·中山經》載：「凡薄山之首，自甘棗之山至於鼓鐙之山，凡十五山，六千六百七十里。歷兒，塚也，其祠禮：『毛，

〔註381〕見（清）紀昀等編：《四庫全書總目提要》，（臺北：藝文印書館，1969 年 3 月初版四刷），卷一百四十二·子部五十二·「山海經」條，頁 2785。

〔註382〕《《山海經箋疏》·敘》一文見（晉）郭璞撰，（清）郝懿行箋疏《山海經箋疏》，收錄於《續修四庫全書》，（上海：上海古籍出版社，2006 年 6 月），第 1264 冊，頁 278。

太牢之具；<u>縣以吉玉</u>』」。〔註383〕另《叢書集成新編》五雅本及天運庚辰刊康熙間印本則將「祈」誤作爲「其」。

《埤雅・卷五・釋獸・騶虞》引《山海經》曰：

　　《山海經》曰：「騶虞，五采畢具，尾長於身，乘之，日行千里。」

按：此引自《山海經・第十二・海內北經》，然引文有所刪節，原文作：「林氏國有珍獸，大若虎，<u>五采畢具，尾長於身</u>，名曰騶吾，<u>乘之，日行千里。</u>」

〔註384〕

《埤雅・卷八・釋鳥・鸞》引《山海經》曰：

　　《山海經》曰：「鸞鳥自歌，鳳鳥自舞」

按：此引自《山海經・卷十五・海經第十・大荒南經》，原文爲：「有載民之國。帝舜生無淫，降載處，是謂巫載民。巫載民盼姓，食穀，不績不經服也；不稼不穡，食也。爰有歌舞之鳥，<u>鸞鳥自歌，鳳鳥自舞</u>。爰有百獸，相群爰處。百穀所聚。」〔註385〕

3、《述異記》，二卷，舊題梁任昉撰。

（1）撰者生平

　　任昉（460～508），字彥昇，梁樂安博昌人。仕宋、齊、梁三代，南朝宋時，丹陽尹劉秉辟爲主簿，舉爲兗州秀才，拜太常博士。入齊任丹陽主簿、竟陵王記室參軍，明帝崩，遷中書侍郎。永元末，爲司徒右長史。梁天監二年（503），出爲義興太守。六年（507）春，出爲寧朔將軍、新安太守。天監七年（508）卒於官。事蹟見《梁書・卷十四・列傳第八・任昉傳》。

〔註383〕見（晉）郭璞撰，（清）郝懿行箋疏《山海經箋疏・卷五・山經第五・中山經》。收錄於《續修四庫全書》，（上海：上海古籍出版社，2006年6月），第1264冊，頁173。

〔註384〕見（晉）郭璞撰，（清）郝懿行箋疏《山海經箋疏・第十二・海內北經》收錄於《續修四庫全書》，（上海：上海古籍出版社，2006年6月），第1264冊，頁218。

〔註385〕見（晉）郭璞撰，（清）郝懿行箋疏《山海經箋疏・卷十五・海經第十・大荒南經》，收錄於《續修四庫全書》，（上海：上海古籍出版社，2006年6月），第1264冊，頁230。

（2）解題

《述異記》采諸小說而成，多綴緝瑣語、錄有神怪軼聞之事，《郡齋讀書志》
云：

> 《述異記》二卷，右梁任昉撰。昉家藏書三萬卷。天監中，采輯前
> 代之事，纂新《述異》，皆時所未聞，將以資後來屬文之用，亦博物
> 之意。〔註386〕

至於作者，歷來則有歧說，歷來書志、藝文志所載有二說：一爲南齊祖沖之所
撰，如：《隋書·經籍志·雜傳類》〔註387〕、《舊唐書·卷五十·志第二十六·
經籍上·雜傳類》、《新唐書·藝文志·卷五十九·志第四十九·藝文三·小說
類》皆作「《述異記》十卷祖沖之撰。」，然此書唐中葉已亡佚，今僅存輯本。
而晁公武對此說持反對之見解，其曰：

> 《唐志》以爲祖同所作，誤也〔註388〕

一爲梁任昉所撰，就今傳任昉《述異記》觀之，《隋書》、新舊《唐書》皆未著
錄。宋時，《崇文總目》、《郡齋讀書志》等始載之。

然究書中之內容，或間有任昉死後之事，故後人多以爲是書爲中唐之後，
世人雜採類書所引《述異記》，益以他書雜記，而成是書二卷，屬後人僞託。〔註
389〕《四庫全書總目》即曰：

> 《述異記》，二卷。舊本題梁任昉撰。……此書《宋志》始著錄，卷
> 數與今本相符。晁公武《讀書志》曰：「昉家藏書三萬卷。天監中采
> 輯先世之事，纂新述異，皆時所未聞，將以資後來屬文之用，亦《博
> 物志》之意。《唐志》以爲祖沖之所作，誤也。」案：《隋志》先有

〔註386〕見（宋）晁公武撰、孫猛校證：《郡齋讀書志校證》，（上海：上海古籍出版社，2006
　　　　年6月），卷十三·小說類「述異記」條，頁546。

〔註387〕《隋書·經籍志·雜傳類》錄：「《述異記》十卷祖沖之撰。」見（唐）魏徵撰：《隋
　　　　書》，（臺北：藝文印書館，1996年8月初版四刷，《二十五史》景印清乾隆武英
　　　　殿刊本），卷三十三·志第二十八·經籍志·雜傳類，頁496。

〔註388〕見（宋）晁公武撰、孫猛校證：《郡齋讀書志校證》，（上海：上海古籍出版社，2006
　　　　年6月），卷十三·小說類「述異記」條，頁546。

〔註389〕見張心澂：《僞書通考》，（臺北·宏業書局，1975年6月），子部·小說家「述異
　　　　記」條中之說，頁881。

祖沖之《述異記》十卷,《唐志》蓋沿其舊文,以爲別自一書,則可；以爲誤題祖沖之,則史不誤而公武反誤矣。其書文頗冗雜,大抵剿剟諸小說而成。……考昉本傳,稱著《雜傳》二百四十七卷,《地志》二百五十二卷,文章三十三卷,不及此書。且昉卒於梁武帝時,而下卷「地生毛」一條云,「北齊武成河清年中」。案：河清元年壬午,當陳天嘉三年,周保定二年,後梁蕭歸天保元年,距昉之卒久矣,昉安得而記之？其爲後人依託,蓋無疑義。……考《太平廣記》所引《述異記》,皆與此本相同,則其僞在宋以前。其中桃都天雞事,溫庭筠雞鳴埭歌用之；燕昭王爲郭隗築台事,白居易《六帖》引之；則其書似出中唐前。蛇珠龍珠之諺乃剽竊《灌畦暇語》,則其書又似出中唐後。或後人雜采類書所引《述異記》,益以他書雜記,足成卷帙,亦如世所傳張華《博物志》歟？〔註390〕

（3）引文舉例

《埤雅‧卷一‧釋魚‧鮫》引《述異記》云：

> 《述異記》曰：「南海有鮫人之室,水居如魚,不廢機織,其眼能泣則出珠。」〔註391〕

《埤雅‧卷一‧釋魚‧鱛》引《述異記》云：

> 《述異記》曰：「蟒蛇：目圓、蛟眉、連生」連生則交矣。

按：此引自《述異記》,原文作：「虎頭、龍足、蟒目、蛟眉」注云：「蟒虵：目圓,蛟眉,連生。」〔註392〕

《埤雅‧卷八‧釋鳥‧燕》引《述異記》云：

> 《述異記》曰：「燕之千年生胡髯」。〔註393〕

〔註390〕見（清）紀昀等編：《四庫全書總目提要》,（臺北：藝文印書館,1969年3月初版四刷）,卷一百四十二‧子部五十二‧小說家類三‧瑣記之屬「述異記」條,頁2806。

〔註391〕見《述異記》卷下。收錄於（清）永瑢、紀昀纂修：《景印文淵閣四庫全書》,（臺北：臺灣商務印書館,1986年3月）,子部‧小說家類,第1047冊,頁634。

〔註392〕見《述異記》卷上。收錄於（清）永瑢、紀昀纂修：《景印文淵閣四庫全書》,（臺北：臺灣商務印書館,1986年3月）,子部‧小說家類,第1047冊,頁613。

〔註393〕見《述異記》卷上。收錄於（清）永瑢、紀昀纂修：《景印文淵閣四庫全書》,（臺

《埤雅・卷十・釋蟲・蛇》引《述異記》云：

> 《述異記》曰：「凡珠有龍珠，龍所吐者；蛇珠，蛇所吐也。語曰：
> 『蛇珠千枚，不如一玫瑰。』言蛇珠賤也」。

按：此引文《埤雅》多有刪節，如：「所吐也」，《述異記》作「所吐者」；「語」，作「南海俗諺」；「不如一玫瑰」作「不及玫瑰」。其原文爲「凡珠有龍珠，龍所吐者；虵珠，虵所吐者。南海俗諺云：『虵珠千枚，不及玫瑰。』亦虵珠賤也。」〔註394〕

《埤雅・卷十四・釋木・楸》引《述異記》云

> 《述異記》曰：「越人多橘柚園，歲出橘稅，謂之橙橘戶。」

按：此引文多有衍闕，如：「越人多橘柚園」，衍「人」；「歲出橘稅」闕「越人」二字；「謂之」，衍「之」字。原文作「越人多橘柚園，越人歲多橘稅，謂橙橘戶。」〔註395〕

4、《朝野僉載》，六卷，唐張鷟撰。

（1）撰者生平

張鷟（？～730），字文成，號浮休子。唐深州陸澤人，上元二年（675）登進士第，授岐王府參軍。曾應舉八次，皆登甲科。再授長安尉，遷鴻臚丞。開元初，以語多譏刺爲禦史李全交所糾，坐貶嶺南。後因刑部尚書李日知奏論，乃改移於近處。開元中，卒於司門員外郎之職。著有《遊仙窟》、《朝野僉載》等。事蹟見附《舊唐書・卷一四九・列傳第九十九・張薦傳》、《新唐書・卷一百七十四・列傳第八十六・張薦傳》、《朝野僉載》。

（2）解題

《新唐書・雜傳記類》和《宋史・傳記類》著錄《朝野僉載》爲二十卷，《直齋書錄解題》則載一卷，屬刪節本〔註396〕。今傳世者則爲六卷本，多記唐朝雜

北：臺灣商務印書館，1986 年 3 月），第 1047 冊，頁 623。

〔註394〕見《述異記》卷上。收錄於（清）永瑢、紀昀纂修：《景印文淵閣四庫全書》，（臺北：臺灣商務印書館，1986 年 3 月），第 1047 冊，頁 614。

〔註395〕見《述異記》卷上。收錄於（清）永瑢、紀昀纂修：《景印文淵閣四庫全書》，（臺北：臺灣商務印書館，1986 年 3 月），第 1047 冊，頁 617。

〔註396〕《直齋書錄解題》曰：「《朝野僉載》，一卷。唐司門郎中饒陽張鷟文成撰，其書本

事。《四庫全書總目提要》曰：

> 《朝野僉載》，六卷，舊本題唐張鷟撰。鷟有《龍筋鳳髓判》已著錄，
> 此書《新唐書·藝文志》作三十卷〔註397〕，《宋史·藝文志》作《僉
> 載》二十卷，又《僉載補遺》三卷；《文獻通考》則但有《僉載補遺》
> 三卷，此本六卷參考諸書皆不合。晁公武《讀書志》又謂其分三十
> 五門。而今本乃逐條聯綴不分門目，亦與晁氏所記不同。……按尤
> 袤《遂初堂書目》亦分《朝野僉載》及《僉載補遺》爲二書，疑《僉
> 載》乃鷟所作，《補遺》則爲後人附益。凡闌入中唐後事者，皆應爲
> 《補遺》之文，而陳振孫所謂書本三十卷，此其節署者，當卽此本。
> 蓋嘗經宋人摘錄，合《僉載》、《補遺》爲一，刪併門類，已非原書，
> 又不知何時析三卷爲六卷也。其書皆紀唐代故事，而於諧噱荒怪，
> 纖悉臚載，未免失於纖碎，故洪邁《容齋隨筆》譏其記事瑣雜摘裂，
> 且多媟語。然耳目所接，可據者多，故司馬光作《通鑑》亦引用之，
> 兼收博采，固未嘗無裨於見聞也。〔註398〕

（3）引文舉例

《埤雅·卷九·釋鳥·雀》引《朝野僉載》曰：

> 《朝野僉載》曰：「叱雀官倉，猶是向公，故書之。所貴者，意也。」

按：查今存之《朝野僉載》六卷，未見載此文，然據《古諺謠》卷五十七所載
「張鷟引諺：《朝野僉載》逸文：『官倉喝雀。猶是向公。』」〔註399〕由此

三十卷。此特其節署爾，別求之未獲。鷟，自號浮休子。」此云「三十卷」，疑爲
「二十卷」之誤。見（宋）陳振孫：《直齋書錄解題》，（臺北：臺灣商務印書館，
1978年），卷十一，頁307。

〔註397〕按：《新唐書·藝文志·雜傳記類》載：「張鷟《朝野僉載》二十卷，自號浮休子。」
據此可知，《四庫全書總目提要》所言「三十」應爲「二十」之誤。見（宋）歐陽
修等撰：《新唐書》：（臺北：藝文印書館，1996年），卷五十八·志第四十八·藝
文二·雜傳記類，頁669。

〔註398〕見（清）紀昀等編：《四庫全書總目提要》，（臺北：藝文印書館，1969年3月初
版四刷），卷一百四十·子部五十·小說家類一·雜事之屬，頁2375。

〔註399〕見（清）杜文瀾：《古諺謠》卷五十七。收錄於《續修四庫全書》，（上海：上海古
籍出版社，2006年6月），第1601冊，頁508。

可知，此爲《朝野僉載》之佚文。

《埤雅・卷十二・釋馬・馬》引《朝野僉載》曰：

> 《朝野僉載》曰：「伯樂令其子執《馬經》畫樣以求馬，經年無有似
> 者。歸以告父，乃更令求之，出見大蝦蟆，謂其父曰：『得一馬，略
> 與相同，而不能具。』伯樂曰：『何也？』對曰：『其馬隆顙趺目，
> 但蹄不如累麴爾。』伯樂曰：『此馬好跳躑，不堪禦也。』」

按：此引自《朝野僉載》卷六，然略有所增補刪節，原文爲「神童每說<u>伯樂令
其子執《馬經》畫樣以求馬，經年無有似者。歸以告父，乃更令求之，出
見大蝦蟆，謂父曰：『得一馬，略與相同，而不能具。』伯樂曰：『何也？』
對曰：『其隆顙趺目脊都縮</u>，但蹄不如累趜爾。』伯樂曰：『<u>此馬好跳躑，
不堪也。</u>』」〔註400〕，另《埤雅》各本皆作「麴」，然此「麴」應爲「趜」
之誤。

5、《酉陽雜俎》，二十卷，唐段成式傳。

（1）撰者生平

段成式（803～863），字柯古，齊州臨淄人。以蔭入爲祕書省校書郎，累遷
尙書郎。歷吉州、處州、江州刺史等職，官至太常少卿。事蹟見附《舊唐書・
卷一百六十七・列傳第一百一十七・段文昌傳》、《新唐書・卷八十九・列傳第
十四・段志玄傳》。

（2）解題

該書之撰寫動機，段氏於《酉陽雜俎・自序》曾提及，其曰：

> 固服縫掖者，肆筆之餘，及怪及戲，無侵於儒。無若詩書之味大羹，
> 史爲折俎，子爲醯醢也。炙鴞羞鱉，豈容下箸乎？固役而不恥者，
> 抑志怪小說之書也。成式學落詞曼，未嘗覃思，無崔駰眞龍之歎，
> 有孔璋畫虎之譏。飽食之暇，偶錄記憶，號《酉陽雜俎》，凡三十篇，
> 爲二十卷，不以此間錄味也。

該書多錄有當時所流傳之鄉野奇談、民俗文化、神鬼怪談及朝野軼事等，屬於

〔註400〕見張鷟：《朝野僉載》卷六，收錄於（清）永瑢、紀昀纂修：《景印文淵閣四庫全
　　　　書》，（臺北：臺灣商務印書館，1986 年 3 月），第 1035 冊，頁 277。

唐代筆記小說。《四庫全書總目提要》便曰：

> 其書多詭怪不經之談，荒渺無稽之物。而遺文祕笈，亦往往錯出其
> 中。故論者雖病其浮誇，而不能不相徵引，自唐以來，推爲小說之
> 翹楚。〔註401〕

（3）引文舉例

《埤雅・卷二・釋魚・鼈》引《酉陽雜俎》云：

> 段成式曰：「甲蟲影伏，羽蟲體伏」。

按：此引自《酉陽雜俎・廣動植之一》，原文爲：「海閒生屈龍，屈龍生容華，
　　容華生蔞，蔞生藻，藻生浮草。甲蟲影伏，羽蟲體伏。食草者多力而愚，
　　食肉者勇敢而悍。」〔註402〕

《埤雅・卷四・釋獸・貍》引《酉陽雜俎》云：

> 袁狎曰：「河冰上有貍跡，便堪人渡。」崔劼以爲貍當作狐，狐性多
> 疑，故渡冰輒聽。蓋不知所謂聽冰非狐性獨然，貍亦有之也。

按：其原文見於《酉陽雜俎》卷十二〈語資〉，然此有所刪節與修飾，原文爲「梁
　　遣黃門侍郎明少遐、秣陵令謝藻、信威長史王纘銜、宣城王文學蕭愷、兼
　　散騎常侍袁狎、兼通直散騎常侍賀文發宴魏使李騫……少遐曰：『在此雖有
　　薄冰，亦不廢行，不似河冰一合，便勝車馬。』狎曰：『河冰上有貍跡，便
　　堪人渡。』劼曰：『貍當爲狐，應是字錯』少遐曰：『是。狐性多疑，鼬性
　　多豫，狐疑猶豫，因此而傳耳。』」〔註403〕

《埤雅・卷十四・釋木・椒》引《酉陽雜俎》云：

> 《酉陽雜俎》曰：「椒可以來水銀」

按：此引自《酉陽雜俎・木篇》，原文爲「椒可以來水銀，茱萸氣好上，椒氣好

〔註401〕見（清）紀昀等編：《四庫全書總目提要》，（臺北：藝文印書館，1969 年 3 月初
　　　　版四刷），卷一百四十二・子部五十二・小說家類三，頁 2807。

〔註402〕見（唐）段成式：《酉陽雜俎》卷十六〈廣動植之一〉，收錄於《叢書集成新編》，
　　　　（臺北：新文豐出版公司，1986 年），第 11 冊，頁 153。

〔註403〕見（唐）段成式：《酉陽雜俎》卷十二〈語資〉，收錄於《叢書集成新編》，（臺北：
　　　　新文豐出版公司，1986 年），第 11 冊，頁 144。

下。」〔註404〕

6、《西京雜記》六卷，漢劉歆撰。

（1）撰者生平

劉歆，（？～23年），字子駿，少以通《詩》、《書》能屬文召見成帝，爲黃門郎。成帝河平三年（前26）秋，受詔與父劉向領校秘書，講六藝傳記。劉向卒繼爲中壘校尉。哀帝即位，大司馬王莽薦爲侍中大中大夫，遷爲侍中光祿大夫，復領五經。後因得見《古文春秋左氏傳》，遂建請《左氏春秋》、《毛詩》、《儀禮》及《古文尚書》列於學官。時哀帝令歆與《五經》博士講論其義，然諸博士或不肯置對，故作〈移讓太常博士書〉責讓諸儒，爲眾儒所訕，故自請補外，徙守五原。哀帝崩，王莽持政，重之，任爲右曹太中大夫，遷中壘校尉、羲和、京兆尹等職。建平元年（前6），改名秀，字穎叔。及王莽居攝，任爲國師、嘉新公，兼京兆尹，後與王涉謀同反莽，然事洩自殺。事蹟附見《漢書·卷三十六·傳第六·楚元王傳》、《漢書·卷九十九·王莽傳第六十九》。

（2）解題

《西京雜記》一書之作者，歷來眾說紛歧，有不著撰者、葛洪、劉歆、吳均等說，《四庫全書總目提要》則有詳細之論述，曰：

> 《西京雜記》六卷，舊本題晉葛洪撰，洪有《肘後備急方》，已著錄。黃伯思《東觀餘論》稱此書中事皆劉歆所說，葛稚川采之。其稱餘者，皆歆本文云云。今檢書後有洪跋，稱其家有劉歆《漢書》一百卷。考校班固所作，殆是全取劉氏。有小異同固所不取，不過二萬許言。今鈔出爲二卷，名曰《西京雜記》，以補《漢書》之闕云云。伯思所說，蓋據其文。案《隋書·經籍志》載此書二卷，不著撰人名氏。《漢書·匡衡傳》顏師古注稱今有《西京雜記》者，出於里巷，亦不言作者爲何人。至段成式《酉陽雜俎·廣動植篇》始載「葛稚川就上林令魚泉問草木名」，今在此書第一卷中。張彥遠《歷代名畫記》載毛延壽畫王昭君事，亦引爲葛洪《西京雜記》。則指爲葛洪者實起於唐，故《舊唐書·經籍志》載此書遂註曰晉葛洪撰。然《西

〔註404〕見（唐）段成式：《酉陽雜俎》卷十八〈木篇〉，收錄於《叢書集成新編》，（臺北：新文豐出版公司，1986年），第11冊，頁159。

陽雜俎・語資篇》別載庾信作詩用《西京雜記》事，旋自追改，曰此吳均語，恐不足用。晁公武《讀書志》亦稱江左人或以爲吳均依託，蓋即據成式所載庾信語也。今考《晉書・葛洪傳》，載洪所著有《抱朴子》、神仙、良吏、集異等傳、《金匱要方》、《肘後備急方》並諸雜文，共五百餘卷。並無《西京雜記》之名，則作洪撰者自屬舛誤。特是向、歆父子作《漢書》，史無明文。以此書所紀與班書參校，又往往錯互不合。如《漢書》載文帝以代王即位，而此書乃云文帝爲太子。《漢書》又載廣陵王胥、淮南王安並謀逆自殺，而此書乃云胥格猛獸陷死，安與方士俱去。《漢書・楊王孫傳》即以王孫爲名，而此書乃云名貴。似是故謬其事，以就洪跋中小有異同之文。又歆始終臣莽，而此書載吳章被誅事，乃云章後爲王莽所殺，尤不類歆語。又《漢書・匡衡傳》匡鼎來句，服虔訓鼎爲當，應劭訓鼎爲方，此書亦載是語，而以鼎爲匡衡小名。使歆先有此說，服虔應劭皆後漢人，不容不見，至葛洪乃傳，是以陳振孫等皆深以爲疑。然庾信指爲吳均，別無他證。段成式所述信語，亦未見於他書，流傳既久，未可遽更。今姑從原跋，兼題劉歆、葛洪姓名，以存其舊。其書諸誌皆作二卷，今作六卷。據《書錄解題》，蓋宋人所分，今亦仍之。其中所述雖多爲小說家言，而摭採繁富取材不竭。李善注《文選》，徐堅作《初學記》，已引其文。杜甫詩用事謹嚴，亦多采其語，詞人沿用數百年，久成故實，固有不可遽廢者焉。

（3）引文舉例

《埤雅・卷五・釋獸・羔》引《西京雜記》曰：

《西京雜記》曰：「五絲爲纑繝。倍繝爲升。倍升爲緎。倍緎爲紀。倍紀爲緵。倍緵爲襚。此乃自少之多，自微至著也。」

按：此引自《西京雜記・卷五・鄒長倩贈遺有道》。〔註405〕

《埤雅・卷十・釋蟲・蠵蛸》引《西京雜記》曰：

〔註405〕見（漢）劉歆撰、（晉）葛洪輯：《西京雜記・卷五・鄒長倩贈遺有道》，收錄於（清）永瑢、紀昀纂修：《景印文淵閣四庫全書》，（臺北：臺灣商務印書館，1986 年 3 月），第 1035 冊，頁 20。

　　陸子曰：「乾鵲噪而行人至，蜘蛛集而百事喜。」

按：此引自《西京雜記‧卷三‧樊噲問瑞應》，原文為：「樊將軍噲問陸賈曰：『自
　　古人君皆云受命於天，云有瑞應，豈有是乎？』賈應之曰：『有之。夫瞷得
　　酒食，燈火華得錢財，<u>乾鵲噪而行人至，蜘蛛集而百事喜。</u>小既有徵，大
　　亦宜然。故瞷則呪之，火花則拜之，乾鵲噪則餧之，蜘蛛集則放之。況天
　　下大寶，人君重位，非天命何以得之哉？瑞者，寶也，信也。天以寶為信，
　　應人之德，故曰瑞應。無天命，無寶信，不可以力取也。』」〔註406〕

《埤雅‧卷十八‧釋草‧芻》引《西京雜記》曰：

　　《西京雜記》曰：「夫人無幽顯。道在則為尊。雖生芻之賤也。不能
　　脫落君子，故贈君生芻一束。詩人所謂『生芻一束，其人如玉』也。
　　五絲為䌰。倍䌰為升。倍升為緎。倍緎為紀。倍紀為緵。倍緵為襚。
　　此自少之多。自微至著也。士之立功勳，效名節亦復如之。勿以小
　　善不足修而不為也。故贈君素絲一襚。」〔註407〕

《埤雅‧卷十九‧釋天‧雲》引《西京雜記》曰：

　　董子曰：「太平之世。則風不鳴條，開甲散萌而已；雨不破塊，潤葉
　　津莖而已；霧不寒望，浸淫被泊而已；雪不封條，凌殄毒害而已。
　　雲則五色而為慶，三色而成矞。」

按：此引自《西京雜記‧卷五‧董仲舒天象》，然引文有所省略，「<u>太平之世，
　　則風不鳴條，開甲散萌而已；雨不破塊，潤葉津莖而已</u>；雷不驚人，號令
　　啓發而已；電不眩目，宣示光耀而已；<u>霧不寒望，浸淫被泊而已；雪不封
　　條，凌殄毒害而已。雲則五色而為慶。三色而成矞。</u>」〔註408〕，且原文「塞」

〔註406〕見（漢）劉歆撰、（晉）葛洪輯：《西京雜記‧卷三‧樊噲問瑞應》，收錄於（清）
　　　　　永瑢、紀昀纂修：《景印文淵閣四庫全書》，（臺北：臺灣商務印書館，1986 年 3
　　　　　月），第 1035 冊，頁 14。

〔註407〕見（漢）劉歆撰、（晉）葛洪輯：《西京雜記‧卷五‧鄒長倩贈遺有道》收錄於（清）
　　　　　永瑢、紀昀纂修：《景印文淵閣四庫全書》，（臺北：臺灣商務印書館，1986 年 3
　　　　　月），第 1035 冊，頁 20。

〔註408〕見（漢）劉歆撰、（晉）葛洪輯：《西京雜記‧卷五‧董仲舒天象》，收錄於（清）
　　　　　永瑢、紀昀纂修：《景印文淵閣四庫全書》，（臺北：臺灣商務印書館，1986 年 3
　　　　　月），第 1035 冊，頁 23。

作「寒」；「樹」作「條」。

（九）道家類

1、《老子》二卷，舊題周老聃撰。

（1）撰者生平

老子，（？～？），姓老，名聃，周楚人。曾任周守藏室之史，孔子適周，亦曾問禮於老聃。事蹟具《史記・老子韓非列傳》。

（2）解題：

《老子》，又名《道德經》、《老子五千文》，二卷，分上、下二篇，八十一章，以一至三十一章爲上篇，名〈道經〉；三十二至八十一章爲下篇，名〈德經〉。該書記載道家思想，以「道」來說明宇宙萬物起源和本質；並強調以弱爲用之處事方法。

歷代史志、書志，除《宋史・藝文志》外〔註409〕，如：《漢書・藝文志》、《隋書・經籍志》、《舊唐書・經籍志》、《新唐書・藝文志》、《郡齋讀書志・道家類》、《直齋書錄解題・道家類》皆著錄二卷。

《老子》一書的作者，歷來有不同之見解，如：宋葉適以爲著《道德經》之老子，與教孔子之老聃爲二人，且以爲該書爲黃老學者借孔子以重其師之辭〔註410〕；明黃震則以爲是「隱士嫉亂世而思無事者」所著；〔註411〕清汪中以爲作者爲太史儋〔註412〕；清崔述則以爲該書乃楊朱之徒所僞託〔註413〕；今人唐蘭

〔註409〕按：《宋史・藝文志》錄「《河上公老子道德經注》一卷」，見（元）脫脫等修：《宋史》，（臺北：藝文印書館，1996 年 8 月初版四刷，《二十五史》影印清乾隆武英殿刊本），卷二百五，頁 2446。然眾家史志多錄二卷，《四庫全書總目提要》亦作二卷，故由此推斷《宋史》所言「一」疑爲「二」之誤。

〔註410〕見（宋）葉適《習學記言・序目・卷第十五》「老子」條錄：「所謂教老子之老聃，著書之老聃，乃不能辨其本事，而徒詳其末流，則非余所知者。」收錄於《中國子學名著集成珍本初編・雜家・子部・第九四》，（臺北：中國子學名著集成編印基金會，1978 年 12 月），頁 431 及 433。

〔註411〕（明）黃震《黃氏日抄》錄：「《老子》之書必隱士嫉亂世而思無事者爲之，異端之士，私相推尊，過爲誣誕」。收錄於（清）永瑢、紀昀纂修：《景印文淵閣四庫全書》，（臺北：臺灣商務印書館，1986 年 3 月），第 708 冊，卷五十五，頁 398。

〔註412〕見（清）汪中：《述學・老子考異》。

則以爲《老子》一書，部分爲後人攙入錯亂外，可信爲老聃手著。〔註414〕今人
則多以爲應非老子所著，爲戰國時期老子後學所附益綴輯老子言論而成。

（3）引文舉例

《埤雅・卷三・釋獸・兕》引《老子》曰：

> 《老子》曰：「兕無所投其角」。

按：此引自《老子・第五十章》。

《埤雅・卷三・釋獸・羊》引《老子》曰：

> 《老子》曰：「天下皆知美之爲美，斯惡已。」

按：此引自《老子・第二章》。

《埤雅・卷七・釋鳥・孔雀》引《老子》曰：

> 《老子》曰：「知我者希，則我者貴。」

按：此引自《老子・第七十章》。

《埤雅・卷十三・釋木・穀》引《老子》曰：

> 《老子》曰：「輔萬物之自然而不敢爲。」

按：此引自《老子・第六十四章》。

《埤雅・卷・釋・》引《老子》曰：

> 《老子》曰：「大器晚成。」

按：此引自《老子・第四十一章》。

《爾雅新義・卷三・釋詁》「貉、嗼、安，定也。」條引《老子》曰：

> 《老子》曰：「萬物並作，吾以觀其復。」

按：此引自《老子・第十六章》。

《爾雅新義・卷十・釋山》「上正章」條引《老子》曰：

〔註413〕（清）崔述《洙泗考信錄》云：「道德五千言者，不知何人所作要必楊朱之徒所僞
　　　　託」。收錄於楊家駱主編：《中國學術名著第二輯・中國史學名著第四集第二冊・
　　　　考信錄・下》，（臺北：世界書局，1963 年 4 月），頁 21。
〔註414〕見唐蘭：〈老聃的姓名和時代考〉，收錄於《文學週刊》第十三期～第十五期。

《老子》曰：「挫其銳。」

按：此引自《老子‧第四章》。

《爾雅新義‧卷十六‧釋魚》「蝮虺，博三寸，首大如擘」條引《老子》曰：

《老子》曰：「其事好還。」

按：此引自《老子‧第三十章》。

2、《莊子》，十卷，舊題周莊周撰。

（1）撰者生平

莊周，（約前 369～約前 286），字子休，戰國宋蒙地人，曾任蒙漆園吏，楚威王時，聞其賢，欲迎之為相，莊子卻之，終生不仕。事蹟具《史記‧老子韓非列傳》。

（2）解題：

《莊子》，唐稱《南華真經》，該書《漢書‧藝文志》著錄有五十二篇〔註415〕，《隋書‧經籍志》則著錄多家注本，有：晉向秀注二十卷，梁崔譔注《莊子》十卷，晉馬彪注《莊子》十六卷，晉郭象注三十卷、目一卷，梁李頤注《莊子》三十卷，孟氏注十八卷，錄一卷等。〔註416〕《舊唐書‧經籍志》〔註417〕、《新唐書‧藝文志》〔註418〕二書著錄相同，亦著錄多家注本，如崔譔注十卷；郭象

〔註415〕見（東漢）班固著，（唐）顏師古注，（清）王先謙補注：《漢書補注》，（臺北：藝文印書館，1996 年 8 月，《二十五史》景印清乾隆武英殿刊本），卷三十‧藝文志第十‧道家，頁 891。

〔註416〕《隋書‧經籍志》錄：「《莊子》二十卷，梁漆園吏莊周撰，晉散騎常侍向秀注。本二十卷，今闕；梁有《莊子》十卷，東晉議郎崔譔注，亡；《莊子》十六卷，司馬彪注。本二十一卷，今闕；《莊子》三十卷、目一卷，晉太傅主簿郭象注；梁七錄三十三卷；集注《莊子》六卷，梁有《莊子》三十卷，晉丞相參軍李頤注；《莊子》十八卷，孟氏注，錄一卷。亡。」見（唐）魏徵撰：《隋書》，（臺北：藝文印書館，1996 年 8 月初版四刷，《二十五史》景印清乾隆武英殿刊本），卷三十四‧志第二十九‧經籍三‧子‧道家，頁 504。

〔註417〕《舊唐書‧經籍志》錄：「《莊子》十卷，崔譔注。又十卷，郭象注；又二十卷，向秀注；又二十一卷，司馬彪注。」見（後晉）劉昫等撰：《舊唐書》，（臺北：藝文印書館，1996 年），卷四十七‧志第二十七‧經籍下‧子錄‧道家類，頁 974。

〔註418〕《新唐書‧藝文志》錄：「郭象注《莊子》十卷，莊周；向秀注二十卷；崔譔注十卷；司馬彪注二十一卷」。見（宋）歐陽修等撰：《新唐書》：（臺北：藝文印書館，

注十卷；向秀注二十卷；司馬彪注二十一卷等。《崇文總目》〔註419〕、《宋史‧藝文志》〔註420〕、《郡齋讀書志》〔註421〕、《直齋書錄解題》〔註422〕、《四庫全書總目提要》〔註423〕等皆著錄郭象注十卷。諸多注本多已散佚，今傳晉郭象注本，凡十卷三十三篇，其中內篇七篇，外篇十五篇，雜篇十一篇〔註424〕。

《莊子》一書自唐陸德明始疑該書有偽，曰：

> 莊生弘才命世，辭趣華深，正言若反，故莫能暢其弘致；後人增足，漸失其眞。故郭子玄云：「一曲之才，妄竄奇說，若閼弈、意脩之首，

〔註419〕　1996年），卷五十九‧藝文志第四十九‧丙部‧子錄‧道家類，頁679。

〔註419〕　《崇文總目‧卷五‧道家類》：「《莊子》十卷。」收錄於（清）永瑢、紀昀纂修：《景印文淵閣四庫全書》，（臺北：臺灣商務印書館，1986年3月），第674冊，頁59。

〔註420〕　《宋史‧藝文志》錄：「郭象注《莊子》十卷」（元）脫脫等修：《宋史》，（臺北：藝文印書館，1996年8月初版四刷，《二十五史》影印清乾隆武英殿刊本），卷二百○五‧志第一百五十八‧藝文四‧道家類，頁2447。

〔註421〕　《郡齋讀書志‧卷十一‧子類‧道家類》：「郭象注《莊子》十卷」。見（宋）晁公武撰、孫猛校證：《郡齋讀書志校證》，（上海：上海古籍出版社，2006年6月），頁479。

〔註422〕　《直齋書錄解題‧卷九‧道家類》：「《莊子》十卷，蒙漆園吏宋人莊周撰。案《史記》與齊宣、梁惠同時，則亦當與孟子相先後矣；《莊子注》十卷，晉太傅主簿河南郭象子元撰。案本傳，向秀解義未竟而卒，頗有別本遷流，象竊以爲己注，乃自注〈秋水〉、〈至樂〉二篇，又易〈馬蹄〉一篇，其餘點定文句而已。其後秀義別出，故今有向、郭二《莊》，其義一也。然向義今不傳，但時見陸氏《釋文》。」見（宋）陳振孫：《直齋書錄解題》，（臺北：臺灣商務印書館，1978年），頁278。

〔註423〕　《四庫全書總目提要‧卷一百四十六‧子部五十六‧道家類》：「《莊子註》十卷」。見（清）紀昀等編：《四庫全書總目提要》，（臺北：藝文印書館，1969年3月初版四刷），頁2877。

〔註424〕　關於各注本之篇數，（唐）陸德明《經典釋文‧序錄》曰：「崔譔注十卷，二十七篇。（清河人，晉議郎。內篇七，外篇二十。）；向秀注二十卷，二十六篇。（一作二十七篇，一作二十八篇，亦無雜篇。爲音三卷。）；司馬彪注二十一卷，五十二篇。（字紹統，河內人，晉祕書監。內篇七，外篇二十八，雜篇十四，解說三。爲音三卷。）；郭象注三十三卷，三十三篇。（字子玄，河內人，晉太傅主簿。內篇七，外篇十五，雜篇十一。爲音三卷。）；李頤集解三十卷，三十篇。（字景眞，潁川襄城人，晉丞相參軍，自號玄道子。一作三十五篇，爲音一卷。）；孟氏注十八卷，五十二篇。（不詳何人。）；王叔之義疏三卷。（字穆□，琅邪人，宋處士。亦作注。）；李軌音一卷。徐邈音三卷。」

危言、遊鳧、子胥之篇，凡諸巧雜，十分有三。」《漢書・藝文志》
「莊子五十二篇」，即司馬彪、孟氏所注是也。言多詭誕，或似《山
海經》，或類占夢書，故注者以意去取。其內篇眾家並同，自餘或有
外而無雜。惟子玄所注，特會莊生之旨，故爲世所貴。〔註425〕

宋・蘇軾〈莊子祠堂記〉則以爲〈盜跖〉、〈漁父〉、〈讓王〉、〈說劍〉爲僞作，
曰：

予嘗疑〈盜跖〉、〈漁父〉則若眞詆孔子者，至於〈讓王〉、〈說劍〉皆
淺陋不入於道，……凡分章名篇，皆出於世俗，非莊子本意。〔註426〕

宋・林希逸《莊子公義》〔註427〕、明宋濂《莊子辨》〔註428〕、明鄭瑗《井觀瑣
言》等皆有相似之說。

　　而明鄭瑗《井觀瑣言》更以爲〈內篇〉爲莊子著，其餘〈外篇〉、〈雜篇〉
則爲其徒所著。〔註429〕清王夫之則以爲〈外篇〉或莊子之後學所爲，如〈達生〉
「其文沉邃足達微言，雖或不出於莊子之手，要得莊子之眞者所述」〔註430〕；
或非莊子之書，如〈在宥〉非莊書、〔註431〕〈天道〉爲「秦漢間學黃老之術以

〔註425〕見（唐）陸德明《經典釋文・序錄》。

〔註426〕見（宋）蘇軾：《蘇東坡全集（上）・前集・卷三十二・記・莊子祠堂記》，（臺北：
河洛圖書出版社，1975 年 9 月），頁 393。

〔註427〕見（宋）林希逸：《莊子公義》：「東坡謂〈讓王〉以下四篇，非莊子所作，此見極
高，四篇之中，〈盜跖〉猶甚。」

〔註428〕見明宋濂：《莊子辨》：「〈盜跖〉、〈漁父〉〈讓王〉、〈說劍〉諸篇不類前後文，疑後
人所勦入。」收錄於楊家駱主編：《中國學術名著・目錄學名著第一集第四冊・僞
書考五種》，（臺北・世界書局，1979 年 10 月），頁 13。

〔註429〕（明）鄭瑗曰：「《古史》謂《莊子》〈盜跖〉、〈漁父〉〈讓王〉、〈說劍〉諸篇皆後
人攙入者，今考其文字體製信然。……〈內七篇〉是莊氏本書，其〈外〉、〈雜篇〉
等二十六篇或是其徒所述因以附之。然無可質據，未敢以爲然也，大抵《莊》、《列》
書非一手所爲」，見《井觀瑣言》，收錄於《叢書集成初編》，（臺北：新文豐出版
公司，1986 年），第 12 冊，卷一，頁 674。

〔註430〕見（清）王夫之：《莊子解》，（臺北：廣文書局，1972 年 11 月），卷十九，頁 1。

〔註431〕（清）王夫之云：「（〈在宥〉）此篇言有條理，意亦與內篇相近，而兼雜《老子》
之說，滯而不圓，猶未得乎象外之旨，亦非莊子之書也。」見（清）王夫之：《莊
子解》，（臺北：廣文書局，1972 年 11 月），卷十一，頁 2。

干人主者之所作」；〔註432〕胡適則以為「內七篇大致皆可信，但有後人加入，〈外篇〉、〈雜篇〉便不可信」。〔註433〕

綜合上述諸說可知，除內七篇為莊子自作，可知莊子之學說思想外，其於外、雜篇則出於後學之手，外篇十五篇為莊子後學所闡述內七篇之作；雜篇十一篇則攙雜戰國後期至漢代間之學說〔註434〕。

（3）引文舉例

《埤雅・卷一・釋魚・龍》引《莊子》曰：

> 《莊子》曰：「朱泙漫學屠龍於支離益，殫千金之產，三年技成而無所用其巧。」

按：此出自《莊子・雜篇・列禦寇》。「殫」，《莊子》作「單」；「產」，《莊子》作「家」。

《埤雅・卷二・釋魚・龜》引《莊子》曰：

> 《莊子》云：「宋人有善為不龜手之藥。」

按：此引自《莊子・內篇・逍遙遊》。

《埤雅・卷四・釋獸・貂》引《莊子》曰：

> 《莊子》云：「豐狐文豹，是何罪之有哉？其皮為之災也。」

按：此引自《莊子・外篇・山木》，此引文有所刪節，原文為：「豐狐文豹，棲於山林，伏於巖穴，靜也；夜行晝居，戒也；雖飢渴隱約，猶且胥疏於江湖之上而求食焉，定也；然且不免於罔羅機辟之患，是何罪之有哉？其皮為之災也。」

《埤雅・卷七・釋鳥・鴉》引《莊子》曰：

〔註432〕（清）王夫之云：「大抵外篇多掇拾雜纂之言，前後不相貫通，而其文辭汗漫沉沓，氣弱而無神，所見者卑下，故所言者瀆靡，定非莊子之書，且非善學莊子者所擬作。」見（清）王夫之：《莊子解》，（臺北：廣文書局，1972年11月），卷十三，頁1。

〔註433〕見胡適：《中國哲學史大綱》。

〔註434〕見張心澂：《偽書通考》，（臺北・宏業書局，1975年6月），子部・道家・「莊子」條，頁712～734。

《莊子》所謂「夫白鶂相視，眸子不運而風化」者也。

按：此引自《莊子・外篇・天運》：「夫白鶂之相視，眸子不運而風化。」

《埤雅・卷十四・釋木・柳》引《莊子》曰：

《抱朴子》曰：「柳柞速朽，燎以爲炭，則億載不敗，」此言養生之
經有益如此，故廣成子以謂「我修身千二百歲矣，而吾形未嘗衰也。」

按：此引自《莊子・外篇・在宥》：「黃帝順下風膝行而進，再拜稽首而問曰：『聞
吾子達於至道，敢問治身奈何而可以長久？』廣成子蹶然而起，曰：『善哉
問乎！來！吾語女至道。……天地有官，陰陽有藏，愼守女身，物將自壯。
我守其一，以處其和，故我修身千二百歲矣，吾形未嘗衰。』」

《埤雅・卷十九・釋天・雲》引《莊子》曰：

《莊子》曰：「乘雲氣，禦飛龍，而遊乎六合之外。」。

按：「六合」，《莊子》作「四海」；此引自《莊子・內篇・逍遙遊》。

《爾雅新義・卷一・釋詁》「勝，肩，戡、劉、殺，克也」條引《莊子》曰：

《莊子》曰：「重爲任而罰不勝。」

按：此引自《莊子・雜篇・則陽》。

《爾雅新義・卷六・釋訓》「善兄弟爲友」條引《莊子》曰：

《莊子》曰：「兄則以嫗，大親則已矣。」

按：此引自《莊子・雜篇・庚桑楚》。

《爾雅新義・卷十三・釋草》「蒹蕙」條引《莊子》曰：

《莊子》曰：「大廉不嗛。」

按：此引自《莊子・內篇・齊物論》。

3、《列子》八卷，舊題列禦寇撰。

（1）撰者生平

列子（？～？），名寇，又名禦寇，一作圄寇、圉寇，鄭國莆田人。與鄭繆
公、與魯哀公同時，居鄭圃四十年人無識之，曾師從令尹子、壺丘子、老商氏、
支伯高子等人。事蹟散見於《莊子》、《尸子》、《呂氏春秋》等書。

（2）解題

《列子》又名《沖虛眞經》、《沖虛至德眞經》，歷代史志及書志，如《漢書·藝文志》〔註435〕、《《隋書·經籍志》〔註436〕、《舊唐書·經籍志》〔註437〕、《新唐書·藝文志》〔註438〕、《郡齋讀書志》〔註439〕、《直齋書錄解題》〔註440〕等皆著錄《列子》八卷（篇），與今本篇目合，篇目爲：〈天瑞〉第一、〈黃帝〉第二、〈周穆王〉第三、〈仲尼〉第四、〈湯問〉第五、〈力命〉第六、〈楊朱〉第七、〈說符〉第八。自唐之降則多以該書爲僞書，如：柳宗元以爲劉向言「鄭穆公時人」爲「魯穆公」之誤，且書多增竄，言：

> 劉向古稱博極群書，然其錄《列子》，獨曰鄭穆公時人。穆公在孔子前幾百歲，《列子》書言鄭國，皆云子產、鄧析，不知向何以言之如此？史記鄭繻公二十四年，楚悼王四年，圍鄭，鄭殺其相駟子陽，子陽正與列子同時，是歲周安王三年，秦惠王、韓烈侯、趙武侯二年，魏文侯二十七年，燕釐公五年，齊康公七年，宋悼公六年，魯穆公十年，不知向言魯穆公時遂誤爲鄭耶？不然，何乖錯至如是？

〔註435〕《漢書·卷三十·藝文志·第十·道家》錄：「《列子》八篇。」注曰：「名圄寇，先莊子，莊子稱之。」見（東漢）班固著，（唐）顏師古注，（清）王先謙補注：《漢書補注》，（臺北：藝文印書館，1996年），頁891。

〔註436〕《隋書·經籍志》曰：「《列子》八卷」注曰「鄭之隱人列禦寇撰，東晉光祿勳張湛注。」見（唐）魏徵撰：《隋書》，（臺北：藝文印書館，1996年8月初版四刷，《二十五史》景印清乾隆武英殿刊本），卷三十四·志第二十九·經籍三·子·道家類，頁504。

〔註437〕《舊唐書·經籍志》錄：「《列子》八卷，列禦寇撰，張湛注。」見（後晉）劉昫等撰：《舊唐書·經籍志·儒家類》，（臺北：藝文印書館，1996年），卷四十七·志第二十七·經籍下·道家類，頁974。

〔註438〕《新唐書·藝文志》錄：「張湛注《列子》八卷，列禦寇。」見（宋）歐陽修等撰：《新唐書》，（臺北：藝文印書館，1996年），卷五十九·志第四十九·藝文三·道家類，頁679。

〔註439〕《郡齋讀書志·卷十一·道家類》：「《張湛注列子》八卷，右鄭列禦寇撰。劉向校定八篇。」見（宋）晁公武撰、孫猛校證：《郡齋讀書志校證》，（上海：上海古籍出版社，2006年6月），頁476。

〔註440〕《直齋書錄解題·卷九·道家類》：「《列子》八卷，鄭人列禦寇撰。穆公時人。」見（宋）陳振孫：《直齋書錄解題》，（臺北：臺灣商務印書館，1978年），頁278。

其後張湛徒知怪《列子》書言穆公後事，亦不能推知其時。<u>然其書亦多增竄，非其實；要之，莊周爲放依其辭</u>。其稱夏棘、狙公、紀渻子、季咸皆出《列子》，不可盡紀。雖不概於孔子道，然其虛泊寥闊，居亂世，遠於利，禍不得逮乎身，而其心不窮，易之遯世無悶者，其近是與？余故取焉。其文辭類《莊子》，而尤質厚，少偽作，好文者可廢耶？其〈楊朱〉〈力命〉疑其楊子書。<u>其言魏牟、孔穿皆出列子後，不可信</u>。然觀其辭，亦足通知古之多異術也。讀焉者慎取之而已矣。〔註441〕

又宋・高似孫《子略》以《史》、《漢》不載列禦寇之事而疑，曰：

<u>觀太史公《史》，殊不傳《列子》</u>。如莊周所載許由、務光之事，漢去古未遠也，許由、務光往往可稽，遷獨疑之。所謂列禦寇之說，獨見於寓言耳；遷於此詎得不致疑耶！周之末篇敘墨翟、禽滑釐、慎到、田駢、關尹之徒，以及於周，而禦寇獨不在其列：<u>豈禦寇者其亦所謂鴻蒙、列缺者歟？然則是書與《莊子》合者十七章，其間尤有淺近迂僻者，出於後人會粹而成之耳</u>。〔註442〕

宋・黃震《黃氏日鈔》則疑張湛所傳本之眞，曰：

列子才穎逸而性冲澹，生亂離而思寂寞。默察造化消息之運，於是乎輕死生；輕視人間生死之常，於是乎遺世事。其靜退似老聃，而實不爲老聃；老聃用陰術，而列子無之。其誕謾似莊周，而亦不爲莊周；莊周侮前聖，而列子無之。不過愛身自利，其學全類楊朱，故其書有〈楊朱篇〉，凡楊朱之言論備焉。<u>而張湛序其書，乃謂往往與佛經相參。今按列子鄭人，而班馬不以預列傳。其書八篇，雖與劉向校讎之數合，實則典午氏渡江後方雜出於諸家。其皆列子之本眞與否，殆未可知。今考辭旨所及，疑於佛氏者凡二章</u>。其一謂周穆王時西域有化人來，殆於指佛。然是時佛猶未生，而所謂騰而上中天化人之宮者，

〔註441〕見柳宗元〈辯列子〉，收錄於《柳河東文集》，（臺北：河洛圖書出版社，1974 年12月），卷四〈議辯〉，頁66。

〔註442〕見（宋）高似孫《子略》，收錄於《叢書集成新編》，（臺北：新文豐出版公司，1986 年），卷二「列子條」，頁485。

乃稱神遊，歸於說夢，本非指佛也。其一謂商太宰問聖人於孔子，孔子歷舉三皇五帝非聖，而以聖者歸之西方之人，殆於指佛，然孔子決不黜三五聖人，而顧泛指西方爲聖，且謂西方不化自行，蕩蕩無能名，蓋寓言華胥國之類，絕與寂滅者不侔，亦非指佛也。使此言果出於列子，不過寓言，不宜因後世佛偶生西域，而遂以牽合。使此言不出於列子，則晉人好佛，因列子多誕，始寄影其間，冀爲佛氏張本爾。何相參之有哉？且西域之名，始於漢武，列子預言西域，其說尤更可疑。佛本言戒行，而後世易之以不必持戒者，其說皆陰主列子，皆斯言實禍之。不有卓識，孰能無惑耶？〔註443〕

明‧宋濂《諸子辨》則認同柳氏之言，否定高氏之說，進而以爲該書爲後人所輯錄而成，曰：

> 《列子》八卷，凡二十篇，鄭人列禦寇撰。劉向校定八篇，謂禦寇與鄭繆公同時。柳宗元云，「鄭穆公在孔子前幾百載，禦寇書言鄭殺其相駟子陽，則鄭繻公二十四年，當魯穆公之十年；向蓋因魯穆公而誤爲鄭爾。」其說要爲有據。高氏以其書多寓言而並其人疑之，「所謂禦寇者有如鴻蒙列缺之屬」；誤矣。書本黃老言，決非禦寇所自著，必後人會萃而成者。〔註444〕

清‧姚際恆《古今僞書考》則認同高氏之說，進而提出少部分爲戰國時莊周之徒託作，漢明帝之後人又增益多數而成該書，且疑劉向〈敘錄〉爲僞，曰：

> 稱列禦寇撰。劉向校定八篇；漢志因之。向云，「鄭人也，與鄭繆公同時。」柳子厚曰，「劉向古稱博極群書，然其錄列子，獨曰：『鄭繆公時人。』鄭繆公在孔子前幾百載，列子書言……『鄭殺其相駟子陽……』則鄭繻公二十四年，當魯繆公之十年。向蓋因魯繆公而誤爲鄭爾。」案，柳之駁向誠是；晉張湛註已疑之。若其謂因魯而誤爲鄭，則非也。向明云鄭人，故因言鄭繆公，豈魯繆公乎！況書

〔註443〕見（宋）黃震：《黃氏日鈔》，收錄於（清）永瑢、紀昀纂修：《景印文淵閣四庫全書》，（臺北：臺灣商務印書館，1986 年 3 月），第 708 冊，卷五十五，頁 408。

〔註444〕見（明）宋濂：《諸子辨》，收錄於楊家駱主編：《中國學術名著‧目錄學名著第一集第四冊‧僞書考五種》（臺北‧世界書局，1979 年 10 月），頁 9。

中孔穿、魏牟亦在魯繆公後，則又豈得爲魯繆公乎！高似孫曰，「太
史公……不傳列子。如莊周所載許由，務光……遷猶疑之。所謂列
禦寇之説，獨見於寓言耳；遷於此詎得不致疑耶！莊週末篇敍墨翟、
禽滑釐、慎到、田駢、關尹之徒，以及於周，而禦寇獨不在其列：
豈禦寇者其亦所謂鴻蒙、列缺者歟？然則是書與莊子合者十七章，
其間尤有淺近迂僻者，出於後人會粹而成之耳。」案高氏此說最爲
有見。然意戰國時本有其書，或莊子之徒依託爲之者；但自無多，
其餘盡後人所附益也。以莊稱列，則列在莊前，故多取莊書以入之。
至其言「西方聖人」，則直指佛氏；殆屬明帝後人所附益無疑。佛氏
無論戰國未有，即劉向時又寧有耶！則向之序亦安知不爲其人所託
而傳乎？夫向博極群書，不應有鄭繆公之謬，此亦可證其爲非向作
也。後人不察，鹹以《莊子》中有《列子》，謂《莊子》用《列子》；
不知實《列子》用《莊子》也。《莊子》之書，洸洋自恣，獨有千古，
豈蹈襲人作者！其爲文，舒徐曼衍中仍寓拗折奇變，不可方物；《列
子》則明媚近人，氣脈降矣。又《莊子》之敍事，迴環鬱勃，不即
了了，故爲眞古文；列子敍事，簡淨有法，是名作家耳！後人反言
《列》愈於《莊》。柳子厚曰：「《列》較《莊》尤質厚。」洪景盧曰：
「《列子》書事，簡勁宏妙，多出《莊子》之右。」宋景濂曰：「《列
子》書簡勁宏妙，似勝於周。」王元美曰，「《列子》與《莊子》同
敍事，而簡勁有力。」如此之類，代代相仍，依聲學古。噫！以諸
公號能文者而於文字尚不能盡知，況識別古書乎！又況其下者乎！

《四庫全書總目提要》則以爲乃成於先秦以前，爲列子後學所成，曰：

舊本題周列禦寇撰。前有劉向校上奏，以禦寇爲鄭穆公時人。唐《柳
宗元集》有《辨列子》一篇，曰穆公在孔子前幾百歲。《列子》書言
鄭國，皆言子產、鄧析，不知向何以言之如此。《史記》鄭繻公二十
四年，楚悼王四年圍鄭，殺其相駟子陽。子陽正與列子同時，是歲
魯穆公十年。不知向言魯穆公時遂誤爲鄭耶？其後張湛徒知怪《列
子》書言穆公後事，每不能推知其時，然其書亦多增竄非其實，其
言魏牟、孔穿皆出列子後，不可信云云。其後高似孫《緯略》遂疑

列子爲鴻濛雲將之流，並無其人。今考第五卷〈湯問篇〉中並有鄒衍吹律事，不止魏牟、孔穿。其不出禦寇之手，更無疑義。然考《爾雅疏》引《尸子‧廣澤篇》曰：「墨子貴兼，孔子貴公，皇子貴衷，田子貴均，列子貴虛，料子貴別囿，其學之相非也數世矣，而已皆弇於私也。天帝皇后辟公巨集廓巨集溥介純夏幠塚昄皈皆大也，十有餘名而實一也。若使兼公虛均衷平易別囿一實也，則無相非也」云云，是當時實有列子，非莊周之寓名。又《穆天子傳》出於晉太康中，爲漢、魏人之所未睹。而此書第三卷〈周穆王篇〉所敘駕八駿，造父爲禦，至巨搜，登昆侖，見西王母於瑤池事，一一與傳相合。此非劉向之時所能僞造，可信確爲秦以前書。考《公羊傳》隱公十一年，「子沈子曰」，何休注曰：「子沈子後師沈子，稱子冠氏上，著其爲師也」。然則凡稱子某子者，乃弟子之稱師，非所自稱。此書皆稱子列子，則決爲傳其學者所追記，非禦寇自著。其雜記列子後事，正如《莊子》記莊子死，《管子》稱吳王、西施、商子稱秦孝公耳，不足爲怪。晉光祿勳張湛作是書注，於〈天瑞篇〉首所稱子列子知爲追記師言，而他篇複以載及後事爲疑，未免不充其類矣。

錢大昕《十駕齋養新錄‧卷八》則直指乃晉人所僞作，曰：

> 《列子‧天瑞篇》：「林類曰：『死之與生，一往一反，故死於是者，安知不生於彼？』」釋氏輪迴之說，蓋出於此。《列子》書晉時始行，恐即晉人依託。〔註445〕

另顧實則以爲乃張湛僞作，曰：

> 據張湛序文，則此書原出湛手，其即爲湛訰無疑〔註446〕。

梁啓超〔註447〕、劉汝霖〔註448〕亦有相似之說。

〔註445〕見錢大昕《十駕齋養新錄‧卷十八》「釋氏輪迴之說」條，收錄於陳文和主編：《錢大昕全集》第柒冊，（南京：江蘇古及出版社，1997年12月），頁504。

〔註446〕見顧實：《重考古今僞書考》，（上海：大東書局，1926年排印本）。

〔註447〕見梁啓超《古書眞僞及其年代‧第一章‧辨僞及考證年代的必要‧乙‧思想方面》曰：「譬如《列子》乃東晉時張湛——即《列子注》的作者——採集道家之言協合而成。眞《列子》有八篇，《漢書‧藝文志》尚存其目，後佚。張湛依八篇之目假

綜合上述所言可知，《漢書‧藝文志》所著錄之「《列子》八卷」，早佚。今本《列子》八卷，從書中所提及之人名、佛教思想等判斷，可知爲後人據參以舊典、佛說等而編著，然仍有其文學及思想及文獻等價值。

（3）引文舉例

《埤雅‧卷七‧釋鳥‧鴛鴦》引《列子》曰：

> 《列子》曰：「周宣王之牧正有役人梁鴦者，能養野禽獸，委食於園庭之內，雖虎狼鵰鶚之類，無不柔馴者。王令毛丘園傳之」。

按：此引自《列子‧黃帝》，此文有所刪節，原文爲：「<u>周宣王之牧正有役人梁鴦者，能養野禽獸，委食於園庭之內，雖虎狼鵰鶚之類，無不柔馴者</u>。雄雌在前，孳尾成群，異類雜居，不相搏噬也。<u>王</u>慮其術終於其身，<u>令毛丘園傳之</u>」。

《埤雅‧卷十‧釋蟲‧蠐螬》引《列子》曰：

> 《列子》所謂「烏足之根爲蠐螬」。

按：此引自《列子‧天瑞篇》。

《埤雅‧卷十一‧釋蟲‧蠓》引《列子》曰：

> 《列子》曰：「醯雞生乎酒」，又曰：「食醯頤輅，生乎食醯黃軏」。

按：「軏」，《列子》作「軦」，此引自《列子‧天瑞篇》。

《埤雅‧卷十二‧釋馬‧馬》引《列子》曰：

> 《列子》曰：「六轡不亂，而二十四蹄所投無差」。

<hr />

造成書，並載劉向一序，大家以爲劉向曾經見過，當然不會錯了。」收錄於《梁啓超學術論叢‧通論（二）》，（臺北：南嶽出版社，1978 年 3 月），頁 1118。

〔註448〕見劉汝霖《周秦諸子考》「不得不信張湛之〈序〉，謂過江時存〈楊朱〉、〈說符〉、〈目錄〉三卷，後又得兩種殘本，方合成全書。可知《列子》後兩篇乃張氏原本，前六篇乃雜湊而成。……《列子》原書成立的年代，也很有研究的價值。我看此書雖不是魏晉人僞造，卻也不是先秦的作品。〈周穆王篇〉稱儒生，儒生是秦以後的稱呼。〈湯問篇〉引岱輿、員嶠、方壺、瀛州、蓬萊，後三山始見於《史記》，乃神仙家騙秦始皇所稱的三神山。又稱女媧氏練五色石補天的故事，俱盛行於漢代，可以斷定此書是漢時的作品。〈藝文志〉已見著錄，所以至晚是西漢晚年的作品。」

按：此引自《列子‧湯問篇》。

《埤雅‧卷十三‧釋木‧穀》引《列子》曰：

> 《列子》曰：「宋人有爲其君以玉爲楮葉者，三年而成。鋒亂之楮葉
> 中而不可別也。遂以巧食宋國。列子聞之，曰：『使天地之生物，三
> 年而成一葉，則物之有葉者寡矣。』故聖人恃道化而不恃智巧。」

按：此引自《列子‧說符》。「列子」，《列子》作「子列子」；另此文有所刪節，
原文作：「宋人有爲其君以玉爲楮葉者，三年而成。鋒殺莖柯，毫芒繁澤，
亂之楮葉中而不可別也。此人遂以巧食宋國。子列子聞之，曰：「使天地之
生物，三年而成一葉，則物之有葉者寡矣。故聖人恃道化而不恃智巧。」

《埤雅‧卷十八‧釋草‧茅》引《列子》曰：

> 《列子》曰：「因以爲茅靡，因以爲波流。」

按：此引自《列子‧黃帝》。

《爾雅新義‧卷四‧釋言》「厥，其也」條引《列子》曰：

> 《列子》曰：「有指不至」

按：此引自《列子‧仲尼》

《爾雅新義‧卷四‧釋言》「繹繹，生也」條引《列子》曰：

> 《列子》曰：「人又入于機。」

按：此引自《列子‧天瑞》。今本《列子》「又」多作「久」，然據收錄相同內容
之《莊子‧外篇‧至樂》亦作「又」觀之，今本作「久」乃「又」之誤。

《爾雅新義‧卷十一‧釋山》「山上有水坲」條引《列子》曰：

> 《列子》所謂「一源分四坲。」坲，丘言下，山言上，善言山。

按：此引自《列子‧湯問》。

《爾雅新義‧卷十九‧釋獸》「豽有力」條引《列子》曰：

> 以虎爲利下，莊子一舉而獲雙虎之名是已。音衒，衒力若公儀伯折
> 春蚤之股，堪秋蟬之翼，而力聞天下，唯不衒故。

按：此引自《列子‧仲尼》，原文則爲「公儀伯以力聞諸侯，堂谿公言之於周宣

王,王備禮以聘之。公儀伯至;觀形,懦夫也。宣王心惑而疑曰:『女之力何如?』公儀伯曰:『臣之力能折春螽之股,堪秋蟬之翼。』王作色曰:『吾之力能裂犀兕之革,曳九牛之尾,猶憾其弱。女折春螽之股,堪秋蟬之翼,<u>而力聞天下,何也?』」。

4、《抱朴子》七十卷,晉葛洪撰。

（1）撰者生平

葛洪（284～363）,字稚川,號抱朴子,晉丹陽句容人。少以儒學知名。曾從鄭隱習煉丹祕術法。後又師事南海太守上黨鮑玄,傳其學,兼綜練醫術。惠帝太安二年（303）,受吳興太守顧祕命,為將兵都尉,率兵平石冰之亂,遷為伏波將軍。事平,葛洪投戈釋甲,徑詣洛陽,欲廣尋異書,不論戰功。惠帝光熙元年（306）,本欲參廣州刺史嵇含軍事,然嵇含遇害,遂停廣州多年,終歸鄉裡,隱居不仕。後以平賊功,賜爵關內侯。成帝咸和元年（326）,受王導之召,補州主簿,後遷諮議將軍。咸和七年（332）,以交趾出丹砂可供煉丹為由,乞出為句漏令,成帝允之,舉家南行。至廣州,刺史鄧嶽留不聽去,葛洪乃長駐羅浮山煉丹,並著述不輟,有《抱朴子》內外一百一十六篇,碑誄詩賦百卷,移檄章表三十卷,《神仙》、《良吏》、《隱逸》、《集異》等傳各十卷,又抄五經、史、漢、百家之言、方技雜事三百一十卷,《金匱藥方》一百卷,《肘後要急方》四卷等著作。事蹟具《晉書·卷七十二·列傳第四十二·葛洪傳》。

（2）解題

《抱朴子》分《內篇》和《外篇》,內篇為道家之言,論神仙吐納、符籙克治之術;外篇則論時政得失,人事臧否。《抱朴子·外篇·自序》曾言其卷數及內容,云:

> 建武中,乃定凡著《內篇》二十卷,《外篇》五十卷。……《內篇》
> 言神仙方藥、鬼怪變化、養生延年、禳邪卻禍之事,屬道家;《外篇》
> 言人間得失、世事臧否,屬儒家。〔註449〕

另《晉書·葛洪傳》錄《抱朴子·內篇·自序》曰:

〔註449〕見《抱朴子·外篇·自序·卷第五十》,收錄於《新編諸子集成》,（臺北:世界書局,1991年5月）,第四冊,頁203。

今為此書，粗舉長生之理。其至妙者不得宣之於翰墨，蓋粗言較略以示一隅，冀悱憤之徒省之可以思過半矣。豈謂闇塞必能窮微暢遠乎，聊論其所先覺者耳。世儒徒知服膺周孔，莫信神仙之書，不但大而笑之，又將謗毀眞正。故餘所著子言黃白之事，名曰內篇，其餘駁難通釋，名曰外篇，大凡內外一百一十六篇。雖不足藏諸名山，且欲緘之金匱，以示識者。自號抱朴子，因以名書。〔註450〕

其卷數之說，歷來分歧，《四庫全書總目提要》云：

《抱朴子內外篇》八卷，……自序謂內篇二十卷，外篇五十卷。《隋志》載內篇二十一卷，音一卷，入道家；外篇三十卷，入雜家。外篇下注曰「梁有五十一卷」〔註451〕。《舊唐志》亦載內篇二十卷，入道家；外篇五十一卷，入雜家。〔註452〕卷數已小不同。《新唐志‧道家》載內篇十卷，雜家，載外篇二十卷〔註453〕。乃多寡迥殊。《宋志》則均入雜家，內篇作二十卷，與《舊唐書》同；外篇作五十卷，較《舊唐書》又少一卷。〔註454〕晁公武《讀書志》作內篇二十卷，

〔註450〕（唐）房玄齡撰，吳士鑑、劉承幹注：《晉書斠注》，（臺北：藝文印書館，1996年），卷七十二，列傳第四十二〈葛洪傳〉，頁935。

〔註451〕《隋書‧卷三十四‧志第二十九‧經籍三‧子部‧道家類》記載：「《抱朴子內篇》二十一卷、音一卷，葛洪撰。」；《隋書‧卷三十四‧志第二十九‧經籍三‧子部‧雜家類》記載：「《抱朴子外篇》三十卷。葛洪撰。梁有五十一卷。」見（唐）魏徵撰：《隋書》，（臺北：藝文印書館，1996年8月初版四刷，《二十五史》景印清乾隆武英殿刊本），頁504及506。

〔註452〕《舊唐書‧志第二十七‧經籍下‧道家類》云：「《抱朴子‧內篇》二十卷，葛洪撰」；《舊唐書‧志第二十七‧經籍下‧雜家類》著錄：「《抱朴子‧外篇》，五十卷，葛洪撰。」見（後晉）劉昫等撰：《舊唐書‧經籍志‧儒家類》，（臺北：藝文印書館，1996年），頁974及975。按：《四庫提要》作「外篇五十一卷，入雜家」，然《舊唐書‧雜家類》則作「五十卷」。

〔註453〕《新唐書‧卷五十九‧志第四十九‧藝文三‧道家類》載：「《抱朴子‧內篇》二十卷，葛洪。」另《新唐書‧卷五十九‧志第四十九‧藝文三‧雜家類》載：「《抱朴子‧外篇》二十卷，葛洪。」見（宋）歐陽修等撰：《新唐書》：（臺北：藝文印書館，1996年），卷，頁680及685。按：《四庫提要》作「《新唐志‧道家》載內篇十卷，雜家」，然《新唐書‧道家類》則作：「二十卷」。

〔註454〕見《宋史‧藝文志》：「葛洪《抱朴子內篇》二十卷；又《抱朴子外篇》五十卷」。

外篇十卷，内外篇之卷數與《新唐書》互異。〔註455〕陳振孫《書錄解題》但載内篇二十卷，而云《館閣書目》有外篇五十卷，〔註456〕未見。其紛紜錯互，有若亂絲。此本爲明烏程盧舜治以宋本及王府道藏二本參校，視他本較爲完整，所列篇數，與洪自序卷數相符。知洪當時蓋以一篇爲一卷。以《永樂大典》所載互校，尚多丹砂法以下八篇，知爲足本矣。〔註457〕

（3）引文舉例

《埤雅・卷二・釋魚・蟾蜍》引《抱朴子》曰：

《抱朴子》曰：「蟾蜍壽至千歲者頭上有角，頷下有丹書八字。」

見（元）脫脫等修：《宋史》，（臺北：藝文印書館，1996 年 8 月初版四刷，《二十五史》影印清乾隆武英殿刊本），卷二百〇五，志第一百五十八・藝文四・雜家類，頁 2456。

〔註455〕《郡齋讀書志・卷十六・神仙類》載：「《抱朴子內篇》二十卷，右晉葛洪撰。洪，字稚川，丹陽句容人。元帝時，累召不就，止羅浮山，鍊丹著書，推明飛昇之道，導養之理，黃白之事。二十卷名曰《內篇》，十卷名曰《外篇》，自號抱朴子，因以命書。」見（宋）晁公武撰、孫猛校證：《郡齋讀書志校證》，（上海：上海古籍出版社，2006 年 6 月），頁 752；《郡齋讀書志・卷十二・雜家類》則載：「《抱朴子外篇》十卷，右晉葛洪稚川撰。自號抱朴子子，博聞深洽，江左絕倫，著書甚富。言黃白之事者，名曰《內篇》，其餘《外篇》。《晉書》內外通有一百一十六篇，今世所傳者，四十篇而已。《外篇》頗言君臣理國用刑之道，故附於雜家云。」見（宋）陳振孫：《直齋書錄解題》，（臺北：臺灣商務印書館，1978 年），頁 515。按：《郡齋讀書志・卷十二・雜家類》云：「《抱朴子・外篇》十卷」，「十」疑「二十」之誤。《抱朴子》內、外篇，分別著錄於《郡齋讀書志》之〈神仙類〉及〈雜家類〉二處；而《郡齋讀書志・卷十二・雜家類》言「《晉書》內外通有一百一十六篇，今世所傳者，四十篇而已。」，此「四十篇」之數應包含內、外篇二部分，而依《郡齋讀書志・・卷十六・神仙類》所載「《抱朴子內篇》二十卷」觀之：「四十篇」去《內篇》二十卷，由此推斷「十」應爲「二十」之誤。

〔註456〕《直齋書錄解題・卷九・道家類》載：「《抱朴子》二十卷，晉句漏令丹陽葛洪稚川撰。洪所著書，《內篇》言神仙黃白變化之事，《外篇》駁難通釋。此二十卷者，《內篇》也。《館閣書目》有《外篇》五十卷。」見（宋）陳振孫：《直齋書錄解題》，（臺北：臺灣商務印書館，1978 年），頁 280。

〔註457〕見（清）紀昀等編：《四庫全書總目提要》，（臺北：藝文印書館，1969 年 3 月初版四刷），卷一百四十六・子部五十六・道家類，頁 2887。

按：此引文「蟾蜍壽至千歲者」，《抱朴子》作「萬歲蟾蜍」，此引自《抱朴子·內篇·卷十一·仙藥》，原文爲：「肉芝者，謂萬歲蟾蜍，頭上有角，頷下有丹書八字再重，以五月五日日中時取之，陰乾百日，以其左足畫地，即爲流水，帶其左手於身，辟五兵，若敵人射己者，弓弩矢皆反還自向也。」

《埤雅·卷三·釋獸·牛》引《抱朴子》曰：

　　《抱朴子》曰：「鴈銜蘆而捍網，牛結陣以卻虎。」

按：此文有所刪節，此引自《抱朴子·外篇·卷四十八·詰鮑》，原文作：「蜂蠆挾毒以衛身，智禽銜蘆以捍網，獾曲其穴，以備徑至之鋒，水牛結陣，以卻虎豹之暴」。

《埤雅·卷十·釋蟲·蠋》引《抱朴子》曰：

　　《抱朴子》以爲有蛇蠋化成之龍，意者天下有自然之龍，有蛇蠋化成之龍乎？

按：今本《抱朴子》未見此文，據唐徐堅《初學記·卷三十》、《白孔六帖》卷九十五、《太平御覽》卷九百二十九皆錄「《抱朴子》曰：「有自然之龍，有蛇化成之龍。」，故可知此爲《抱朴子》之佚文。

《埤雅·卷十·釋蟲·螣蛇》引《抱朴子》曰：

　　《抱朴子》曰：「兔不牝牡，螣蛇不交，不可謂貞。」

按：此未見於今本《抱朴子》。

《埤雅·卷十四·釋木·柳》引《抱朴子》曰：

　　《抱朴子》曰：「柳柞速朽，燎以爲炭，則億載不敗」。

按：此文有增字、闕字與改字等，如：《埤雅》闕「猶」、「者也」、「而」等字；且《抱朴子》無「柳」字；「燎」，《抱朴子》作「燔」；。此引自《抱朴子·內篇·卷五·至理》，原文作：「柞櫨速朽者也，而燔之爲炭，則可億載而不敗焉。」〔註458〕

〔註458〕見《抱朴子·內篇·卷五·至理》，收錄於《新編諸子集成》，（臺北：世界書局，1991年5月），第四冊，頁22。